Un invitado inesperado

Shari Lapena

Un invitado inesperado

Traducción de
Jesús de la Torre

Título original: *An Unwanted Guest*
Primera edición: febrero de 2019

© 2018, 1742145 Ontario Limited
© 2019, Penguin Random House Grupo Editorial, S. A. U.
Travessera de Gràcia, 47-49. 08021 Barcelona
© 2019, Penguin Random House Grupo Editorial USA, LLC.
8950 SW 74th Court, Suite 2010
Miami, FL 33156
© 2019, Jesús de la Torre, por la traducción

Adaptación del diseño original de cubierta de Richard Ogle / TW:
Penguin Random House Grupo Editorial
Fotografía de portada: Arcangel y Getty Image

www.megustaleerenespanol.com

ISBN: 978-1-949061-80-2

Impreso en Estados Unidos – *Printed in USA*

Penguin
Random House
Grupo Editorial

Para mamá

Agradecimientos

Sigo sintiéndome enormemente agradecida por trabajar con algunas de las mejores personas del sector. A mis editores en Estados Unidos —Brian Tart, Pamela Dorman y el fantástico equipo de Viking Penguin—, gracias de nuevo por hacer un estupendo trabajo. A Larry Finlay y Frankie Gray, de Transworld UK, y su fabuloso equipo, gracias, sois todos geniales. A Kristin Cochrane, Amy Black, Bhavna Chauhan y el magnífico equipo de Doubleday Canada, gracias de nuevo por todo. Soy muy afortunada de tener detrás de mí a unas personas con tanto talento, tan comprometidas y entusiastas. No podría haber hecho esto sin todos vosotros.

Gracias, una vez más, a Helen Heller. Jamás podré expresarte lo agradecida que estoy. Gracias también a todos los miembros de Marsh Agency por vuestra continua y magnífica labor de representación por todo el mundo.

Gracias especialmente a Jane Cavolina por ser una supercorrectora.

Gracias también al teniente Paul Pratti de la oficina del sheriff de Sullivan County por su generosa ayuda.

Quiero dejar claro que cualquier error en el manuscrito es del todo mío.

Por último, como siempre, gracias a mi marido, Manuel, y a nuestros hijos, Christopher y Julia. Vuestro apoyo y entusiasmo lo son todo para mí.

1

La carretera se curva y retuerce de forma inesperada a medida que sube y se adentra en las Montañas de Catskill, como si cuanto más se alejara de la civilización, más inseguro se fuera volviendo el camino. Las sombras se van oscureciendo y el tiempo va empeorando. El río Hudson está ahí, apareciendo y desapareciendo de la vista. El bosque que se eleva a cada lado de la carretera tiene algo de acechante, como si pudiera tragarte entero. Es el bosque de los cuentos de hadas. Sin embargo, la nieve que cae suavemente le da a todo cierto encanto de postal.

Gwen Delaney agarra el volante con fuerza y entrecierra los ojos al mirar por el parabrisas. Ella es más de tenebrosos cuentos de hadas que de tarjetas postales. La luz se está yendo. Pronto oscurecerá. La nieve que cae hace que la conducción se vuelva más difícil y agotadora. Son tantos los copos que golpean el cristal que siente como si estuviese atrapada en una especie de videojuego implacable. Y la carretera se está volviendo claramente más resbaladiza. Da gracias por tener en su pequeño Fiat unos buenos neumáticos. Todo se está convirtiendo en una niebla blanca. Resulta difícil saber dónde termina la carretera y dónde empieza la cuneta. Se sentirá aliviada cuando lleguen. Empieza a desear haber elegido un hotel algo menos remoto. Este queda a varios kilómetros de todo.

Riley Shuter guarda silencio en el asiento del copiloto, formando una bola de tensión callada. Es imposible no percatarse de ello. El simple hecho de estar a su lado en el interior del pequeño coche pone nerviosa a Gwen. Espera no haber cometido un error al haberla llevado hasta allí.

Gwen piensa que el objetivo de esta pequeña escapada es conseguir que Riley se tranquilice un poco, sacarle algunas cosas de la cabeza. Gwen se muerde el labio y fija la atención en la carretera que tiene por delante. Es una chica urbanita, nacida y criada en la ciudad. No está acostumbrada a conducir por un terreno montañoso. Ahí arriba está muy oscuro. Se está poniendo muy nerviosa. El trayecto ha durado más de lo previsto. No deberían haber parado a tomar café en ese sitio tan mono y antiguo que han encontrado en el camino.

No está segura de qué esperaba al proponer esta salida de fin de semana aparte de un cambio de escenario y una oportunidad para pasar un tiempo juntas y tranquilas, sin nada que le recuerde a Riley que su vida está echada a perder. Quizá ha sido una ingenuidad.

Gwen tiene también su propio bagaje, menos reciente, y también lo lleva con ella allá donde vaya. Pero está decidida a dejarlo atrás, al menos durante este fin de semana. Un pequeño hotel de lujo en medio de las montañas, buena comida, sin internet, naturaleza impoluta. Es exactamente lo que las dos necesitan.

Riley mira nerviosa por la ventanilla del coche, escudriñando los bosques en sombra mientras trata de no imaginar que pueda aparecer alguien delante del coche en cualquier momento haciéndoles una señal para que se detengan. Aprieta las manos en el interior de los bolsillos del plumas. Se recuerda a sí misma que ya no está en Afganistán. Está en casa, a salvo, en el estado de Nueva York. Nada malo le puede pasar aquí.

Su trayectoria profesional la ha cambiado. Después de todo lo que ha visto, Riley está tan distinta que casi no se reconoce a sí misma. Lanza una mirada furtiva a Gwen. Antes estaban muy unidas. Ni siquiera sabe bien por qué ha aceptado venir con ella a este hotel rural tan apartado. Observa cómo Gwen está concentrada en la sinuosa carretera que sube por la resbaladiza pendiente hacia el interior de las montañas.

—¿Estás bien? —pregunta, de repente.

—¿Yo? —responde Gwen—. Sí, estoy bien. Debemos de estar a punto de llegar.

En la facultad de periodismo, cuando las dos estudiaban en la Universidad de Nueva York, Gwen era la estable y la pragmática. Pero Riley era ambiciosa. Quería encontrarse allí donde estuviesen sucediendo las cosas. Gwen no era aficionada a la aventura. Siempre había preferido los libros y la tranquilidad. Al salir de la facultad de periodismo, al no poder encontrar un trabajo decente en un periódico, Gwen se había valido rápidamente de sus dotes para conseguir un buen puesto en un departamento de comunicación empresarial y parecía que nunca se había arrepentido de ello. Pero Riley se había orientado al trabajo en zonas de guerra. Y había conseguido no perder la cabeza durante mucho tiempo.

¿Por qué hace esto? ¿Por qué no deja de pensar en ello? Siente cómo empieza a desmoronarse. Trata de ralentizar el ritmo de la respiración, tal y como le han enseñado. De evitar que vuelvan esas imágenes, que se adueñen de ella.

David Paley deja su coche en el aparcamiento que han despejado de nieve a la derecha del hotel. Sale del vehículo y se estira. El mal tiempo ha hecho que el viaje desde la ciudad de Nueva York haya sido más largo de lo esperado y ahora siente los músculos agarrotados, un recuerdo de que ya no es tan joven. Antes de coger su bolsa de viaje del asiento de atrás de su Mercedes, se queda un momento bajo la nieve que cae con fuerza, mirando al Mitchell's Inn.

Es un edificio de tres plantas de aspecto elegante, con ladrillo rojo y elaboradas molduras rodeado por un bosque. La fachada del pequeño hotel queda a plena vista, con lo que debe de ser una explanada de césped bastante imponente bajo toda esa nieve. Unos altos y viejos árboles carentes de hojas pero cubiertos de blanco parecen avanzar hacia el edificio desde una corta distancia. Delante, un árbol enorme en medio del césped extiende sus gruesas ramas en todas direcciones. Está cubierto por completo por una nieve blanca, limpia y esponjosa. Se respira aquí una sensación de tranquilidad, de paz, y nota cómo los hombros se le empiezan a relajar.

En las tres plantas hay grandes ventanas rectangulares que guardan entre sí una distancia regular. Unos anchos escalones llevan a un porche de madera y una doble puerta decorada con ramas de siemprevivas. Aunque sigue habiendo luz, poca, los faroles de ambos lados de la puerta están encendidos y un suave reflejo amarillo sale de las ventanas de la planta baja, dando al edificio una apariencia cálida y acogedora. David se queda quieto mientras desea que las tensiones del día —y de la semana y de los años— vayan disminuyendo mientras la nieve cae suavemente sobre su pelo y le acaricia los labios. Siente como si estuviese adentrándose en una época anterior, más amable e inocente.

Va a intentar no pensar en el trabajo durante cuarenta y ocho horas enteras. Todo el mundo, por muy ocupado que esté, necesita recargar las pilas de vez en cuando, incluido —y quizá especialmente— un importante abogado criminalista. No es común que pueda concederse algún tipo de descanso y, mucho menos, un fin de semana entero. Está decidido a disfrutarlo.

Viernes, 17:00 horas

Lauren Day mira al hombre que está a su lado, Ian Beeton. Conduce su coche con habilidad bajo unas condiciones bastante complicadas y hace que todo parezca fácil. Tiene una sonrisa encantadora y la dirige ahora hacia ella. Lauren también le sonríe. Él es, además, atractivo, alto y delgado, pero fue la sonrisa lo primero que le atrajo, ese encanto relajado que le hace tan interesante. Lauren busca en su bolso el lápiz de labios. Lo encuentra —un bonito tono rojo que le ilumina la cara— y se lo aplica con cuidado mientras se mira en el espejo de la visera del asiento del copiloto. El coche derrapa un poco y ella deja lo que estaba haciendo, pero Ian endereza el vehículo con destreza. La carretera se vuelve más empinada y el coche muestra cada vez más tendencia a virar a la vez que pierde tracción.

—Se está poniendo resbaladizo —dice ella.

—No te preocupes. Nada que yo no pueda controlar —responde él sonriéndole. Ella le devuelve la sonrisa. Le gusta también su seguridad.

—¡Eh! ¿Qué es eso? —exclama Lauren de repente. Hay una forma oscura delante de ellos, a la derecha. El día está gris y con tanta nieve cayendo cuesta ver bien, pero parece como si hubiese un coche en la cuneta.

Mira bien por la ventana al pasar junto al vehículo mientras Ian busca un lugar donde detenerse.

—Creo que hay alguien en ese coche —dice ella.

—¿Por qué no tiene encendidas las luces de emergencia? —murmura él. Detiene su vehículo lentamente a un lado del camino, con cuidado de no derrapar y salirse él también de la carretera. Lauren abandona la calidez del coche y se hunde varios centímetros en la nieve virgen, que de inmediato cae por el interior de sus botas y hace que los tobillos le ardan. Oye cómo Ian sale a su vez del coche y cierra la puerta con un golpe.

—¡Eh! —grita ella al coche inmóvil. La puerta del conductor se abre despacio.

Lauren baja la pendiente con cuidado, resbalándose. El suelo es irregular y le cuesta mantener el equilibrio. Llega al coche y se agarra a la puerta con la mano izquierda para sujetarse a la vez que mira al interior del asiento delantero.

—¿Estás bien? —pregunta.

Quien conduce es una mujer de edad cercana a la suya, unos treinta años. Parece un poco mareada, pero el parabrisas no está roto y tiene puesto el cinturón de seguridad. Lauren mira a la mujer que está en el asiento del acompañante. Tiene la cara pálida y sudorosa y la mirada fija al frente, como si Lauren no estuviese allí. Parece como si hubiese sufrido una tremenda conmoción.

La conductora mira rápidamente a su compañera y, después, a Lauren con expresión de gratitud.

—Sí, estamos bien. Nos hemos salido de la carretera hace unos minutos. Nos estábamos preguntando qué hacer. Por suerte para nosotras has aparecido tú.

Lauren nota que Ian se acerca tras ella y se asoma por encima de su hombro para mirar a las dos mujeres del interior del coche. Las mira con su encantadora sonrisa.

—Parece que vais a necesitar una grúa.

—Genial —dice la conductora.

—¿Adónde ibais? —pregunta Lauren.

—Al Mitchell's Inn —responde.

—Pues menuda suerte —dice Ian—. Ahí es adonde nos dirigimos también. Aunque no creo que haya muchos más sitios por aquí. ¿Por qué no venís con nosotros y desde el hotel pedís que venga alguien a sacaros el coche?

La mujer sonríe aliviada y asiente. Es obvio que está encantada de que la rescaten. Lauren no la culpa. Podrían haber muerto congeladas de tener que quedarse ahí solas. Pero la mujer que está con ella no reacciona. Parece sumida en su propio mundo.

—¿Tenéis maletas? —pregunta Lauren.

—Sí, detrás. —La conductora sale del coche y se acerca con dificultad entre la profunda nieve hasta la parte posterior del vehículo. Su pasajera parece ahora despertar de su trance y abandona el vehículo por su lado. La conductora abre el maletero a la vez que la mujer aparece junto a ella. Cada una coge una bolsa de viaje.

Ian extiende la mano y la ofrece a las tres mujeres para subir a la carretera. Incluso con ayuda, resulta complicado hacerlo.

—Muchas gracias —dice la conductora—. Me llamo Gwen y esta es Riley.

—Yo soy Lauren y este es Ian —contesta ella—. Entremos en el coche. Hace mucho frío. —Lanza una mirada furtiva a la mujer que se llama Riley y que no ha pronunciado palabra. Se pregunta qué le pasará. No le cabe duda de que hay algo en ella que resulta raro.

2

Viernes, 17:00 horas

Beverly Sullivan deja caer la bolsa de viaje a sus pies y recorre la vista por la habitación. Es perfecta. Igual que en el folleto. Hay aquí cierto lujo anticuado al que no está acostumbrada y recorre la habitación tocando cosas. La cama antigua y enorme está llena de almohadas. El armario tallado es precioso y la gruesa alfombra oriental debe de haber costado una fortuna. Se acerca a las ventanas, que dan a la parte delantera del hotel. La nevada ha hecho que todo adquiera una belleza indescriptible. La nieve recién caída siempre le provoca una sensación de esperanza.

Se aparta de las ventanas y se asoma al baño que hay dentro de la habitación, un oasis impoluto de mármol blanco y esponjosas toallas blancas. Comprueba su aspecto brevemente en el repujado espejo que hay sobre el tocador y se da la vuelta. Tras sentarse en la cama y comprobar su comodidad, empieza a preguntarse por qué tarda tanto su marido. Henry se ha quedado abajo en la recepción para preguntar por unos esquíes de fondo y Dios sabe qué más y ella ha subido sola a la habitación. Él insistió en que no le esperara, aunque ella habría estado perfectamente dispuesta a sentarse en uno de esos sillones o sofás de terciopelo azul oscuro que rodean la chimenea del vestíbulo mientras él revisaba el equipo. Pero no ha querido darle más vueltas. Intenta no sentirse decepcionada. Henry va a tardar un poco en empezar a relajarse. Pero parece que está buscando formas de llenar de actividades su fin de semana, cuando lo único que ella desea es estar tranquila y que los dos pasen el tiempo juntos sin más. Es casi como si él estuviese evitando estar con ella, como si ni siquiera deseara estar allí.

Sabe que su matrimonio está... deteriorado. No diría que está en apuros exactamente. Pero necesita un esfuerzo. Se han ido separando, cada uno ha empezado a dar por sentado que el otro va a estar ahí. Ella también es culpable. ¿Cómo sobreviven los matrimonios modernos a todas las fuerzas que convergen para separarlos? Exceso de confianza, la rutina de la vida doméstica, de pagar facturas, de educar a los niños. De tener trabajos a jornada completa y siempre demasiadas obligaciones. No sabe si una escapada de fin de semana a un lugar encantador y perdido en medio de las montañas servirá de algo, pero podría ser un comienzo. Necesitan con desesperación una oportunidad para volver a conectar, para recordar qué les gusta del otro. Lejos de adolescentes malhumorados que siempre están de pelea, que exigen su atención y que los dejan sin energías. Suspira y siente un bajón interior. Ojalá no discutieran tanto por los niños. Espera que aquí puedan hablar de cosas sin que los interrumpan, sin tener de fondo esa tensión constante y agotadora.

Se pregunta con cierta inquietud cómo se va a desarrollar el fin de semana y si para cuando regresen a casa habrá cambiado algo.

Henry Sullivan se detiene junto al mostrador de recepción del vestíbulo a la izquierda de la magnífica escalera. El olor de la leña que arde en la chimenea le recuerda a las Navidades de su infancia. Mira unos resplandecientes folletos que anuncian restaurantes y atracciones cercanos. Aunque lo de «cercanos» quizá sea decir demasiado. Están bastante lejos de allí. Por desgracia, con toda la nieve, parece que de todos modos va a resultar demasiado complicado ir a cualquier sitio, pero el joven de la recepción le ha dicho que mañana van a pasar las quitanieves y que las carreteras van a estar bien. Henry se palpa el teléfono móvil en el bolsillo de sus pantalones. Aquí no hay cobertura, cosa que no se esperaba. Beverly no lo había mencionado. Siente una punzada de fastidio.

No sabe bien por qué aceptó pasar este fin de semana fuera, salvo quizá por la culpa. Ya se está arrepintiendo. Lo único que quiere es volver a casa. Fantasea con la idea inofensiva de regresar al coche y dejar ahí a su mujer. ¿Cuánto tiempo pasaría hasta que ella se diera cuenta de que se ha ido? ¿Qué haría? Abandona esa fantasía de inmediato.

Últimamente, su mujer parece cada vez más infeliz pero no es solo por culpa de él, se dice. Es también por los niños. Por su trabajo. Por la cercanía de la mediana edad. Por el ensanchamiento de su cintura. Por todo. Pero no se puede hacer responsable a una persona de la felicidad de otra. Es ella la responsable. Él no la puede hacer feliz.

Aun así, no es ningún canalla. Sabe que no es tan sencillo. Antes la amaba. Es la madre de sus hijos. Pero ya no la ama. Y no tiene ni idea de qué hacer al respecto.

Dana Hart da zapatazos para quitarse la nieve de sus botas Stuart Weitzman en el escalón de la puerta y recorre la vista por el vestíbulo con aprobación. Lo primero que le sorprende es la imponente escalera central. El pilar y la barandilla son de una madera pulida y oscura minuciosamente tallada. Las escaleras son anchas, cubiertas por una gruesa alfombra con oscuros motivos florales. Puede ver el centelleo de la barra de metal que sujeta la alfombra en su sitio. Es muy impresionante y eso que, últimamente, Dana no se impresiona fácilmente. La escalera le recuerda a la Escarlata O'Hara de *Lo que el viento se llevó* o, quizá, a la Norma Desmond de *El crepúsculo de los dioses.* Es de ese tipo de escaleras, piensa, para las que una se pone sus mejores galas y hace una entrada triunfal. «Estoy lista para mi primer plano». Por desgracia, no se ha traído ningún vestido de noche. Es una lástima desperdiciar una escalera tan magnífica, piensa. A continuación, ve la gran chimenea de piedra del lado izquierdo del vestíbulo. A su alrededor, se han colocado varios sofás y sillones que parecen cómodos para descansar, algunos de terciopelo azul marino, otros de piel color chocolate intenso, acompañados de mesitas con lámparas. Las paredes están revestidas hasta media altura con paneles de madera oscura. Una preciosa alfombra persa cubre parte de los también oscuros suelos de madera y le proporciona a todo un aspecto acogedor pero caro, justo lo que a ella le gusta. Una lámpara de araña reluce en el techo. El olor a leña le recuerda los felices días que pasó en la casa de campo de la familia de Matthew. Respira hondo y sonríe. Es una mujer muy feliz. Comprometida desde hace poco y a punto de disfrutar de un fin de semana romántico con el hombre con el que se va a casar. Todo es espléndido, incluido este encantador hotel que Matthew ha encontrado para los dos.

Él la ha dejado en la puerta y ha ido a aparcar el coche. Volverá en un minuto con las maletas. Ella atraviesa el vestíbulo y pasa por delante de la chimenea hacia el viejo mostrador de la recepción que está a la izquierda de la escalera. Aquí todo reluce con una pátina de antigüedad y buena cera para muebles. Hay un joven tras el mostrador y otro hombre, mayor —claramente un huésped—, está inclinado sobre él echando una ojeada a unos folletos. Levanta la vista cuando la ve. Se queda inmóvil un segundo, la mira y, después, sonríe avergonzado y aparta la mirada. Ella provoca ese efecto en los hombres. Como si, al mirarla, no pudieran creer lo que están viendo durante unos segundos. No puede evitarlo.

El hombre más joven que está detrás del mostrador la observa de arriba abajo de forma casi imperceptible, pero ella se da cuenta. También está acostumbrada a eso.

—Soy Dana Hart. Mi prometido y yo tenemos una reserva a nombre de Matthew Hutchinson.

—Sí, por supuesto —responde amablemente el joven antes de consultar el libro de reservas. Ella se da cuenta de que usan un libro de reservas antiguo, qué pintoresco, en lugar de un sistema informático para registrar el ingreso de huéspedes. Tras el mostrador, en la pared, hay unos casilleros de madera para las llaves de las habitaciones—. Tienen la habitación 201. Subiendo por las escaleras hasta la segunda planta y a la derecha —le informa el joven.

La puerta se abre tras ella con un golpe de aire frío y Dana se gira y ve a Matthew con una maleta en cada mano y con el abrigo y el pelo oscuro espolvoreados de nieve. Va hasta ella y Dana le quita la nieve de los hombros. Disfruta de esas pequeñas muestras de posesión.

—Bienvenidos al Mitchell's Inn —dice el joven tras el mostrador con una sonrisa a la vez que les entrega una pesada llave de metal. Ella se da cuenta ahora de lo atractivo que es—. La cena se sirve en el comedor desde las siete hasta las nueve de la noche. Antes de la cena, ofrecemos bebidas en el vestíbulo. Disfruten de su estancia.

—Gracias. Seguro que lo haremos —contesta su prometido a la vez que la mira. Ella le devuelve la mirada levantando sus cejas bien perfiladas. Es su forma de decirle que guarde las formas en público.

Matthew vuelve a coger las maletas y sigue a Dana por la ancha escalera. Ve que no hay ascensor. Es un hotel pequeño. Lo eligió con cuidado. Quería un lugar tranquilo e íntimo para pasar un tiempo con ella antes de toda la locura de la boda, que preferiría poder evitar. Desearía que pudieran escapar a algún lugar paradisiaco del Caribe para casarse a escondidas. Pero los herederos de una gran fortuna de Nueva Inglaterra no se casan a escondidas. Una cosa así destrozaría a su madre y a todas sus tías y él no está preparado para ello. Y sabe que Dana, a pesar de que en ocasiones se siente abrumada con el estrés de los preparativos, los compromisos, los millones de detalles que implica una boda así, está encantada con todo el proceso. Pero últimamente ha estado algo propensa a crisis nerviosas. Este descanso les sentará bien a los dos antes del esfuerzo final para su boda en primavera.

La gruesa alfombra amortigua sus pasos de tal modo que resulta de lo más silencioso cuando suben por las escaleras hasta la segunda planta y recorren una corta distancia por el pasillo hasta la habitación 201. Hay en la puerta una placa ovalada de metal con el número grabado y una cerradura antigua.

Él abre la puerta y la invita a pasar.

—Después de ti.

Ella entra y mira con una sonrisa de aprobación.

—Es precioso —dice. Se gira para mirarle mientras él cierra la puerta con firmeza tras entrar.

—Tú eres preciosa —contesta él a la vez que la rodea con los brazos. La besa. Finalmente, ella le aparta con un empujón de broma.

Se quita el abrigo. Él hace lo mismo y cuelga los dos en el armario. Examinan juntos la habitación. La cama es enorme, claro, y él nota que las sábanas son de gran calidad. Sobre las almohadas hay unos bombones envueltos en papel de plata. La bañera está diseñada claramente para dos personas y hay un cubo con champán y hielos sobre una mesita junto a la puerta con una nota de bienvenida. Las ventanas dan a la amplia explanada de césped con árboles cargados de nieve y el largo y curvado camino de entrada que lleva hasta la carretera principal, que ahora está cubierto de nieve. Hay media docena de coches estacionados en el aparcamiento del lateral de la explanada. Los dos amantes miran por la ventana, juntos.

—Es la suite nupcial —le dice él—. Por si aún no lo has notado.

—¿Eso no da mala suerte? —pregunta ella—. ¿Reservar la suite nupcial cuando, en realidad, aún no estás casado?

—No lo creo. —Ven cómo un coche avanza a duras penas por el camino y entra despacio en el aparcamiento. Salen cuatro personas. Tres mujeres y un hombre. Él le acaricia el cuello a Dana con la nariz—. ¿Y si echamos una siesta antes de la cena?

Ian Beeton se deja caer en uno de los sillones junto a la chimenea del vestíbulo mientras Lauren se registra y coge la llave de la habitación. No le importaría tomar una copa. Se pregunta dónde estará el bar. El comedor está a la derecha del vestíbulo: las puertas de cristal que dan a él están abiertas y puede ver en su interior mesas preparadas con manteles de lino blanco. El lugar parece bastante encantador. Probablemente, por lo que se ve, con muchas habitaciones pequeñas, pasillos y rincones. No es un típico hotel moderno, diseñado para la máxima eficacia y rentabilidad.

Dirige su atención a las dos mujeres a las que ha rescatado. Gwen, la conductora, está cogiendo la llave de su habitación. Parece que van a compartirla. Observa cómo suben juntas por las escaleras. Deja que su mente divague.

Lauren se acerca y le extiende la mano.

—¿Listo para subir?

—Claro.

—La cena es de siete a nueve en el comedor, pero podemos tomar unas copas aquí abajo —le informa ella.

—Bien. ¿A qué estamos esperando?

—Estamos en la tercera planta.

Él se levanta y coge las bolsas de viaje y, a continuación, sigue a Lauren escaleras arriba. El hotel parece muy silencioso. Puede que sea por la nieve, por la gruesa alfombra o la iluminación tenue, pero todo parece amortiguado. Apagado.

—¿Has notado algo raro en esa Riley? —le susurra Lauren mientras suben por la ornamentada escalera.

—Parecía bastante alterada —reconoce él.

—No ha dicho una sola palabra en todo el trayecto. Y no es por nada, pero solo se han deslizado fuera de la carretera y han terminado en la cuneta. No han sufrido ningún daño de verdad.

—Puede que haya tenido un accidente de coche antes.

—Puede. —Cuando llegan a la tercera planta, ella se gira para mirarle—. Parecía de lo más tensa. Me ha dado una impresión extraña.

—No pienses en ella —dice Ian antes de darle un beso repentino—. Piensa en mí.

3

Viernes, 17:30 horas

G wen se sienta en la cama más alejada de la puerta —tienen una habitación en la tercera planta con dos camas dobles, tal y como pidieron— y observa a Riley con preocupación. Está segura de que esa mujer, Lauren, se ha estado haciendo preguntas sobre ellas.

Por primera vez, a Gwen se le pasa por la cabeza que quizá no sea ella lo que Riley necesita en este momento. Gwen se está contagiando del pánico silencioso de Riley en lugar de ser Riley la que se esté tranquilizando con el pragmatismo y la calma de Gwen. Riley ha tenido siempre una personalidad más fuerte. Quizá debería haberse dado cuenta de que sería Riley la que la contagiaría a ella y no al revés. Gwen se descubre ya mirando en los rincones oscuros, sobresaltándose ante sonidos inesperados o imaginándose que va a ocurrir algo malo. Puede que se deba solo al hecho de que se encuentran en un lugar extraño y al ambiente anticuado que tiene el hotel.

—Quizá deberíamos refrescarnos un poco y bajar a tomar una copa antes de cenar —propone Gwen.

—Vale —responde Riley sin entusiasmo.

Está pálida y su pelo largo y rubio le cuelga lacio alrededor de la cara. No le queda nada de aquella vivacidad que tenía antes. Era guapa, pero ahora cuesta imaginársela en esos términos. Qué pensamiento tan horrible, se reprende Gwen. Espera que esa belleza regrese. Y mira a Riley con expresión de súplica.

—Sé que estás pasando una mala racha. Pero tienes que intentarlo.

Riley le lanza una mirada. Quizá con fastidio o resentimiento. Rabia. Gwen siente un atisbo de su propia rabia y, de repente, piensa que va a resultar un fin de semana largo si va a tener que estar vigilando todo lo que diga. Pero se recuerda de inmediato que Riley es una de sus mejores amigas. Se lo debe. Quiere ayudarla a ponerse de nuevo en pie. Quiere que vuelva su preciosa y alegre amiga. Se da cuenta de que quiere volver a sentir celos de ella, como antes.

—Deja que te cepille el pelo —dice Gwen. Se levanta de la cama y rebusca en el bolso de Riley para sacar el cepillo. Después, se sienta en la cama detrás de ella y empieza a cepillarla con largas y suaves pasadas.

Mientras lo hace, ve cómo los hombros de Riley empiezan a aflojarse un poco—. Ya está —dice por fin—. Ponte un poco de pintalabios. Yo también lo voy a hacer. Y vamos a bajar a comer algo. Después, podemos subir aquí para pasar una noche tranquila de charla, como hacíamos antes. O leer, si es eso lo que quieres. —Ha traído un par de libros. No le importaría refugiarse en uno. Su vida está muy lejos de ser perfecta.

Un pasillo sale desde el mostrador de recepción por el lateral oeste del hotel y divide el ala oeste en estancias que dan a la parte delantera y a la trasera. Al final del pasillo hay un bar, pero, cuando David Paley asoma la cabeza, la sala está vacía. A la derecha de la puerta se encuentra la barra, con un impresionante despliegue de botellas de alcohol, pero no hay nadie tras ella que le pueda servir una copa. La sala tiene los mismos paneles de lujosa madera oscura que el vestíbulo. Al otro lado de la barra, en el otro extremo de la sala, hay una chimenea con un elegante marco y, sobre la chimenea, un cuadro, un oscuro y deprimente estudio de un hombre que sostiene a un faisán por las patas. Las ventanas dan a la explanada de la fachada. Delante de la chimenea hay varias mesitas y unos cómodos sillones viejos de piel. Es una sala para hombres. Se pregunta si debería quedarse a esperar a que aparezca algún camarero o volver al vestíbulo para pedir que le lleven una copa. Resulta incómodo viajar solo. Se sienta en un sillón de piel junto a la chimenea

—aunque, por ahora, no hay ningún fuego encendido en su interior—, espera unos minutos, llega a la conclusión de que no va a ir nadie y regresa al vestíbulo. Allí tampoco hay nadie. El joven que estaba antes tras el mostrador ha desaparecido. David toca el antiguo timbre de recepción. El sonido es más alto de lo que se esperaba y se sobresalta un poco. El mismo joven de antes acude rápidamente al mostrador desde el pasillo que sale por detrás de él, junto a la escalera.

—Siento haberle hecho esperar —dice—. Andamos un poco cortos de personal por culpa del mal tiempo. —Sonríe con expresión de disculpa.

—Me preguntaba si podría tomar una copa.

—Por supuesto. Vamos a servir bebidas aquí, en el vestíbulo. Le traeré el carrito de bebidas del bar en un par de minutos.

—Muy bien —responde David con tono cordial. Solo quiere una copa, un sillón cómodo y una cálida chimenea. Y después, una buena cena y un sueño profundo y tranquilo.

Se sienta y se pregunta quién se unirá a él. Enseguida oye el retumbar de unas ruedas y el sonido de vasos. Levanta la vista y ve al joven empujando un carrito bien surtido de bebidas al interior del vestíbulo. Ve en él las marcas habituales, así como una coctelera, un cubo de hielo y varias mezclas y aderezos, buenos licores y distintos tipos de copas. Debajo hay botellas de vino y una champanera llena de hielo del que sobresale el cuello de una botella envuelto en papel plata.

—¿Qué desea tomar? —pregunta el joven.

En realidad, no es más que un niño, piensa David. Parece muy joven. Veintiún años, quizá.

—¿Cómo te llamas? —pregunta David.

—Bradley —responde.

—¿Eres lo suficientemente mayor como para servir alcohol en el estado de Nueva York, Bradley? —bromea.

—Soy mayor de lo que parece —responde Bradley con una sonrisa—. Veintidós años.

—Entonces, un *gin-tonic*, por favor —dice David devolviéndole la sonrisa.

Le prepara la copa con destreza. Mientras David le observa, ve movimiento por el rabillo del ojo y levanta la mirada. Hay una pareja de jóvenes bajando las escaleras.

—Ah, mira —dice el hombre al ver el carrito. Sonríe y se frota las manos mostrando su entusiasmo.

David no puede evitar fijarse en su sonrisa. Hace que ese hombre resulte atractivo al instante. Es alto y desgarbado, con el pelo castaño y desaliñado y una barba incipiente; su aspecto es informal, vaqueros y camisa de cuadros, pero David sospecha que podría quedar bien en cualquier lugar con ese atuendo. David está encantado de verle. Quizá pueda entablar alguna conversación ligera y entretenida. La mujer que va con él es atractiva, pero no tanto como la que ha pasado por su lado hace un rato en las escaleras. Por un momento, se pregunta si todos los que están allí son parejas.

—¿Te importa si nos sentamos contigo? —pregunta el hombre.

—En absoluto —responde David.

—Soy Ian —dice extendiendo una mano.

La mujer que está a su lado también la extiende después.

—Yo soy Lauren.

—Encantado —contesta él—. David.

—Parece un poco vacío —observa ella a la vez que mira a su alrededor.

Bradley asiente.

—El hotel no está completo —le explica—. Tenemos doce habitaciones pero solo seis están ocupadas este fin de semana. Ha habido cancelaciones por culpa de la nieve. Y parte de nuestro personal, el camarero, por decir uno, y la limpiadora, otra, no han podido llegar. Pero yo sí estoy, así que no pasa nada. —Da una palmada—. Sé un poco sobre combinados de bebidas —añade de forma espontánea—. El camarero me ha estado enseñando.

—¡Estupendo! —exclama Ian—. ¿Puedes prepararme un whisky con soda?

—Claro.

—Y yo voy a tomar un Manhattan —dice Lauren.

—¿El chef ha conseguido llegar? —pregunta Ian—. Porque me muero de hambre.

Bradley levanta una ceja.

—No se preocupe. El chef es mi padre. Es un hotel familiar. Vivimos aquí, en un apartamento al fondo del pasillo, detrás del bar. —Señala con la cabeza en dirección al pasillo—. Entre los dos deberíamos ser capaces de gestionarlo todo bien hasta que las carreteras se abran. Aunque esta noche la cena consistirá más bien en un bufé.

Una ráfaga de viento golpea con furia contra las ventanas. Los huéspedes se giran de manera instintiva hacia el sonido.

—Aquí arriba tenemos buenas tormentas —comenta Bradley.

David ve ahora que un hombre mayor aparece en el vestíbulo. A juzgar por el delantal que lleva puesto, viene de la cocina, que debe de estar detrás del comedor. El padre de Bradley.

—Bienvenidos —dice—. Soy James Harwood, el propietario del hotel. Y el chef —añade—. No se preocupen. Les prometo que los vamos a cuidar muy bien por muy mal tiempo que haga.

David le estudia con atención. Tiene cierto aire de seguridad, de ser una persona que sabe que puede cumplir su promesa. Está claro que ha tenido mucho éxito con este hotel. Se siente orgulloso de su negocio, y se le nota. Se queda charlando con ellos un momento y regresa a la cocina.

David apoya la espalda en su sillón, una vez más deseando disfrutar de su fin de semana.

Lauren observa cómo Ian encandila al hombre que está sentado junto a la chimenea. Ian sabe hacer buenas migas con todo el mundo. Ya ha averiguado que David es un abogado criminalista de Nueva York. Ahora está intentando sonsacarle algo de algunos de sus casos.

—¿Cuál ha sido el caso más interesante en el que has trabajado en tu vida? —pregunta Ian con curiosidad.

—Todos son interesantes —contesta el abogado con una sonrisa ligeramente evasiva.

—¿Alguno que hayamos podido ver en los periódicos? —pregunta Lauren.

—Es posible.

En ese momento, ella nota que alguien baja por la escalera y mira hacia arriba, por encima de su hombro. Ve que se trata de Gwen y Riley. Descubre al abogado mirándolas mientras bajan. Las dos mujeres se acercan hacia ellos y se sientan juntas en un sofá enfrente de la chimenea. Gwen los mira con una sonrisa tímida. Riley no mira a nadie. Pero Bradley sigue allí con las bebidas, lo cual sirve de distracción. Ambas piden una copa de merlot y se quedan en silencio.

Lauren piensa que Gwen está bastante distinta sin su gorro de esquí ni su abultado chaquetón. Es menuda y delgada y su pelo negro y lustroso contrasta mucho con su piel blanca y cremosa. Riley es más alta y su cabello rubio le cae liso sobre los hombros. Tiene un aspecto enfermizo al lado de Gwen.

Ian sigue hablando con David, el abogado.

—¿Has defendido a algún asesino? —pregunta. Su entusiasmo provoca por fin una renuente sonrisa en el rostro del abogado.

—Sí. —Remueve la bebida de su copa—. A muchos.

—¡Vamos, cuéntanos!

—No le hagas caso —interviene Lauren—. Creo que ve demasiadas series de asesinatos.

—No siempre es como en la televisión —dice el abogado.

—¿A qué te refieres? —pregunta Lauren al detectar en él un pequeño gesto de amargura.

David se encoge de hombros.

—En la televisión, normalmente se hace justicia. No siempre es así en la vida real.

—¿Quieres decir que, como abogado defensor, se te da demasiado bien tu trabajo? —sugiere Ian haciendo que todos se echen a reír.

Lauren oye ahora a las dos mujeres murmurar, pero no puede distinguir lo que están diciendo. Hablan en voz baja.

—Hago lo que puedo —dice el abogado.

—¿Y cómo lo haces? —le pregunta Lauren—. ¿Cómo se concilia trabajo y conciencia cuando se defiende a alguien que sabes que puede ser culpable de algo terrible? —A continuación, añade rápidamente—. Lo siento, no pretendo juzgarte.

David Paley baja la mirada a su copa casi vacía y piensa en la respuesta. Es una pregunta que le han hecho muchas veces. Ha tenido mucho éxito como abogado defensor. Como ser humano..., no está tan seguro. Sus socios del bufete le han propuesto amablemente que se tome un tiempo de descanso, quizá viajando. Pero no tiene a nadie con quien viajar. Ya no tiene esposa. Y aunque viajar por el mundo le puede distraer un tiempo, no va a arreglar el vacío que siente en su alma. Sin duda, el hecho de haber pasado la mayor parte de su carrera profesional defendiendo con éxito a asesinos le ha pasado factura. Pero tiene la respuesta para la pregunta de Lauren. Sabe qué decir. No tiene por qué creer necesariamente que sea verdad.

—Tengo una labor que hacer como abogado defensor. Según nuestro sistema legal, todo el mundo es considerado inocente hasta que se demuestre su culpabilidad. Mi trabajo consiste en representar a cualquier acusado lo mejor que sepa. —Y añade—: Si los abogados nos negáramos a representar a alguien simplemente por nuestro propio recelo o nuestra conciencia...

Ella le escucha con atención.

Él se encoge de hombros.

—En fin, sin el abogado defensor, el sistema no funcionaría. —Da un largo trago a su copa. Todo suena de maravilla—. Hay que tener una visión de conjunto —concluye. No menciona lo difícil que puede resultar.

Se da cuenta ahora de que las dos mujeres que están sentadas algo más retiradas en el sofá le están mirando, escuchando. La del pelo oscuro le parece bastante atractiva. Ella le mira con ojos inteligentes, inquisidores. Le gustaría hablar con ella. Puede que, al final, el fin de semana resulte ser bastante entretenido.

Gwen mira al abogado que está sentado junto a la chimenea. Es mayor que ella, de unos cuarenta años o así. Su pelo corto y oscuro empieza a volverse gris por las sienes. Tiene una buena cara, atractiva y con expresión amable, y una especie de sonrisa triste que le atrae. Le gusta el sonido de su voz, su timbre. Le sale sin esfuerzo, probablemente por los años que llevará hablando ante el tribunal. Desprende una seguridad y tranquilidad que a ella le resultan atractivas. Es una mujer joven y moderna. Se considera feminista. Pero nunca se ha sentido especialmente segura de sí misma. Es una cualidad que admira en los demás, incluso le produce envidia. Quiere ser fuerte e independiente, como Riley. Bueno, como era Riley antes. Mira a su amiga. Pero solo ve lo que está sufriendo.

A su lado, Riley engulle su copa como si fuese agua en un día de calor. O como si estuviese bebiendo chupitos con los chicos. Siempre ha sido una gran bebedora. Gwen apenas ha tocado su copa y ahora le da un buen trago. Riley parece despertar de su estado semicatatónico y se acerca al joven con el carro de las bebidas.

—¿Puedes ponerme otra? —pregunta.

—Por supuesto —responde él mientras le sirve otra copa.

—Gracias —dice Riley. Y se la bebe de un trago. Ahora todos guardan silencio, mirándola, y Gwen se siente incómoda y avergonzada. No quiere que Riley llame la atención. Tampoco quiere que se emborrache. No tiene ni idea de qué va a hacer ni de cómo se va a poner. Riley siempre era divertida cuando bebía, una chica fiestera, pero, ahora, Gwen no sabe qué esperar. Está muy distinta desde que ha vuelto de Afganistán esta vez. A veces, se muestra introvertida y se limita a mirar al vacío. En otras ocasiones, está irritable e incluso un poco agresiva. Y sus ocasionales muestras de energía —sus movimientos nerviosos, su forma de mirar de un lado a otro constantemente— empiezan a poner nerviosa a Gwen. Sin querer, cruza la mirada con el abogado y aparta la vista al instante.

Ya se empieza a arrepentir de haber propuesto esta escapada de fin de semana. Su coche está en una cuneta a varios kilómetros. La empresa de la grúa ha dicho que no van a poder recogerlo hasta mañana. Para entonces, puede que esté tan enterrado que no logren encontrarlo.

Se inclina hacia Riley.

—Quizá deberías bajar el ritmo —le susurra.

4

Dana sale de debajo de las mantas y aparta la mano de Matthew cuando él intenta agarrarla. Ella le sonríe.

—Deberíamos bajar. ¿No tienes hambre?

—Ahora que lo dices... —responde él con tono alegre, y sale de la cama.

Ella se arregla rápidamente con un vestido sencillo pero de corte elegante. Todo lo que se pone le queda bien. La genética ha sido generosa con ella y ahora cuenta con dinero para sacarle partido a ese don.

Matthew es un hombre cálido y generoso y ella está muy enamorada de él. Por supuesto, el dinero no viene mal. A menudo, piensa en lo afortunada que es, en lo desagradable que debe de resultar para la mayoría de las mujeres casarse y tener hijos sin salirse de un presupuesto.

Es muy consciente de que ella y Matthew tienen una vida afortunada. No va a pedir disculpas por ello. Pero, desde luego, tampoco va a restregárselo a nadie. Sabe bien lo que es desear —con desesperación— cosas que no se pueden tener. Para cualquiera que no sepa quién es Matthew, ellos simplemente parecen una pareja acomodada y de éxito. Pero Matthew es de familia adinerada, muy adinerada.

—¿Lista? —pregunta él mientras ella se pone el segundo pendiente. Está sentada ante el tocador antiguo y ve por el espejo que él se encuentra de pie detrás de ella. Es una imagen muy romántica.

—¿Por qué las mujeres no tienen ya tocadores como este? —pregunta ella.

—No lo sé. Deberían —responde él devolviéndole la mirada en el espejo y acariciándole con suavidad un mechón de su largo pelo.

—Después de cenar podemos sentarnos aquí delante de la chimenea a beber el champán que nos han dejado —propone ella. Piensa en lo encantador que sería, los dos solos, ahí, a la luz de la chimenea, con la nieve aún cayendo, dejando en silencio el mundo exterior. Qué sensación de estar tan lejos de sus vidas rutinarias.

Matthew cierra la puerta cuando salen y se mete la llave en el bolsillo.

Cuando dan la vuelta en el descansillo y mira hacia el vestíbulo, ve un pequeño grupo de huéspedes. El joven que estaba antes en la recepción está preparando bebidas y charla relajadamente con el puñado de personas que se han sentado junto a la chimenea.

—El bar está cerrado esta noche —anuncia el joven cuando ellos llegan al fondo de las escaleras y se acercan al grupo—. Nos falta el camarero y nos las estamos apañando como podemos. Espero que no les importe —dice.

—Ningún problema— le tranquiliza Matthew sonriendo, con la mano apoyada en la parte baja de la espalda de Dana. Le parece un plan bastante agradable. Se sientan en un sofá enfrente de una pareja que tiene más o menos su misma edad. Hay un hombre algo mayor que parece estar solo y un par de mujeres que comparten un sofá enfrente de la chimenea.

—¿Qué desea tomar? —pregunta el joven con una sonrisa de admiración a Dana.

—Un vodka con Martini, por favor —responde ella.

—Para mí un escocés con hielo, gracias —dice Matthew.

—Soy Bradley —se presenta el joven.

—Yo soy David —añade el hombre que está solo.

—Es abogado criminalista —informa el hombre que tiene enfrente—. Yo soy Ian y esta es Lauren. —Lauren le sonríe.

—Yo soy Matthew y esta es mi prometida, Dana —responde él.

Ian se inclina hacia delante y señala a las mujeres que están en el sofá.

—Y estas son Gwen y Riley. —Gwen asiente y sonríe con modestia. Riley los mira con la menor de las sonrisas antes de apartar la vista para dirigirla al fuego—. Las hemos encontrado en una cuneta no muy lejos de aquí —añade con una sonrisa.

Parece simpático, piensa Matthew. Con facilidad de palabra. Con facilidad para gustar.

—Hemos tenido suerte de que aparecieran —interviene Gwen—. De lo contrario, es probable que siguiéramos ahí fuera, muertas por congelación. —El viento agita las ventanas, como si enfatizara lo que ella acaba de decir—. Va a tener que venir una grúa para sacar el coche por la mañana. No podían hacerlo esta noche, claro está. Las carreteras están muy mal.

—Hemos tenido suerte de llegar a la hora que lo hemos hecho —dice Matthew—. Si no, puede que no lo hubiésemos conseguido. Creo que la tormenta está siendo peor de lo que se esperaba.

—Sí —asegura Bradley—. A veces, me pregunto para qué sirven los meteorólogos. Mi padre dice que resulta más útil mirar por la ventana. Tiene puesta la radio en la cocina. Han cerrado la autopista principal y dicen que las carreteras comarcales están bastante intransitables. Algunos de nuestros clientes no han podido llegar, pero, sinceramente, no nos viene mal. Estamos cortos de personal por culpa de la tormenta.

—Vaya —dice Gwen.

—No se preocupe. Vamos a poder cuidar bien de ustedes —responde Bradley con clara confianza.

Es un hombre atractivo, piensa Matthew, y muy seguro de sí mismo, casi engreído.

—Espero que no se vaya la luz —dice Lauren.

—Si ocurre, la mayoría de las habitaciones tienen chimeneas y la leñera está bien surtida de madera —los tranquiliza Bradley—. Y disponemos de lámparas de aceite si es necesario.

—Lo cierto es que suena hasta bien —contesta Ian.

Matthew detecta movimiento por el rabillo del ojo y levanta la vista. Otra pareja está bajando por las escaleras. Son mayores que él y Dana, puede que de casi cincuenta años. El hombre parece incómodo por algo y la mujer que va a su lado tiene aspecto de estar tratando de esforzarse todo lo que puede.

El hombre llega hasta ellos y se dirige a Bradley de inmediato.

—Me vendría bien un whisky con soda —dice. Coge la copa que Bradley le ofrece y se coloca junto a la chimenea, dejando a su esposa sola junto al carro de las bebidas.

—¿Qué le sirvo, señora? —le pregunta Bradley.

—Voy a tomar un *gin-tonic*, por favor —responde ella con educación.

—Siéntese aquí —señala Gwen moviéndose un poco y dando una palmada en el espacio vacío del sofá a su lado. La mujer la mira agradecida y se sienta con ella, hundiéndose en los cojines.

Ian hace las presentaciones y, a continuación, mira al hombre que está de pie delante de la chimenea.

—Yo soy Henry —dice este—. Y esta es mi mujer, Beverly.

—Encantada —murmura Beverly mirando a todos.

—Estábamos hablando de la tormenta —explica Lauren—. Bradley nos estaba contando que nos encontramos completamente rodeados de nieve y nos tranquilizaba diciendo que no tenemos por qué preocuparnos si se va la luz.

—No hay cobertura de móvil aquí —se queja Henry—. Ni wifi. Es como estar enterrados en vida.

Al decir aquello, hay un repentino silencio.

—Nunca hemos tenido cobertura —le informa Bradley, algo sonrojado ante la reprimenda—. Ni tampoco wifi. Está en nuestros anuncios. Muchos de nuestros huéspedes vienen aquí para huir de todo eso.

Matthew percibe la mirada de resentimiento que Henry le lanza a su esposa, como si fuera culpa de ella que no haya wifi. Puede que sea por eso por lo que está tan enfadado.

—Pero el entorno es encantador —dice Beverly con tono animoso—. Y veo que tienen muchos libros aquí.

Es cierto. Matthew ha visto estanterías por todo el hotel llenas de libros de todo tipo.

—He visto una vieja novela de Agatha Christie en mi mesilla de noche —interviene Lauren.

—Eso es cosa mía —dice Bradley—. Dejo libros en todas las habitaciones. Es mucho mejor que colocar bombones en las almohadas, ¿no creen? Aunque también dejamos bombones, por supuesto —matiza sonriendo.

—A mí me parece original —responde Lauren.

—La verdad es que tenemos una biblioteca bastante surtida. Puedo buscarle otra cosa si quiere. Conozco relativamente bien lo que hay en ella. Me he leído casi todos. A nuestros huéspedes les gusta leer en la biblioteca, claro, pero en verano lo hacen en la hamaca, junto a la piscina o en el cenador.

—Tendremos que volver aquí en verano —dice Matthew sonriendo a Dana—. Después de nuestra boda.

—Deberían hacerlo —asiente Bradley—. Esto es precioso en verano. Pero es igual de bonito en invierno. Puedo encender la chimenea de la biblioteca después de la cena por si alguien quiere sentarse allí.

—A nosotros nos gustaría ver la casa de hielo —apunta Lauren.

—¿Qué es exactamente la casa de hielo? —pregunta Beverly.

Bradley responde con una sonrisa:

—Es un pequeño anexo hecho completamente de hielo y nieve. Lo hemos convertido en bar. Todo está tallado en el hielo: la barra, los estantes e incluso los taburetes. Y hay una estupenda escultura. Lo único que hay ahí dentro que no está hecho de hielo son las botellas, las copas y los utensilios del bar. Es bastante increíble. No he tenido oportunidad todavía de limpiar el camino que lleva hasta ella, pero sacaré la máquina quitanieves para abrirlo mañana. Lo prometo.

—Será muy frío —dice Gwen.

—Necesitará una chaqueta —asiente Bradley.

El ambiente de la sala ha cambiado ligeramente desde la llegada de Dana y Matthew. Lauren no ha podido evitar notar la reacción de los hombres presentes cuando ha llegado Dana. Bradley la miraba boquiabierto mientras le servía la copa. Los hombres mayores saben ocultar mejor sus emociones. Aun así, resulta imposible no fijarse en que la increíble belleza de Dana ha afectado a todos. Es como si, de repente, estuviesen sentados con la espalda más recta. Incluso Ian. Le da una pequeña patada, irritada, y él dirige su atención hacia ella.

Lauren se considera a sí misma una mujer atractiva y no le cabe duda de que Ian piensa lo mismo de ella. Pero Dana es de otra clase. No es solo su belleza, en la que es difícil no fijarse. Es su glamur. Su conciencia de su propio atractivo. Sin quererlo, hace que las demás mujeres presentes en la sala se sientan inferiores. Lauren ha notado que hay algo excepcional en las mujeres guapas que las hace creerse con derecho a obtener todo lo que desean.

Lauren se sorprende mirando fijamente a Dana. De repente, como si hubiese notado la mirada de Lauren sobre ella, Dana la mira a los ojos. La sonrisa de su precioso rostro no varía mientras deja la vista fija en Lauren.

Dana le recuerda a alguien a Lauren, pero no se le ocurre a quién. Quizá solo le recuerde a esas mujeres que salen en las pantallas de cine y en las revistas, las que dejan claro a las demás cuáles son sus propios defectos. Lauren es la primera en desviar la mirada.

Descubre que Gwen y Riley también están mirando a Dana.

Viernes, 18:45 horas

Cuando James sale de su cocina y entra en el vestíbulo para ver cómo se encuentran los huéspedes, ve que la hora del cóctel está en pleno auge. Los clientes están de charla y todo parece bastante agradable. Llevan ya un rato bebiendo y hay algo en lo de estar atrapados por la nieve que hace que la gente se junte.

Su hijo levanta la mirada hacia él cuando entra en el vestíbulo. Bradley sujeta sin cuidado y por el cuello una botella de champán descorchada, Veuve Clicquot. Es un joven bastante llamativo y ahora le cae un mechón de pelo por la frente, lo que le da cierto encanto desenfadado. Es alto, delgado y atlético y parece de lo más cómodo con sus pantalones negros de pitillo y su camisa blanca. Viste bien. Y a Bradley se le da muy bien atender a los huéspedes. Muy seguro y sociable, como lo era su madre. James se siente más cómodo entre bastidores, en su cocina, con su delantal, o encargándose de la contabilidad. Aun así, le preocupa Bradley. Le preocupa que se pase de la raya. Sigue siendo joven e impulsivo. Tiene que recordar que es un sirviente, no un huésped. Hay límites que tiene que guardar. A Bradley no siempre se le ha dado muy bien respetar los límites.

Todas las mujeres están bebiendo ahora champán en viejas copas Pompadour. En ocasiones, algún huésped quisquilloso pide una copa de flauta, pero a la mayoría les gusta la sensación decadente de años veinte que provocan las copas Pompadour. Al mismo James le encantan. Van muy bien con su hotel.

Bradley hace las presentaciones. Ahora James puede poner nombre a sus rostros.

—Hemos pasado al champán —dice Lauren mientras levanta su copa.

—Estupenda decisión —asiente James.

—Ya que estamos atrapados aquí por la nieve, hemos decidido que vamos a sacarle todo el partido a la ocasión —anuncia Dana, una joven increíblemente guapa con un gran anillo de diamantes de compromiso en el dedo.

—Las señoras están de celebración —dice Henry, de pie ante la chimenea y sosteniendo una copa en alto—, pero los hombres nos limitamos a beber.

—¿Nos conocemos ya todos, Bradley? —pregunta Ian—. ¿No hay más huéspedes que se queden esta noche en el hotel?

—No, hay uno más —responde Bradley—. Esta mañana llegó una mujer. No creo que vayamos a verla mucho. Dice que está escribiendo un libro y quiere tranquilidad.

—¿Un libro? —pregunta Dana—. ¿Qué tipo de libro?

—No tengo ni idea. No lo ha dicho.

—¿Cómo se llama? —pregunta Gwen.

—Candice White —contesta Bradley—. ¿La conocen?

Todos los presentes niegan con la cabeza.

—En fin, eso es todo —dice Bradley—. No hay más llegadas con este tiempo.

5

Candice White está sentada en el escritorio antiguo que se encuentra delante de la ventana de su habitación y mira hacia el paisaje invernal, agradecida por haber llegado pronto, antes de la nevada. Ha podido aprovechar para tener una buena jornada de trabajo.

Salió en coche desde Nueva York a primera hora de la mañana, desesperada por escapar. Últimamente, es un manojo de nervios y resentimiento. No es que tenga una familia que la necesite, un marido desaliñado y unos niños adorables con manos pegajosas. Rectifica. Si hubiese tenido hijos, probablemente ya serían adolescentes y puede que no tan adorables. A veces, hace estas cosas. Se imagina cómo habrían sido sus hijos, a diferentes edades, en distintas circunstancias, si los hubiese tenido. Si hubiese sido afortunada en el amor. Pero no. No ha sido afortunada en el amor. No ha disfrutado del final feliz. En lugar de ello, como la única sin casar de tres hijas —y la única que es lesbiana—, le ha tocado tener que ocuparse de su madre viuda y anciana porque sus hermanas algo egoístas están demasiado ocupadas con sus propias y absorbentes familias que las adoran.

Candice siente que ha sido doblemente engañada. Se le ha negado la felicidad que sus hermanas parecen dar por sentado y ha tenido que acarrear con la ingrata, agotadora y deprimente obligación de cuidar de una persona mayor. No es que no quiera a su madre. Pero resulta muy... difícil. Y muy triste. La dependencia, las vergonzosas necesidades corporales, el hecho de que su madre no sepa siquiera quién es la mitad de las veces. Mina por completo su creatividad y hace que le resulte complicado trabajar. Por eso es tan importante haberse tomado estos días fuera para terminar su libro.

Sus hermanas solo ayudan cuando ella sale de la ciudad por trabajo, algo que últimamente no ha sucedido con frecuencia. Se han despreocupado, dependiendo de ella en todo momento, con cada vez menos visitas a su madre. Sus propias familias son más importantes y «Candice no tiene familia. Candice puede encargarse». Se descubre pronunciando esas palabras, en silencio y con sarcasmo, sin pensar, con una expresión de fastidio en la cara.

En fin. Si este libro resulta tan bueno como cree que va a ser —tan bueno como su agente dice que es— tendrán que cambiar de idea. La dinámica de la familia tendrá que variar. Dirige la vista desde la oscuridad que se arremolina fuera de la ventana hacia la pantalla de su portátil.

Se ha despistado. Debería escribir otra página antes de bajar a cenar. Mira el reloj y se da cuenta de que se ha perdido la hora del cóctel. Para una escritora, es triste perderse la hora del cóctel. Vuelve a mirar la pantalla de su ordenador portátil que tiene delante, arrepentida por ese último párrafo. Tendrá que desaparecer. Lo selecciona y le da a borrar.

Candice se quita las gafas de lectura y se frota los ojos. Quizá necesite un descanso. Continuará después de la cena. Habrá vino en la cena.

Se vuelve a decir a sí misma que tenía que alejarse de su madre para terminar el manuscrito. Está tratando de no sentirse culpable por ello. Tiene que escribir las últimas diez mil palabras, pero también tiene que comer.

Candice lleva mucho tiempo con este libro. Es lo primero realmente suyo que escribe desde hace años. Durante casi dos décadas se ha ganado la vida a duras penas como autora de libros de ensayo, pero últimamente, cada vez con más frecuencia, ha escrito de forma anónima textos que otros han firmado. Todo tipo de libros, desde autoayuda hasta libros del mundo de los negocios. Pero la mayor parte de estos genios no han tenido precisamente mucho éxito, así que nunca ha pensado que su sabiduría valiera más que el papel sobre el que iba impresa. Mientras le pagaran, no le importaba. Cuando empezó, estaba bien. Tenía tiempo para ella y conocía a

gente interesante. Podía viajar —con los gastos paga-
dos— y, cuando era más joven, eso suponía un incen-
tivo. Ahora le gustaría viajar mucho menos y que le
pagaran mucho más.

Espera que este libro —suyo de verdad— le haga
ganar una fortuna.

Tras cerrar el portátil, Candice se levanta, se mira
con desaprobación en el espejo de cuerpo entero y decide que no puede bajar con las mallas. Se pone una
falda decente y unas medias y un pañuelo de seda en el
cuello. Se cepilla el pelo y se hace una nueva coleta bien
peinada, se pinta otra vez los labios y baja.

Viernes, 19:00 horas

A la hora de cenar, todos pasan al comedor. La cena se
ha dispuesto a modo de bufé. Hay una mesa larga en
una pared llena de calientaplatos de plata con tapaderas,
bandejas de ensalada y cestos con varios tipos de pan y
bollería. Una reluciente lámpara de araña proyecta una
luz suave. Hay varias mesas dispersas por el comedor
—algunas para dos, otras para cuatro— con manteles
blancos. Enseguida se oye el ligero repiqueteo de cubiertos contra la porcelana buena cuando los huéspedes empiezan a coger platos para servirse.

David Paley llena despacio su plato, entretenién-
dose ante la carne asada, la salsa de rábano picante y
distintas guarniciones calientes —elige patatas gratinadas

y espárragos— mientras se pregunta dónde debería sentarse.

Supone que podría sentarse con cualquiera salvo la pareja de prometidos, que parece que quieren estar a solas y ya han ocupado una mesa para dos en el rincón. Una mujer a la que no ha visto antes, de su edad más o menos —debe de ser la escritora—, ha ocupado una mesa para dos. Supone que puede sentarse con ella, pero parece bastante intimidante con la mirada fija en una revista que tiene en la mesa mientras come. No ha saludado a nadie cuando ha entrado en el comedor. Lo que más le gustaría es sentarse con Gwen, la mujer del pelo oscuro, y su nerviosa amiga.

Gwen y Riley han llenado ya sus platos y están sentadas en una mesa dispuesta para cuatro personas. Se acerca y pregunta con educación:

—¿Puedo sentarme con vosotras?

Las dos mujeres le miran, sorprendidas. Dos pares de ojos nerviosos que le miran con atención. Riley tiene los ojos vidriosos por haber bebido tanto y tan rápido, presume él. Se da cuenta de que Gwen es aún más guapa de cerca. Su cara es pálida y fina y tiene un precioso pelo moreno. Sus rasgos son más sutiles que llamativos, el tipo de rostro que imagina que podría quedarse mirando durante mucho rato. Se sorprende al pensarlo. Acaba de conocerla. De repente, desea que ella hubiese estado sola este fin de semana, como él, y que hubiesen podido conocerse más el uno al otro. Pero tal y como están las cosas, resulta bastante incómodo, sobre todo porque su amiga Riley no parece que prefiera tener compañía.

Ve que Gwen mira a Riley, que se encoge de hombros. Ni sí ni no. No resulta maleducada, pero tampoco cordial. Gwen vuelve a mirarlo.

—Sí, claro. Por favor, siéntate.

Se sienta junto a Riley, enfrente de Gwen, para poder mirarla.

—¿Has venido solo? —pregunta ella antes de sonrojarse ligeramente. Él está encantado al ver el color que aparece en sus mejillas.

—Sí —responde—. Estoy solo. He venido para escaparme y poder pensar. —No está seguro de por qué le está contando eso.

—Entiendo —dice ella con tono cortés.

Él se siente incómodo hablando de sí mismo, pero no quiere parecer tampoco demasiado entrometido preguntándole por ella. Se da cuenta de que eso no les deja muchos temas de conversación.

—Eres abogado defensor —comenta Gwen cuando el silencio empieza a resultar incómodo.

—Sí —contesta. Curiosamente, no se le ocurre decir nada más. Descubre que se ha quedado sin palabras. Normalmente no es así, pero siente que su amiga rezuma cierta hostilidad velada y eso le desconcierta.

—Debe de ser interesante —dice Gwen con tono vivaz—. Y estimulante. Aunque, probablemente, también sea agotador.

—Sí —asiente él. Por un momento solo se oye el tintineo de los cubiertos sobre la porcelana mientras cenan su carne asada. David se descubre mirando el parpadeo de la luz de las velas reflejado en el cristal de las ventanas—. ¿Qué os ha traído por aquí este fin de semana? —pregunta por fin. Quizá su amiga se suba y ellos puedan sentarse delante de la chimenea a charlar. Eso le gustaría.

Gwen mira brevemente a Riley.

—Solo queríamos una escapada, un fin de semana de chicas —responde.

—Ah. —No se le ocurren muchas cosas que decir ante eso. Difícilmente puede colarse en un fin de semana para chicas.

—Riley y yo fuimos juntas a la facultad de periodismo. Ella trabaja en el *New York Times*.

Él lanza una mirada nerviosa a Riley, sintiendo una consternación interior.

—Pero yo nunca he llegado a trabajar de verdad como periodista —confiesa Gwen.

—Ah, ¿no? —pregunta David, con la mente alejándose de la conversación—. ¿Y a qué te dedicas?

—Trabajo en el departamento de relaciones públicas de una pequeña empresa de Nueva York.

—¿Y te gusta? —Pero él ya está pensando en un plan de huida.

—La mayor parte, sí —contesta—. Puede ser emocionante, pero también monótono. Como muchos trabajos, suena más glamuroso de lo que es.

Hablan durante un rato sobre cosas sin importancia. Cuando está a punto de empezar con el café y el postre —en la mesa larga del bufé han aparecido bizcocho inglés y *brownies* de chocolate—, Riley se gira, le mira directamente y le habla arrastrando ligeramente las palabras:

—Llevo un rato tratando de identificarte. ¿Cómo decías que te llamabas?

Él la mira e intenta no encogerse ante la mirada fija de ella.

—David Paley —contesta, esperando la reacción de Riley. Al fin y al cabo, es periodista. Los de su profesión no tienen ningún reparo. Sabe que su fin de semana está a punto de echarse a perder.

Beverly Sullivan lo pasa mal durante la cena. Se pregunta cómo puede ser posible que tras veinte años de matrimonio no tengan nada de lo que hablar. Sin los niños allí, interrumpiéndolos, distrayéndolos, parece que tienen poco que decirse. Antes no era así. Antes estaban bien juntos. Tantos años comiendo con los niños han hecho que pierdan la facilidad para la conversación. Deberían haber contratado a más niñeras, haber salido más a cenar solos, piensa con remordimientos, como siempre aconsejan los expertos.

Por desgracia, está colocada de tal forma que mira directamente a la pareja de prometidos tan increíblemente atractiva que está a solas en el rincón. Hacen todo lo que suelen hacer las parejas de enamorados: se miran a los ojos, sonríen en exceso, se acarician siempre que pueden. De vez en cuando, se ríen.

Son muy jóvenes, piensa. No tienen ni idea.

Menos mal, se dice, que los clientes de las demás mesas están tan absortos unos con otros que nadie parece darse cuenta de que ella y su marido apenas se hablan.

Parece que él sigue enfadado por no tener wifi. A menos que, en realidad, esté enfadado por otra cosa. No se le ocurre qué puede ser. El hotel es precioso. Él aceptó que fueran allí. Quizá se siente estresado y culpable por no estar en casa poniéndose al día con el trabajo. Al final, ella pronuncia su nombre para llamar su atención y, cuando la tiene, le pregunta en voz baja:

—¿Te pasa algo?

—¿Qué? —responde él—. No. —Coge otro bocado de su estupenda carne asada.

—Apenas has dicho una palabra desde que hemos llegado —dice ella con suavidad, con cuidado de no parecer hostil.

De hecho, está un poco sorprendida. En casa tienen muy poco tiempo para los dos, pero no se muestran desinteresados el uno por el otro de forma deliberada, simplemente están demasiado ocupados. Algo ha cambiado y ella no sabe qué es.

—Tengo muchas cosas en la cabeza —replica él un poco a la defensiva.

—¿Quieres hablarme de ello? —le pregunta. Él la mira, como si estuviese pensando qué contarle. Eso hace que se sienta inquieta. Quizá sí que hay un problema del que ella no es consciente.

—No es más que el trabajo —dice él—. Pero preferiría no hablar de trabajo este fin de semana.

—Bien —asiente ella a la vez que da otro sorbo de vino y le mira con una sonrisa tímida—. Al fin y al cabo, hemos venido hasta aquí para relajarnos y disfrutar los dos solos. —Trata de dejar de lado su intranquilidad.

Tiene guardada una bonita sorpresa para él que hará que de su mente desaparezca lo que sea que le esté perturbando.

6

Lauren observa con interés a los huéspedes de las otras mesas. Siempre ha sentido curiosidad por la gente, los analiza y trata de averiguar qué es lo que los mueve. Estudia lo que hacen. Por ejemplo, ¿por qué esa tal Riley, la que está en la mesa con Gwen y David, parece tan nerviosa? No deja de mirar por toda la sala, como si estuviese esperando que alguien le vaya a robar su cena.

Ian se ha sacado el pie del zapato y ahora acaricia la pierna de ella por debajo de la mesa con el dedo del pie cubierto por el calcetín.

—¿Estás flirteando conmigo? —pregunta con recato fingido mientras dirige de nuevo la atención al hombre que está sentado enfrente de ella. Es increíblemente atractivo, pero ella nunca ha podido concentrarse mucho rato en una sola cosa. Su mente rápida viaja de un sitio a otro.

Por suerte, a él no parece importarle. Casi está igual de interesado que ella en los demás huéspedes.

—¿Qué le pasará a esa Riley? —le pregunta Lauren en voz baja.

—No sé. Parece como si se hubiese escapado de un centro de desintoxicación o algo así —responde Ian con un susurro.

Lauren dirige ahora su atención al abogado, que está hablando con Gwen. Ha estado observando su lenguaje corporal durante la cena. Algo ha cambiado. Ahora él apoya la espalda en el respaldo, rígida, como si alguien hubiese dicho algo que no le ha gustado. Apenas un rato antes, él se inclinaba hacia Gwen, sonriéndole, ladeando la cabeza a un lado, como un ave macho que busca aparearse. Puede que Riley le haya mandado a la mierda.

Deja que su mirada viaje hasta el rincón, donde está cenando la pareja de prometidos. Entrecierra los ojos. Mientras tomaban las copas en el vestíbulo, ha sentido casi al instante que no le gustaba Dana. Quizá se haya debido simplemente a su belleza casi intimidante. Quizá fuera por el modo en que ella movía ostentosa ese anillo de diamantes. No es que lo haya puesto directamente bajo las narices de nadie ni haya dicho: «Este es mi anillo de pedida, ¿a que es precioso?». Pero sí que ha estado agitando sus manos de manicura perfecta solo para que la gente lo viera. El enorme diamante ha relucido cuando se ha alisado el pelo, cuando ha cogido su copa de champán. Sus ojos brillaban cuando miraba a su prometido. Todo en ella era reluciente y brillante.

Tiene una vida reluciente y brillante, piensa Lauren. A continuación, dirige su atención al hombre con el que se ha prometido.

¿Qué opina de él? Opina que es de esos que colecciona cosas relucientes y brillantes.

Pasa a la mujer que debe de ser Candice White, que está cenando sola en una mesa para dos mientras finge leer una revista. Pero, en realidad, está mirando a David, el abogado, que por su posición no puede advertirlo. Lauren se pregunta por qué mira Candice a David. Quizá le encuentre atractivo. Desde luego, es atractivo, eso puede verlo cualquiera. Bueno, pues a ver si tiene suerte, piensa Lauren. Está claro que él está interesado en la más joven y fascinante Gwen.

Ahora Candice ha apartado su atención de David para mirar con bastante intensidad a Dana y Matthew. Son una pareja atractiva, pero algo cambia en el gesto de Candice, como si reconociese a Dana de algún sitio. O puede que sea a Matthew al que ha reconocido. Lauren no está segura. Pero ahora parece como si su interés se dividiese por igual entre la reluciente pareja de jóvenes y el discreto abogado.

La escritora tiene un aspecto bastante austero. Pelo moreno apartado de la cara y recogido en una cola de caballo. Complexión fuerte. Una falda y un jersey sobrios y unas gafas igual de discretas. Tiene aspecto de poder pasar por una enfermera eficiente. La única floritura es un bonito pañuelo alrededor del cuello. No es que no sea atractiva, pero tiene sus años. Quizá casi cuarenta. Lauren se pregunta distraída por el libro que estará escribiendo.

Qué agradable es este sitio, piensa Lauren, con este comedor tan encantador, con las luces tenues y el viento soplando fuera, como si hubiese algo que quisiera entrar.

Dana da otro sorbo al excelente vino, aparta un momento la mirada de Matthew y la dirige alrededor del comedor. Qué sorprendente puede ser la vida.

Está pensando en lo pequeño que es el mundo cuando, de repente, se oye un fuerte e inquietante ruido.

Dana da un pequeño salto en su silla. Se da cuenta de que todos los demás levantan los ojos de su comida, sorprendidos.

Bradley, que está cambiando los platos junto a la mesa del bufé, sonríe.

—No se preocupe —dice—. No es más que el sonido de la nieve que se desliza por el tejado.

—Dios mío —responde Dana, riéndose quizá con demasiada fuerza—. ¡Ha sonado como si alguien se hubiese caído del tejado!

—¿A que sí? —coincide Bradley.

Riley da las gracias al alcohol por poder mantener las formas. Sabe que ha llamado un poco la atención en el vestíbulo, bebiéndose de un trago el vino y el champán como si fuese un marinero. Pero es periodista. Sabe aguantar el alcohol. Y en los últimos años se ha estado automedicando más de lo que estaría dispuesta a confesar, desde que empezó a ir a zonas del mundo horribles y peligrosas.

No ha disfrutado de la cena. No le ha gustado la forma en que el abogado ha ocupado una silla en la mesa. Era obvio que estaba interesado en Gwen. Eso le ha molestado. Normalmente, era en Riley en quien se interesaban los hombres, no en Gwen. Riley era la que llamaba la atención. Puede que esto, más que ninguna otra cosa, sea lo que la ha convencido de lo mucho que ha cambiado.

Pero no son los celos los que le hacen desconfiar del abogado. Hay algo en él. En las profundidades del cerebro de Riley flota algún tipo de recuerdo que trata de abrirse paso a codazos. Pero no consigue saber qué es. Le suena su nombre. Tiene algún tipo de tufo a escándalo. Ojalá hubiese aquí conexión a internet. Podría buscarlo en Google.

Aunque Gwen se ha sentido claramente halagada por el interés del abogado, Riley ha lanzado un cubo de agua fría sobre aquel pequeño romance al preguntarle sin rodeos quién era. A juzgar por el modo en que él ha cerrado la boca al enterarse de que ella es periodista, está bastante segura de que ahí hay algo. El abogado se ha saltado el postre y se ha disculpado diciendo que iba a ver la biblioteca. Desde que se ha marchado, Gwen se ha quedado en silencio.

Lamenta que Gwen se haya llevado esa decepción, pero Riley siempre la ha protegido, desde cuando eran compañeras de habitación. Se suponía que este fin de semana iba a ser para que Gwen ayudara a Riley, pero Riley ha vuelto a adoptar su antiguo rol. Le hace sentirse bien, sobre todo cuando se trata de una persona a la que le cuesta enfrentarse a los aspectos más básicos de cada día.

—¿Subimos? —pregunta—. Estoy un poco cansada.

Gwen duda.

—La verdad es que yo no estoy tan cansada —contesta—. Creo que voy a hacer una parada en la biblioteca para coger un libro —añade, desviando la mirada.

Riley se molesta.

—Creía que ya habías traído un libro —dice con frialdad. Las dos saben que eso es verdad. Las dos saben que esto va de que Gwen suba con Riley o pase más tiempo con el atractivo abogado. Riley quiere que Gwen la elija a ella. Se pregunta en qué tipo de amiga la convierte eso: ¿en la protectora o en la exigente?

—¿No te importa subir sola? —pregunta Gwen—. No voy a tardar mucho.

—No te preocupes por mí —responde con tono seco—. No me importa.

Viernes, 20:25 horas

David se encuentra solo en la biblioteca, una sala grande en un rincón de la parte posterior del hotel, a la izquierda de la magnífica escalera, detrás de la sala de estar. Es como si hubiese salido de una novela victoriana, un cruce entre

puede ser feliz. La vida no funciona así. Henry no puede ser uno de esos hombres que un día se dan cuenta de que son desdichados y deciden tirarlo todo por la borda para hacer lo que quieran. Es imposible. Ella no puede dejarlo todo a un lado para hacer lo que quiera y así poder ser feliz. Las mujeres no hacen esas estupideces. La sociedad no se lo permite. Pero los hombres lo hacen siempre. Siente cómo el corazón se le va llenando de rencor, no solo hacia él, sino hacia el mundo entero. Se siente desamparada, más desamparada que él. Ella nunca ha sido tan egoísta, ni tampoco ha tenido tiempo para ello, como para preguntarse qué le haría feliz.

Se queda sentada mirándole, pensando en lo cerca que está de perderlo todo. Pero puede que no sea demasiado tarde. Si él simplemente dijera que ha hablado de forma apresurada, que por supuesto que la quiere y que desea que lo suyo funcione, que todo se ha vuelto en contra de ellos, que sabe que ha sido difícil para los dos, que de algún modo tienen que ayudarse el uno al otro, esforzarse más para ser felices juntos..., entonces, está segura de que podrían volver a quererse. No está dispuesta a rendirse. Aún no. Pero espera y él no dice nada.

—¿Qué quieres decir con lo de que no eres feliz? —pregunta ella por fin. Su tono es contenido, pero lo que desea es darle un azote como si fuese un niño que hace pucheros. Así es como ella lo ve ahora mismo, como un niño egoísta, y desea poder enmendarle la plana igual que hacía con sus hijos antes de que se convirtieran en unos adolescentes caprichosos y rebeldes.

Como él sigue sin decir nada, ella insiste—: ¿Y qué te hace creer que tú tienes más derecho a ser feliz que ningún otro, que yo, por ejemplo, o que Teddy o Kate?

Henry mira a su mujer con un desprecio apenas disimulado. La odia cuando se pone así, toda altiva y arrogante. Es una auténtica mártir. No tiene ni idea de lo difícil que ha sido vivir con ella. ¿Hasta qué punto puedes soportar tanta tristeza en tu vida? Es una mujer deprimente, que siempre se está quejando. Al menos, así se lo parece a él. Puede que no esté siendo justo, piensa ahora, con bastante sensación de culpa. Está tan expuesta con ese camisón nuevo y tan corto que, de repente, siente compasión por ella. Pero sigue siendo incapaz de acercar una mano para consolarla.

Se pregunta cómo ven los demás a su mujer. ¿Qué piensan Ted y Kate de su madre? La verdad es que no lo sabe. Se quejan de que los atosiga demasiado, pero no cabe duda de que ella los quiere. Es una buena madre, eso lo sabe. Pero no sabe lo que piensan sus hijos de ninguno de los dos. No sabe lo que piensan, en general, los adolescentes. Él quiere a sus hijos, pero ya no quiere a la madre, que es lo que hace que resulte tan complicado. No quiere perjudicarlos ni hacerles ningún daño.

Está atrapado entre la espada y la pared. Y ahora se encuentra aquí, encerrado con ella por culpa de la nieve todo el fin de semana. ¿Qué van a hacer todo ese tiempo juntos?

—Yo no creo tener más derecho que tú ni que los niños a ser feliz —le responde con frialdad. Desde luego, no es eso lo que él ha dicho. Es muy típico de ella convertir su «Llevamos mucho tiempo sin ser felices» en «Llevo mucho tiempo sin ser feliz». Él no se cree más importante que los niños ni que ella. Cree que ella tampoco es feliz. La diferencia entre ellos está en que él lo ve y ella no. O puede que simplemente se trate de que él es capaz de admitirlo. Que quizá esté dispuesto a hacer algo al respecto.

Quizá, al término del fin de semana, todo se haya aclarado de alguna forma.

Viernes, 23:30 horas

Gwen sabe que ha sido una imprudente, pero no le importa. Algo ha sucedido y está dispuesta a seguir adelante. Quizá sea que el Veuve Clicquot se le ha subido a la cabeza. O puede que sea el olor que él desprende, como a jabón caro y trajes importados. Y eso que ni siquiera la ha tocado aún.

David ha pedido a Bradley que les traiga más champán. Bradley vuelve para encender el fuego y, a continuación, cierra con discreción la puerta de la biblioteca al salir.

—Me gusta ese chico —dice David y ella se ríe tontamente mientras él rellena las copas.

En la biblioteca, charlan. A ella le encanta el sonido de su voz, sobre todo ahora que está hablando a solas con ella. Es más grave, más íntima, pero, de algún modo, también más áspera, y eso hace que se sienta deseada. Cuando él habla en voz baja, se acerca más para que ella le pueda oír y Gwen también se inclina más hacia él.

Los dos saben qué va a pasar.

Cuando llegan a la habitación de él —se ha ofrecido a acompañar a Gwen a la suya, pero ella ha negado con la cabeza—, cierra la puerta al entrar con un suave chasquido y ella se estremece. No se mueve. Espera a oscuras.

Él acerca las manos por detrás de su cuello para desabrocharle el collar y quitárselo y ella siente como si la hubiese desnudado. Toma aire, esperando, con un pequeño jadeo.

Él deja con suavidad el collar —de bisutería, pero bonito— sobre el escritorio que hay justo al lado de la puerta. A continuación, la besa.

El beso libera algo en ella que llevaba demasiado tiempo encerrado, y se lo devuelve, pero no con frenesí. Lo hace despacio, como si siguiera sin estar segura. Y él parece darse cuenta. Como si tampoco estuviera seguro del todo.

A Beverly le cuesta dormirse. Siempre le pasa cuando está lejos de sus hijos y también ahora que su mundo se está desmoronando. No ayuda el hecho de que pueda oír la discusión amortiguada de la habitación de al lado, la de Dana y Matthew. ¿Es que nadie es feliz?

Le fastidia que Henry se haya quedado dormido tan pronto, como si no tuviera ninguna preocupación en el mundo. Y ahora está roncando. Ella no sabe qué les va a pasar. Le molesta que sea ella la que tenga que preocuparse por los dos. Siempre recae sobre ella toda la carga emocional.

Habían acordado dejar de hablar de su matrimonio antes de que ninguno de los dos dijera algo de lo que pudiera arrepentirse. Decidieron intentar dormir y ver cómo se sentían por la mañana.

Por fin, bien entrada la noche, ella se está quedando dormida, cuando oye un grito ahogado. Pero la somnolencia la invade y el grito pasa a formar parte de un sueño, una pesadilla. Alguien está intentando asfixiarla. De esa forma rara en la que suceden las cosas en los sueños, ella está dando fuertes gritos, aun cuando hay alguien que aprieta con firmeza una almohada contra su cara.

Sábado, 01:35 horas

Riley está tumbada en la cama, mirando al techo. Se pregunta cuándo se va a acostar Gwen. Según su reloj, es más de la una y media de la madrugada. Ni por un momento piensa que Gwen y David han estado en la biblioteca todo ese tiempo. Habrá ido a la habitación de él. Se habrá acostado con él. Puede que pase con él toda la noche y no vuelva a la habitación de las dos hasta la mañana.

Le hace sentir muy inquieta. El pánico va aumentando en su interior como una marea. No es porque sea una mojigata, ni mucho menos. Ha tenido muchos amantes. Y tampoco es porque sienta celos. Sino porque está segura de que alguna nube se cierne sobre ese tal David Paley. Solo que no puede recordar qué es. De nuevo, maldice la falta de conexión a internet.

Controla un deseo irracional de levantarse e ir a llamar a la puerta de David Paley. Pero ni siquiera sabe en qué habitación está.

Odia esa ansiedad constante que siente ahora por todo. Se dice a sí misma que no puede pasarle nada a Gwen aquí, entre tanta gente. Riley sabe que Gwen está con él.

Finalmente va cayendo en un sueño inquieto. Cuando se está quedando dormida, cree oír un grito, en algún lugar lejano. Se convence a sí misma de que no es un grito, sino un recuerdo. A menudo, oye gritos cuando se deja llevar por el sueño. Está acostumbrada a ellos. Son la antesala de las pesadillas.

8

Sábado, 05:45 horas

La mañana llega despacio. Durante la noche, la nevada, tan serena, se ha convertido en aguanieve y lo ha cubierto todo con un hielo frágil, haciendo que el paisaje sea aún más peligroso para moverse por él. Parece como si todo estuviese a punto de quebrarse. En el interior del hotel, hay un perceptible frío en el ambiente.

Lauren se levanta temprano, congelada, incluso a pesar del calor de Ian apretado contra ella. Se le ha quedado el cuello rígido. Sale de la cama, temblando, y va corriendo a vestirse con ropa abrigada mientras se pregunta por qué hace tantísimo frío. Se pone unos vaqueros, una camiseta, un jersey grueso y unos calcetines cálidos. No cerraron las cortinas antes de acostarse y ahora mira por la ventana de la fachada hacia el paisaje que tiene debajo. Aunque aún está bastante oscuro, puede ver que las ramas del enorme árbol del patio delantero están dobladas por el peso del hielo. Ve por dónde se ha roto una de ellas. Hay una gran hendidura clara por donde se ha desgajado del tronco. La pesada rama yace rota por tres partes sobre el suelo.

Entra en silencio en el baño y deja la puerta abierta. No quiere encender la luz para no despertar a Ian. Hace un frío terrible. Se cepilla rápidamente el pelo. Su reloj con luz dice que van a dar las seis. Se pregunta a qué hora se levanta el personal para empezar la jornada.

Vuelve a mirar a Ian, que ronca en la cama asomando solamente la cabeza por encima de las mantas. No se va a despertar hasta dentro de un rato. Ella abre la puerta con cuidado. No hay luz en el pasillo. Las luces de los apliques de las paredes están apagadas. Sale y recorre el pasillo de la tercera planta hasta la escalera principal con sus gruesos calcetines. No quiere despertar a nadie. Gira hacia la escalera y baja al vestíbulo mientras se pregunta hasta cuándo no podrá tomar una taza de café.

Sábado, 06:03 horas

Riley se despierta de repente, se incorpora bruscamente en la cama con los ojos abiertos de par en par. Cree haber oído un grito, fuerte y agudo. El corazón le late con fuerza y puede notar la habitual adrenalina que le recorre el cuerpo. Mira rápidamente por la tenuemente iluminada habitación de hotel y recuerda dónde está. Se gira hacia la cama que tiene a su lado apartando las mantas y, de forma inmediata, la invade el frío. Gwen también está despierta y alerta.

—¿Qué pasa? —pregunta Gwen—. Creo que he oído algo.

—No sé. Yo también lo he oído.

Por un momento, se quedan completamente inmóviles, escuchando. Oyen la voz de una mujer que está gritando.

Riley saca las piernas de la cama y se pone la bata al notar el frío, mientras Gwen se apresura a hacer lo mismo.

—Espérame.

Riley coge la llave y las dos salen por la puerta. El pasillo de la tercera planta está inesperadamente oscuro y, de repente, se detienen, desorientadas. Riley recuerda que tiene que hablar con Gwen sobre la noche anterior, pero ahora no es el momento. Simplemente, se siente agradecida por tener a Gwen con ella. No sabe qué haría si algo le pasara.

—Se ha debido de ir la luz —dice Gwen.

Riley y Gwen se dirigen hacia la gran escalera, descalzas. Se agarran a la barandilla de madera pulida y bajan deprisa mientras oyen otros pasos que corren por el hotel oscuro.

Entonces, Riley se detiene en seco. La poca luz que entra por las ventanas de la fachada ilumina una espantosa visión por debajo de ella. Dana está tirada en el suelo al pie de las escaleras, completamente inmóvil, con los brazos y las piernas en una posición poco natural bajo su bata de satén azul marino. Su precioso pelo largo se abre a su alrededor, pero su rostro tiene una palidez inconfundible. Sabe de inmediato que Dana está muerta.

Lauren está arrodillada en el suelo a su lado, inclinada sobre ella, con la mano presionada sobre su cuello, buscándole el pulso. Levanta la mirada hacia ellas, con expresión afligida.

—Acabo de encontrarla. —Su voz suena crispada.

Riley continúa bajando despacio las escaleras hasta que llega al último escalón, justo por encima del cadáver. Puede notar la presencia de Gwen detrás de ella, oye sus sollozos.

—¿Has sido tú la que ha gritado? —pregunta Riley.

Lauren asiente, llorosa.

Riley se da cuenta de que Bradley y su padre, James, están cerca. James mira fijamente al cuerpo de la mujer muerta al fondo de su escalera, con el rostro carente de expresión debido a la conmoción. Bradley parece incapaz de mirar a Dana y, en su lugar, observa a Lauren mientras esta se mueve por encima del cadáver. Entonces, James se acerca y extiende la mano, vacilante.

—Está muerta —le dice Lauren.

Él aparta la mano, casi agradecido.

David oye el grito y se levanta de la cama de un salto. Se pone un albornoz, coge su llave y sale de la habitación. En lo alto del rellano, se detiene y baja la vista hacia el pequeño grupo de personas que están abajo. Ve a Dana —claramente está muerta— tirada a los pies de las escaleras con su bata; Lauren está a su lado. Riley y Gwen están de espaldas a él. James está pálido y Bradley parece, de repente, mucho más joven que la noche anterior. David oye un ruido por encima de él, levanta los ojos rápidamente y ve a Henry y a Beverly bajando, también aún en pijama, cerrándose las batas y atándoselas.

—¿Qué ha pasado? —pregunta David a la vez que se apresura a descender las escaleras.

—No lo sabemos —responde James, con voz temblorosa—. Parece que se ha caído por las escaleras.

David se acerca más.

—No le encuentro el pulso —le informa Lauren.

David se agacha y examina el cadáver sin tocarlo, con una sensación lúgubre que se va adueñando de él.

—Lleva muerta un rato —dice por fin—. Ha debido de caerse en mitad de la noche. ¿Por qué habrá salido de su habitación? —se pregunta en voz alta. Ha visto una espantosa raja en el lateral de su cabeza y sangre en el borde del último escalón. Lo examina todo con ojo experto y siente un inexplicable agotamiento.

—Dios mío —susurra Beverly—. Pobre chica.

David levanta la vista hacia el resto. Beverly ha apartado la mirada, pero Henry está contemplando al cadáver con expresión solemne. David observa a Gwen, cuyo rostro está bañado en lágrimas mientras le tiembla el labio inferior. Siente el anhelo de ir a consolarla, pero no lo hace. Riley mira a la mujer muerta como si no pudiese apartar los ojos de ella. Ve entonces que falta Matthew.

—Alguien tiene que decírselo a Matthew —señala, mientras siente que se le encoge el estómago, consciente de que probablemente le toque a él. Mira de nuevo a James y, a continuación, a todos los rostros afligidos que ahora le devuelven la mirada a medida que van acordándose de Matthew—. Iré yo —añade, poniéndose de pie—. Será mejor que llamemos a la policía.

—No podemos —responde James con voz áspera—. Se ha ido la luz. Y el teléfono no funciona. No podemos ponernos en contacto con la policía.

—Entonces, alguien tendrá que ir a avisarla —insiste David.

—¿Cómo? —pregunta Bradley—. Mire afuera. Todo es un manto de hielo.

James niega despacio con la cabeza.

—Se ha debido de ir la luz por la tormenta de hielo. Es peligroso salir. Nadie va a ir a ningún sitio. —Y añade con la voz teñida de un tono de inseguridad—: Probablemente pase un tiempo hasta que la policía pueda llegar hasta aquí.

La alarma de Candice en su teléfono móvil está programada para que suene cada mañana a las seis y media en punto. Es de lo más disciplinada. Sin embargo, tiene el sueño ligero y, esta mañana, algo la despierta antes de que suene. No está segura de qué es. Oye pasos que corren por el pasillo de debajo de ella, voces.

Decide que será mejor levantarse. Además, hace un frío espantoso. Enciende el interruptor de la lámpara de su mesita de noche, pero no funciona. La habitación está muy oscura. Atraviesa la habitación, temblando con los pies descalzos, y abre las cortinas. Se queda sorprendida ante la visión. No es el esponjoso país de las maravillas de anoche, sino la furia desatada de una tormenta de hielo. Joder. Joder, joder, joder. Se pregunta cuánta batería le queda en el ordenador. Quizá cinco horas, como mucho. ¡Esto es un desastre! Necesita averiguar de inmediato cuándo va a volver la luz. Se pone rápidamente ropa abrigada y baja con cuidado a oscuras.

Al girar en el rellano, ve el vestíbulo al fondo de las escaleras y se detiene de pronto. Hay un grupo de personas al final de las escaleras y todos levantan la vista hacia ella. Cada uno de sus rostros tiene una expresión demacrada y de inquietud. Y, a continuación, ve la razón. Hay una mujer en el suelo al pie de las escaleras, tan inmóvil que está claro que está muerta. Es Dana Hart. El abogado está de pie junto a ella, con el rostro serio. No se ve a Matthew por ningún sitio.

David se ha ofrecido a darle la terrible noticia a Matthew, que, por lo que a ellos les consta, sigue arriba, en su habitación. A decir verdad, él piensa que es obligación del propietario del hotel informar a Matthew. Pero James no parece dispuesto a cumplir con esa tarea. Esto es lo que David se va diciendo mientras vuelve a subir. James le acompaña, claramente agradecido por que el abogado se haya ofrecido. Los demás se quedan atrás, sin moverse, mirando aturdidos cómo van subiendo las escaleras.

—¿Qué habitación es? —pregunta David.

—La habitación 201 —le contesta James con voz alterada.

Se detienen en la puerta. David hace una pausa, preparándose. Escucha por si se oye algo en el interior. Pero no percibe nada. Levanta la mano y llama con firmeza.

No hay respuesta. David mira a James, que parece aún más nervioso. David vuelve a llamar, esta vez con más fuerza. Empieza a pensar que le va a pedir a James que vaya a por la llave cuando oye movimiento en el interior. Por fin, la puerta se abre y David se encuentra cara a cara con el hombre al que conoció tomando unas copas la noche anterior. De repente, David siente una tremenda compasión por él. Matthew parece aún medio dormido. Se está poniendo un albornoz con torpeza.

—¿Sí? —dice, claramente sorprendido al verlos en su puerta. Después, mira hacia atrás, a la cama de la que acaba de levantarse, como si echara algo en falta. Vuelve a girarse, mira a David a los ojos y lo entiende todo de inmediato. Agudiza la visión—. ¿Qué ocurre? —Pasa la mirada de David a James, que está visiblemente afectado, y de nuevo al abogado—. ¿Qué ha sucedido? ¿Dónde está Dana?

—Me temo que ha habido un accidente —responde David, con tono profesional.

—¿Qué? —Matthew está ahora claramente alarmado.

—Lo siento mucho —dice David en voz baja.

—¿Le ha pasado algo a Dana? —La voz de Matthew es de pánico.

—Se ha caído por las escaleras —le informa David.

—¿Está bien? —Pero su rostro se ha puesto pálido.

David niega con la cabeza con expresión de tristeza y pronuncia las temidas palabras:

—Lo siento mucho.

Matthew ahoga un grito.

—¡No me lo creo! —Su cara adquiere una palidez cadavérica—. ¡Quiero verla!

No hay nada que hacer. La quiere ver. David le lleva hasta el rellano donde se detiene, con gesto de respeto. Dana está en el suelo, debajo de ellos, como una muñeca rota que un niño caprichoso hubiese tirado desde el otro extremo de una habitación. Matthew la ve, grita, y da un traspié al pasar por su lado en su ansia por llegar hasta su amada.

—No la toques —le advierte David.

Matthew se deja caer al lado de ella y empieza a llorar mientras los demás se apartan. No hace caso de la advertencia de David y le acaricia la cara demacrada y le pasa el pulgar por sus labios exangües, incrédulo. Después, entierra su rostro en el cuello de ella mientras los hombros se le mueven sin cesar.

Los demás apartan la mirada. Resulta insoportable.

Por fin, Matthew levanta la cabeza.

—¿Cómo ha pasado? —grita, medio enloquecido, a David, que ha bajado las escaleras y se ha detenido por encima de él, en el segundo escalón—. ¿Por qué ha salido de nuestra habitación?

—¿No la has oído salir? —pregunta David.

Matthew niega despacio con la cabeza, en medio de la conmoción y la tristeza.

—No. Estaba dormido. No he oído nada. —Se tapa la cara con las dos manos y llora desconsolado.

Bradley trae una sábana blanca y todos miran con gesto triste mientras él y David la colocan suavemente sobre el cuerpo inerte de Dana.

9

Sábado, 06:33 horas

Gwen vuelve con Riley a su habitación como si estuviesen en trance. Es como si le costara asumirlo. Dana está muerta, así, sin más. Puede que se haya caído por esas escaleras y haya muerto mientras ella estaba anoche en la habitación de David. Es posible que ya estuviese tirada en el fondo de las escaleras de la primera planta cuando salió de la habitación de él en la segunda y subió a la tercera, a su habitación. Se da cuenta de lo fugaz y valiosa que es la vida. Nunca se sabe cuándo te la pueden arrebatar, simplemente cuando menos te lo esperas. Dana lo tenía todo en la vida, piensa Gwen. Es espantoso. Eso hace que sea consciente de que debe tratar de disfrutar de cada momento.

Vivir la vida intensamente. No se le ha dado muy bien. Puede que haya llegado el momento de intentarlo. Puede que ya sea hora de soltar lastre, dejar atrás la culpa e intentar vivir su vida, piensa. Puede que anoche supusiera un nuevo comienzo para ella. Siente en su interior una creciente oleada de calidez y felicidad al pensar en David que no puede evitar, aunque Dana esté muerta.

Desea ir con él ahora. Pero resultaría de lo más inapropiado. Se habían dedicado una mirada cariñosa el uno al otro, pero eso había sido todo. Tenían tiempo. Volverían a estar juntos.

A Riley no le va a gustar que ella haya estado anoche con David. Gwen lo sabe, pero Riley es su amiga, no su guardiana. Riley debería alegrarse de que ella haya conocido a alguien. Gwen se alegró por Riley cuando conoció a alguien y rara vez ha conocido Gwen a alguien especial. Lamenta que haya tenido que ocurrir cuando se supone que debían pasar juntas este fin de semana, pero hay que aprovechar las cosas buenas cuando aparecen. No son muy habituales. El terrible accidente de Dana le ha llegado a lo más hondo y Riley debería entenderlo. No es que lo hubiese planeado así.

Llegan a la habitación y Riley cierra la puerta cuando entran. Gwen la mira con cautela, esperando a que diga algo. Como no dice nada, Gwen coge alguna ropa de su bolsa de viaje. Le gustaría darse una ducha, pero no parece que sea lo más apropiado. El agua debe de estar congelada.

—Tengo que decirte una cosa —habla por fin Riley, con tono serio, mientras se pasa un jersey por la cabeza y se coloca el pelo largo por encima de los hombros.

«Llegó el momento», piensa Gwen.

—Ese abogado, David Paley.

—¿Qué pasa con él? —A Gwen le sale la voz con un tono más cortante de lo que ella deseaba.

—¿Te has acostado con él?

—La verdad es que sí. —Se gira y fulmina a Riley con la mirada—. ¿Por qué? ¿Hay algún problema? Soy mayorcita. No recuerdo haber tenido yo ningún problema con ninguno de tus ligues. —Se sube la cremallera de los vaqueros con un movimiento furioso y coge un jersey grueso—. Dios sabe que has tenido bastantes —añade.

—Pero no sabes nada de él.

—Sí que lo sé. Es David Paley, abogado de Nueva York. Y un hombre muy agradable. —No puede evitar añadir—: Y estamos muy bien juntos.

—Gwen, siéntate un momento —dice Riley a la vez que se sienta ella en su cama.

Gwen se deja caer con gesto cansado en la cama enfrente de Riley y empieza a ponerse unos calcetines abrigados. Se niega a mirarla, a hacerle ver que la escucha. No quiere escucharla. Riley debería ocuparse de sus asuntos. Qué rápido han cambiado las tornas este fin de semana. Se suponía que ella tenía que cuidar de Riley pero, de repente, Riley está tratando de volver a ocupar el rol de protectora. A Gwen no le gusta eso.

—No sé qué es, pero hay algo en él que me inquieta —comenta Riley con evidente tono de tensión.

Gwen levanta los ojos hacia ella.

—Riley..., no quiero oírlo —afirma con una voz que deja claro que lo dice en serio.

Riley se muerde la lengua y termina de vestirse en silencio.

David regresa a su habitación un momento para vestirse. Su mente va a toda velocidad. Han pasado demasiadas cosas en muy poco tiempo. Conocer a Gwen. Ahora este desagradable accidente. Parece como si no hubiese sido un accidente.

Ha aprendido a fiarse de su instinto después de tantos años como abogado criminalista. Y sabe que en realidad no es tan fácil morir al caerse por un tramo de escaleras. Está bastante seguro de que Dana no se ha roto el cuello. Cree que la causa de la muerte ha sido el golpe en la cabeza. Y para morir por un golpe en la cabeza al caer por las escaleras hay que caer de una forma determinada. Tienes que golpearte la cabeza con fuerza contra el poste de la barandilla, por ejemplo. Pero a él le parece que ella se golpeó contra el borde del último escalón de una forma algo peculiar.

No le parece que sea para nada un accidente. Le parece más un asesinato.

Matthew, solo por ser el prometido de la mujer, es el sospechoso más claro. David piensa en la reacción que ha mostrado. O ha sido del todo sincero o Matthew es muy buen actor. David sabe perfectamente que no se debe subestimar a nadie. Sabe que la gente es complicada; que la vida es complicada.

Su propia vida lo es. Había tratado de mantenerse alejado de Gwen cuando supo que su amiga Riley era periodista del *New York Times*. No tenía necesidad de complicarse la existencia. Pero, luego, ella fue a buscarlo a la biblioteca... y ha sido la noche más placentera que ha pasado en varios años. Cuando ella subió con él tuvo la sensación de que todo era de lo más natural, que todo estaba bien. Abrió la puerta y la cerró cuando entraron y, después, ocurrió lo inevitable. Habían terminado en la cama. Él se había sentido vivo tras varios años de soledad. De alguna forma, vio que a ella le pasaba lo mismo.

Había estado muy solo desde que murió su mujer.

Sábado, 06:55 horas

Beverly sigue a su marido a las escaleras. Se han vestido rápidamente con ropa abrigada y ahora se dirigen al comedor. El corazón le late a toda velocidad al compás de sus rápidos pasos en las escaleras. A pesar de la profunda pena por la mujer fallecida, casi siente como si los hubiesen salvado. Esta crisis ha dejado a un lado sus propios problemas. Es como si a los dos los hubiesen apartado del borde donde se encontraban anoche. Resulta terrible pensar eso, pero tiene la esperanza de que esto evite que vuelvan a centrarse en su matrimonio durante ese día tan frío y sin luz. No quiere volver a ello, ahora que sabe lo precario de su situación.

Y luego, cuando estén de vuelta en casa, cuando dejen atrás todo este drama y tragedia, volverán a sus viejas costumbres y evitarán lo importante para seguir como deberían hacerlo. Como deben hacerlo. Se sorprende un poco al ver que, aun enfrentándose a algo tan desastroso como la inesperada muerte de una mujer joven, ella sigue pensando primero en sus propios intereses. Pero, por otra parte, lo cierto es que no la conocía. Sospecha que Henry se siente también agradecido porque haya algo que los distraiga de sí mismos este fin de semana, en lugar de tener que pasarlo discutiendo con su esposa y haciendo estallar por los aires su cómoda existencia.

Llegan al rellano y ella retrocede al ver el cadáver aún en el suelo, al pie de las escaleras, cubierto con la sábana. No esperaba que estuviera allí. ¿Por qué no la han movido y se la han llevado a algún lugar donde no tengan que verla? Se estremece de forma involuntaria. Continúan bajando consternados y rodean el cuerpo, mirando deliberadamente a cualquier otro sitio y acelerando el paso hacia el comedor.

Cuando ella y Henry entran en el comedor, todos se giran para mirarlos. Lauren está de pie junto a la cafetera, sirviéndose una taza de una jarra. A su lado está su novio, Ian, que por una vez no sonríe. Gwen está de pie sola, pero Riley anda cerca de ella. Beverly no ve a Matthew por ningún sitio. La escritora, Candice, está aislada en un rincón, bebiendo café y observándolos a todos con atención. Esta mañana no se esconde detrás de ninguna revista. El abogado permanece en silencio, apartado de todos, con expresión de preocupación mientras da sorbos a su café.

Candice se acerca a los que están junto a la cafetera.

—¿Alguno de vosotros sabe quién es Matthew Hutchinson? —El resto la miran sorprendidos—. ¿No? Pertenece a una de las familias más importantes y ricas de Nueva Inglaterra.

Beverly no tiene ni idea y, tras mirar a los demás, parece que ningún otro sabe nada tampoco. En ese momento, Bradley sale de la cocina con bandejas de bollos, croissants y magdalenas. Las coloca en la mesa larga donde la noche anterior habían dispuesto el bufé.

—Por favor, sírvanse ustedes mismos —dice.

Bradley parece esta mañana muy distinto, piensa Beverly. Tiene un aire distraído y no luce su encantadora sonrisa. En fin, no es de extrañar.

—Siento mucho lo de la luz —dice mirando a todos—. No podemos hacer nada salvo esperar a que arreglen los cables de alta tensión. Estoy seguro de que se estarán encargando de ello. Nosotros vamos a intentar hacer que, mientras tanto, se encuentren lo más cómodos posible.

Beverly se siente aliviada de que Matthew no esté presente. Debe de haber vuelto a su habitación. Imagina que los demás deben de sentirse igual de aliviados que ella. Nadie sabría cómo actuar con él. Un joven atractivo, en lo mejor de la vida, heredero, al parecer, de una gran fortuna, prometido con una joven tan encantadora. Su felicidad destruida en un instante por un terrible y trágico accidente. Qué triste y complicado va a ser el fin de semana al tener que pasar de puntillas junto a la pena de él.

Ahora, con su matrimonio hecho trizas, desearía no haber oído hablar nunca de este lugar. Ojalá pudiesen marcharse. Nada desea más que volver a su hogar. Quiere ir a casa con Henry, poner parches a sus problemas y continuar como si nada.

Los huéspedes se mueven con torpeza. Algunos se acercan a coger nerviosos croissants y magdalenas. Bradley regresa enseguida con una gran bandeja con huevos.

—Por suerte, tenemos un horno de gas —dice. Coloca la bandeja en la mesa e invita a todos a servirse. Pero muchos de ellos parecen haber perdido el apetito.

Por fin, James sale de la cocina y empieza a hablar con la adecuada solemnidad.

—Lo que ha ocurrido es terrible. Lo siento mucho. Y... —vacila— pido disculpas, pero, por desgracia, me han aconsejado que de momento debemos dejar el cadáver donde está.

Los clientes se remueven inquietos en el lugar donde se encuentran.

—¿Quién se lo ha aconsejado? —pregunta Henry.

—Yo —responde David.

—¿Estás seguro de que no se puede... mover? —pregunta Beverly, abatida. Le parece terrible dejarla ahí. Una falta de respeto, en cierto modo.

—No, no se puede.

—¿Por qué no? Seguro que ha sido un accidente —dice Lauren.

—Es mejor esperar a que sea el forense quien lo determine —contesta David.

—¡No estarás diciendo que no ha sido un accidente! —exclama Gwen.

—Lo único que digo es que es el forense quien lo determina.

De repente, Beverly se pregunta si el abogado sospecha que Matthew ha empujado a su prometida por las escaleras. Observa a los demás. Está bastante segura de que uno o dos de ellos piensan lo mismo. Con una sensación de náuseas en la boca del estómago, se pregunta si alguno de ellos oyó lo mismo que ella, la discusión entre Matthew y Dana a última hora de la noche. ¿Debería decir algo? Seguro que no era más que una pelea de novios. Matthew no haría daño a Dana. Parecían muy enamorados.

Hay un silencio incómodo que Riley interrumpe de forma brusca.

—A mí me pareció oír un grito anoche —dice.

—¿Cuándo? —pregunta David.

—No sé. Pensé que me lo había imaginado.

—¿Alguien más oyó algo? —pregunta David mirando alrededor.

Beverly nota que todo el cuerpo se le pone en tensión. No quiere crearle problemas a ese joven si no ha hecho nada malo. Quizá alguien más los oyera discutir.

No quiere ser ella la que lo comente. Pero nadie más dice nada. Baja la mirada, insegura, y deja que el momento pase.

—¿Y la policía? —pregunta ahora Henry.

Es James quien responde.

—Como sabe, no hay luz y los teléfonos no funcionan. No hemos podido ponernos en contacto con la policía.

—Lo sé, pero ¿y las motonieves? —insiste Henry.

James niega con la cabeza.

—No tenemos aquí. Hacen mucho ruido. Nos gusta centrarnos en actividades en la naturaleza: senderismo, esquí, excursiones con raquetas para la nieve... Somos algo anticuados.

Henry pone los ojos en blanco con desagrado.

—No puedo creer que no tengan un generador —murmura.

—La policía terminará llegando —dice James sin hacerle caso—. Cuando volvamos a tener luz y podamos usar el teléfono. O cuando limpien las carreteras y podamos salir.

—¿Cuánto tiempo suele tardarse en volver a tener luz aquí cuando hay tormenta? —pregunta Riley con inquietud.

—Depende —contesta Bradley—. Pero imagino que es un corte generalizado. El hielo es mucho peor que la nieve. Hace que los cables se caigan.

—Hasta que llegue la policía, tenemos que considerar esto como el posible escenario de un crimen.

—Pero... —empieza a decir Beverly. Se interrumpe cuando todos los ojos la miran y ella se sonroja. Continúa para comentar algo obvio—: Tendremos que pasar por encima del cadáver cada vez que subamos o bajemos por las escaleras. La vamos a ver ahí tirada cada vez que nos sentemos en el vestíbulo.

Y, a continuación, piensa en ese pobre joven que está en su habitación, esperando a la policía. Y en si debería decir algo sobre lo que oyó.

10

Sábado, 07:45 horas

Candice se queda en el comedor con los demás después del desayuno. Parece que nadie sabe qué hacer. Todos están desconcertados, a excepción del abogado, que sale del comedor después de desayunar con aire apagado pero decidido. Candice se da cuenta de que la mujer de pelo moreno, cuyo nombre ha sabido que es Gwen, le observa al salir.

Probablemente no tiene ni idea de quién es él.

A Candice le encantaría seguir al famoso David Paley escaleras arriba. Apostaría lo que fuera a que se dirige a ver a Matthew Hutchinson y desea más que nada en el mundo poder estar presente para oír lo que dicen. Después, se recuerda que no debe ser tan malvada, que ese hombre acaba de perder a la mujer con la que se iba a casar.

Eso es algo en lo que se tiene que esforzar, no dejar que su curiosidad se imponga a la compasión. Al fin y al cabo, es por eso por lo que dejó el periodismo y empezó a escribir libros. Al menos, los ensayos de largo formato la han salvado de eso. Cuando escribe libros, descubre que aún puede albergar sentimientos por aquello sobre lo que escribe, aún puede encontrar en ella una sensación de decoro. El periodismo puede acabar contigo.

Mira a Riley, a la que anoche reconoció como una de las corresponsales de guerra del *New York Times*. Ella tiene esa mirada. No la del periodista insensible que no ha tenido más remedio que desarrollar una piel gruesa que lo proteja. Ella está en el otro extremo. Está rota del todo, en carne viva. Se pregunta si alguna vez Riley volverá a recomponerse. Reconoce un trastorno de estrés postraumático nada más verlo. Ya lo ha visto antes.

Se alegra de no seguir siendo periodista. Aun así, hay un cadáver en el suelo, a los pies de la escalera, y nadie sabe cómo ha llegado hasta allí. Sabe interpretar bien las reacciones de la gente y no es estúpida. Parece que el abogado sospecha que ha sido algo más que un accidente. Está tentada de escabullirse arriba y ponerse a escuchar tras la puerta de Matthew. Pero se controla.

—No podemos salir con este panorama —dice Henry con tristeza, interrumpiendo sus pensamientos. Está mirando el hielo de fuera con el ceño fruncido.

Las ventanas del comedor dan al bosque por el lateral este del hotel. Todo está cubierto de un hielo reluciente. Es precioso, como si el mundo tuviese por encima una capa de diamantes. Unos largos y afilados carámbanos cuelgan de los aleros por delante de las ventanas. Parecen bastante peligrosos. Si alguien pasara caminando por debajo y uno de ellos cayera sobre él, podría matarle, piensa Candice.

La tormenta hace que resulte peligroso lo de salir a pasear, esquiar, caminar con raquetas o cualquier otra cosa con la que te puedas jugar el pellejo. El mejor lugar para estar durante una gran tormenta de hielo es a salvo dentro de casa, donde no te pueda caer encima una rama de árbol ni se te clave un carámbano ni termines electrocutado por culpa de los cables de alta tensión que han caído. Por no mencionar el peligro de resbalarte con el hielo y abrirte la cabeza.

No, gracias, piensa Candice. Va a quedarse ahí, como todos los demás.

David llama a la puerta de la habitación de Matthew. Cuando ve que no responde, vuelve a intentarlo, con más fuerza esta vez. Por fin, con manos nerviosas, prueba con la llave que le ha dado James y abre él mismo la puerta, con miedo de que Matthew haya podido hacer algo drástico. Ya lo ha visto antes. Empuja la puerta rápidamente y se queda mirando a Matthew, que está sentado inmóvil en un sillón delante de la chimenea. El alivio inmediato de David se transforma en inquietud. Aunque James ha encendido antes la chimenea, la habitación está fría. David se adentra en ella. Sin duda, Matthew ha dejado que el fuego casi se apague.

David se acerca y observa a Matthew con atención. Es evidente que ha estado llorando. Tiene los ojos y la cara hinchados. Está casi en estado catatónico.

—Matthew —dice David. El otro hombre no reacciona. Cuesta saber si está abrumado por la pena o por la culpa o, lo que es bastante probable, por las dos cosas a la vez.

Despacio, David se acerca a la chimenea y aparta la pantalla que la protege. Coge otro leño y lo añade con cuidado al fuego, empujándolo con el atizador y removiéndolo para que prenda. Le viene bien tener algo de que ocuparse mientras piensa qué decir. Desearía poder seguir eternamente atizando y removiendo el fuego, quedarse mirando a las llamas, y no tener que hacer lo que va a hacer. Pero está preocupado por este joven. Siente una responsabilidad hacia él. Le gustaría ser de ayuda si es posible. Aunque no haya mucho que se pueda hacer. No se puede volver atrás en el tiempo para cambiar las cosas. En realidad, él no es más que el servicio de limpieza.

Deja por fin el atizador a un lado, vuelve a colocar el protector de la chimenea y se sienta en el otro sillón junto a Matthew. Hace una pausa mientras decide por dónde empezar.

—La policía terminará llegando —dice por fin en voz baja—. Si no es hoy, será mañana. Investigarán. Analizarán la causa de la muerte. —Se detiene. Sabe que debe hablar despacio. A una mente que ha sufrido una conmoción le cuesta asimilar las cosas—. Yo creo que determinarán que la causa de la muerte no ha sido una caída accidental. —Espera. Matthew no se mueve ni muestra siquiera sorpresa. Lo cual resulta perturbador—. A mí me parece que la herida de la cabeza, que casi con seguridad es la causa de la muerte, no es de las que se producen por una caída. Parece como si la hubiesen hecho chocar con el borde del escalón de frente y desde arriba. —No puede contenerse; el cinismo se apodera de él—. Si quieres intentar que un asesinato parezca una caída accidental por las escaleras, es mucho mejor hacer chocar la cabeza contra el poste en la dirección de la caída. —Consigue llamar su atención.

—¿Qué estás diciendo? —pregunta Matthew a la vez que levanta la cabeza y le observa por primera vez.

David le mira a los ojos.

—He dicho que no parece un accidente. Que parece que a tu prometida la han asesinado.

—¿Qué?

—Creo que a Dana la han asesinado.

Matthew le vuelve a mirar como si por fin entendiera.

—Dios mío. No.

—Eso es lo que creo, sí.

Hay una larga pausa.

—Crees que lo he hecho yo —dice Matthew después.

—Ni lo sé ni quiero saberlo. Pero soy abogado criminalista y he venido para ofrecerte asesoramiento gratuito hasta que contrates a otro.

—¡Yo no la he matado!

—De acuerdo.

—¡Estaba durmiendo, lo juro! ¡Ni siquiera sabía que había salido de la habitación! ¿Por qué lo hizo? En ningún momento había salido de nuestra habitación. El baño está justo aquí. No es sonámbula.

Eso es. ¿Por qué salió de la habitación?, piensa David. A menos que hubiese discutido con su prometido. Y puede que, después, él fuera detrás, furioso. Perdió el control y ocurrió la fatalidad. No lo quiere preguntar. No quiere implicarse. Pero lo hace.

—¿Os peleasteis anoche?

—¿Qué? ¡No! Por supuesto que no. ¡Yo la quería! ¡Jamás le habría hecho daño! —Ha elevado la voz y la vuelve a bajar—. Debe de haber alguna razón por la que salió. Puede que oyera algo en el pasillo. No sé. Lo único que sé es que yo estuve durmiendo todo el tiempo.

—¿No teníais discrepancias por nada, por... dinero? ¿Quizá algún acuerdo prenupcial?

Matthew niega con la cabeza con gesto de desdén.

—No. Ninguno de los dos quería ni necesitaba ningún acuerdo prenupcial. Estábamos enamorados. Esa es la verdad. ¿En serio crees que alguien la ha matado? —pregunta con desesperación.

Matthew vuelve a dirigir la mirada hacia el fuego y nuevas lágrimas brotan de sus ojos.

—Dios mío. —Se tapa la cara con las manos un momento hasta que vuelve a recuperar el control. A continuación, las aparta y mira a David—. Si alguien la ha matado de forma deliberada, quiero saber quién ha sido y quiero saber por qué. No he sido yo, lo juro. —Está claramente atormentado.

David observa a Matthew con atención. Está casi convencido de que ese hombre es inocente.

—De acuerdo. Pero te daré mi consejo de todos modos. No digas nada de esto a nadie. Simplemente... no digas nada. Puede que no sea mala idea permanecer aquí arriba, en tu habitación, hasta que llegue la policía. Y cuando lleguen, si te leen tus derechos y te arrestan, y aunque no lo hagan, no digas nada. Búscate un buen abogado.

Matthew está aún más pálido.

—¿Puedes ser tú?

—No creo. Pero puedo recomendarte a alguien, si quieres. —David se levanta para marcharse. Sabe que, sin teléfono, Matthew no va a poder llamar a nadie ni va a tener a nadie con quien hablar. Está solo—. ¿Estarás bien?

—No lo sé.

—Andaré por aquí si me necesitas —responde. Lo dice en serio—. Vendré a ver cómo te encuentras dentro de un rato.

Matthew asiente y vuelve a dirigir la mirada a la chimenea.

David se va.

Matthew oye la puerta cerrarse y se gira para mirar. Está solo otra vez.

De repente, se levanta y empieza a caminar de un lado a otro. Está abrumado por la pena por Dana, pero también está asustado y nervioso por lo que David Paley le ha dicho. ¡Dana está muerta! Y el abogado cree que la ha matado él. Si él lo piensa, la policía también lo va a pensar.

Reprime un sollozo mientras sigue caminando. Le ha dicho al abogado que Dana y él no habían discutido y ahora cree que ha cometido un error. Sí que habían discutido. De la nada había aflorado la tensión por la proximidad de la boda. Los dos estaban muy estresados.

Dana había vuelto a mencionar a la madre de él, quejándose de que no la aprobaba, que no creía que ella fuese lo suficientemente buena. Dana se ponía así a veces; últimamente, con más frecuencia. Estaba alterada, se sentía un poco insegura. Al mirarla, nadie habría pensado que le faltara confianza en sí misma, pero, en ocasiones, ella le dejaba ver que era así. A él no le molestaba. Estaba acostumbrado a que la gente —los amigos, las novias— se sintieran intimidados por la riqueza y el poder de su familia.

Por supuesto, él lo había negado. Le había dicho que estaba demasiado susceptible, que claro que su madre le daba su aprobación. Pero estaba harto de tener que decir lo mismo una y otra vez. Más que nada, porque no era cierto del todo. Su madre sí que pensaba que él podría optar a alguien mejor y había tenido la osadía de decírselo en más de una ocasión. Había tratado de convencerle para que esperara, pensando que se cansaría de Dana, que simplemente estaba embelesado por su belleza y que lo que sentía por ella cambiaría. Él le había dejado claro a la tozuda y acaudalada matriarca que quería a Dana y que iba a casarse con ella. Pero resultaba agotador tener que estar siempre atrapado entre aquellas dos mujeres, incapaz de complacer —ni apaciguar— del todo a ninguna de ellas. Anoche, la exasperación se había apoderado de él.

De repente, se pregunta si alguien los habría oído discutir.

11

Sábado, 08:00 horas

Los huéspedes salen despacio del comedor al vestíbulo, en silencio, evitando acercarse a la escalera, algunos de ellos todavía con tazas de café en la mano.

Henry maldice su suerte. Si la nieve no se hubiese convertido en hielo durante la noche, el de ahí sería un fabuloso paisaje invernal. Podría haber salido a hacer esquí de fondo todo el día y aliviar parte de aquella espantosa tensión. Ahora está junto a los ventanales del vestíbulo que dan a la parte delantera; mira con tristeza el hielo —que lo cubre todo como el cristal— y se siente engañado. El hotel no es precisamente barato y todo parece conspirar para hacer que su estancia resulte desagradable. Comete el error de mirar a su esposa, que le está observando.

Se siente desesperado. Se inclina hacia delante y prácticamente apoya la nariz contra el cristal frío de la ventana. Ve que una enorme rama se ha caído del gigantesco árbol viejo de la explanada delantera y está hecha pedazos en el suelo, madera oscura contra el blanco centelleante.

—No estarás pensando en salir con este panorama —oye que le dice ella.

No lo había pensado, pero ahora ha sido ella quien ha tomado la decisión por él.

—Sí.

—No seas ridículo —le reprende ella, como si estuviese regañando a alguno de sus hijos por alguna idea descabellada.

Él se acerca al perchero que hay junto a la puerta donde la mayoría de los huéspedes habían dejado sus abrigos la noche anterior, con las botas en la alfombra, debajo de ellos. Busca su chaquetón y se lo pone, se agacha para quitarse las zapatillas de deporte y se pone las botas de invierno con las que había llegado.

—¿Estás seguro de que es una buena idea? —pregunta Ian, pero sin el tono de histeria ni la necesidad de control que Henry detecta con tanta frecuencia en la voz de su mujer.

—No voy a ir muy lejos —le dice a Ian mientras se pone el gorro—. Solo quiero tomar un poco el aire.

—Asegúrate de mantenerte alejado de los cables de alta tensión —le aconseja Ian.

Todos le miran, como si fuese algún tipo de canario que va a comprobar la calidad del aire en la mina.

Henry se da la vuelta, abre la puerta de la calle. Siente el aire frío en la cara mientras la mirada de todos se clava en su espalda. Sale al porche y cierra la puerta. Es entonces cuando nota el viento, lo fuerte y ruidoso que es. Desde el interior del hotel suena como un rugido constante y amortiguado con algún aullido ocasional, algo lejano, pero aquí afuera cobra vida, es un monstruo y está mucho más cerca. Mira hacia el bosque que está en el borde de la explanada y ve que el viento azota las copas de los árboles y las mueve de un lado a otro. Y el ruido es como un lamento. Lo peor son los crujidos y el sonido cortante cuando el viento lleva su fuerza contra las ramas cargadas de hielo del árbol que tiene delante. Cierra un momento los ojos para escuchar. Imagina que es así como podría sonar un viejo velero de madera en el mar, en medio de una tormenta. Después, los abre y los eleva hacia el árbol a la vez que se pregunta si se caerá alguna rama más.

Se ha quedado inmóvil un rato y sabe que todos le están mirando. Se agarra a la barandilla del porche y baja la mirada. Hay una gruesa capa de hielo sobre los escalones de madera y pisa con cuidado, sujetándose con fuerza a la barandilla. Está muy resbaladizo, pero consigue llegar al último de los tres escalones sin ningún problema y se queda allí. Empieza a preguntarse qué está haciendo ahí afuera. Comienza a caminar; a caminar no, eso es imposible, más bien a deslizar los pies por el hielo, tratando de mantener el equilibrio. Es como ir detrás de Teddy por la pista de hielo de hockey cuando era pequeño y la pista se inundaba, solo que aquella pista era plana y aquí hay pendientes de hielo por todas partes.

De improviso, los pies de Henry se deslizan hacia adelante con un movimiento espectacular y él aterriza con fuerza sobre su espalda, sin aire, a menos de seis metros del porche delantero. Se queda allí tumbado mientras trata de recuperar el aliento, resollando con fuerza, con los ojos levantados hacia las nubes y sintiéndose estúpido. Oye que la puerta se abre detrás de él. Será su mujer, que viene a decirle que vuelva dentro.

Pero antes de que ella pueda decirle nada, se oye un aterrador crujido por encima de su cabeza. Se gira hacia el árbol. El corazón se le acelera al darse cuenta de lo que va a pasar. Cierra los ojos cuando una parte de una rama cae y aterriza con una sacudida a muy pocos metros de él. Despacio, vuelve a abrir los ojos.

Esa rama podría haberle matado.

Incapaz de volver a ponerse de pie, Henry se arrastra y se desliza a cuatro patas hacia el porche delantero y, a continuación, se incorpora en los escalones de la entrada sujetándose a la barandilla.

La puerta está abierta de par en par y todos le miran, alarmados. Prácticamente, le empujan al interior del hotel.

—Si quieres tener algo que hacer, puedes ir a ayudar a Bradley a limpiar el camino de la casa de hielo —le dice su mujer después de que él haya recuperado la compostura. La mira con fastidio mientras ella añade—: Me ha dicho que ahí no hay árboles. Debe de resultar relativamente seguro.

Candice siente cierta compasión por Henry, que claramente está frustrado por verse atrapado aquí. La mayoría de ellos parecen sentirse igual. O bien deseosos de salir, como Henry, o apáticos, como Ian y Lauren.

Ella tiene mucho que hacer —mientras la batería le dure— y también hay bastantes cosas aquí que le interesan. Se acerca al cadáver de Dana para echar otro vistazo. Puede sentir las miradas de los demás sobre ella, reprobadoras, cuando levanta la sábana. Esta vez, mira con más atención la herida de la cabeza y, después, la sangre sobre el escalón; el corazón le late con más fuerza por lo que ve allí. Luego vuelve a la chimenea y se queda de pie ante ella un momento, sumida en sus pensamientos mientras se calienta las manos. Lo cierto es que no puede permitir que esto la distraiga. Pero sospecha que alguien ha asesinado a esa pobre chica.

Lauren la saca de sus pensamientos con un sobresalto cuando se acerca a preguntarle:

—¿Qué tipo de libro estás escribiendo?

Candice sonríe un poco evasiva.

—Pues... es que no me gusta hablar de ello. Nunca hablo de lo que estoy escribiendo hasta que está terminado —contesta con tono de disculpa—. Es como si le sacara toda la energía al proyecto.

—Ah —dice Lauren—. Yo creía que a los escritores les gustaba siempre hablar de lo que están haciendo.

—A mí no —responde Candice.

Poco a poco, los huéspedes empiezan a abandonar el vestíbulo desperdigándose en distintas direcciones, desanimados por la tragedia que ha tenido lugar entre ellos. Bradley ha traído un par de lámparas de aceite y algunas cerillas y las ha dejado sobre la mesa de centro, pero la mayoría de ellos opta por usar la linterna de sus iPhones para ayudarse a ver el camino escaleras arriba y por los pasillos sin luz de las plantas superiores. Todo es de un oscuro desconcertante una vez que no están en la planta de abajo, donde las ventanas de la fachada del hotel dejan entrar la luz del día.

Es hora de ponerse a trabajar. Candice rodea el cadáver y sube penosamente por la escalera hasta su habitación de la tercera planta. El pasillo está iluminado tan solo por las ventanas más bien pequeñas que hay en cada extremo y todo está sombrío y lúgubre, acentuado aún más por la moqueta oscura y el color apagado del papel de la pared. Candice supone que todas las habitaciones tienen ventanas —desde luego, la suya sí tiene— y que, si las cortinas están abiertas, habrá luz suficiente para casi todo, menos probablemente para leer con facilidad.

Arriba, hace más frío. La enorme chimenea del vestíbulo lo convierte sin duda en el lugar más acogedor, siempre que se logre ignorar la presencia del cadáver. Pero parece que la mayoría de los huéspedes han vuelto a sus habitaciones, asustados.

Candice encuentra que su habitación está demasiado fría, demasiado lúgubre y demasiado oscura para su gusto. Vuelve a bajar con su ordenador portátil y descubre la biblioteca. Busca a Bradley, le encuentra recogiendo en el comedor y le pide que le encienda la chimenea. Bradley parece un poco preocupado y agobiado. Candice piensa que debe de resultar complicado hacer que un hotel funcione con poco personal durante un apagón.

—Me ha parecido oír que ibas a limpiar el camino de la casa de hielo —dice ella mientras van hacia la biblioteca.

Él la mira y sonríe brevemente.

—Sí, pero ahora me está ayudando Henry con eso. Es difícil, pero está teniendo suerte con la máquina quitanieves.

Ella sigue a Bradley al interior de la biblioteca. Desearía quejarse por la terrible situación en la que la ha dejado el apagón, pero no quiere agobiarle más. Y es consciente de lo insignificante que eso puede resultar cuando hay una joven muerta y la posibilidad de que haya más gente en peligro ahí afuera con esta tormenta.

Aun así, no cabe duda de que ese apagón le está causando unas enormes molestias. Había venido aquí para trabajar y no podrá hacerlo si el ordenador no funciona. Solo le quedan unas horas de batería, como mucho. Puede que tenga que conformarse con escribir con un bolígrafo envuelta en una manta. No es lo que se había imaginado. Piensa en su madre, atrapada en su cama, y se pregunta si sus hermanas se estarán ocupando bien de ella.

Se sienta en un cómodo sillón junto al crepitar de la chimenea, se deshace en agradecimientos a Bradley y le pide que le lleve una taza de té caliente cuando pueda. Después, abre el ordenador. Pero pasa un rato antes de que consiga dejar de pensar en Dana y se ponga a trabajar.

Sábado, 09:15 horas

Gwen se había encontrado el desayuno servido en el comedor y no había podido evitar compararlo con la placentera experiencia que se le había prometido en el folleto del Mitchell's Inn. Una vergüenza. Solo había conseguido comerse la mitad de una magdalena, sin saborearla.

David no se había acercado a ella, aunque Riley había estado a su lado, rezumando un poderoso instinto protector. O puede que fuera porque él había estado distraído por lo que le había pasado a Dana. Gwen sabía que estaba preocupado por Matthew. La verdad es que le importaba muy poco lo que pensara Riley, pero no le gustaba la idea de que, si ella trataba de acercarse a David, Riley la agarrara del brazo y provocara una escena. Riley era impredecible. Cuando David salió del comedor, Gwen decidió que iría después a buscarle, cuando tuviese posibilidad de disfrutar de un poco de privacidad.

No podía evitar pensar en él. Apenas unas horas antes había estado acariciándola, amándola.

Habían salido al vestíbulo y habían visto a Henry hacer el ridículo en el césped helado. Después, Riley había propuesto que las dos fuesen juntas a explorar el hotel. Gwen le enseñó la biblioteca y, a continuación, entraron en la sala de estar que había al lado. Era bastante bonita, con varios sofás y sillones mullidos de chintz, mesitas y un retrato al óleo de una mujer sobre la chimenea.

—¿Nos quedamos aquí? —propuso Gwen a la vez que se frotaba los brazos con las manos para entrar en calor. Pero Riley estaba inquieta y quería seguir viendo cosas. Exploraron el pequeño pasillo que salía del vestíbulo y llegaron al bar.

—Qué bonito —dice ahora Riley mirando el bar con aprobación—. Voy a encender la chimenea para quedarnos.

Por supuesto que sabe encender un fuego por sí sola, piensa Gwen mientras la mira. Ha vivido en Irak y Afganistán en condiciones muy duras. Se pregunta qué más cosas sabrá hacer Riley que Gwen desconoce. Conducir un coche de marchas. Curar una herida. Proteger una fuente de información. Negociar con terroristas. Se da cuenta de que en realidad Riley nunca ha compartido este tipo de detalles con ella. Probablemente crea que Gwen no sería capaz de entenderla. Riley alberga en su ser la más extraña mezcla de destrezas, valentía y, ahora, una impredecible y terrible fragilidad.

Gwen observa con atención las botellas que hay tras la barra y le preocupa que Riley quiera atacarlas, aunque acaban de desayunar. Le da la espalda a la barra y se pasea por la habitación leyendo detenidamente los títulos de los libros de las estanterías que hay a lo largo de las paredes y observando los cuadros.

De repente, Gwen se descubre pensando en el último año en la facultad de periodismo, cuando todo cambió para ella. Riley sabe lo que ocurrió. Estaba allí. Sabe por qué Gwen piensa que no merece ser feliz. Pero Gwen sabe que, si quiere tener una oportunidad con David, debe enfrentarse al pasado. Debe afrontarlo y, como sea, aceptarlo.

Habían salido una noche de fiesta. Hubo mucho alcohol, era fin de año y todo el mundo se estaba pillando una buena curda porque pronto se iban a graduar. Gwen presenció un espantoso delito. Vio cómo tres hombres violaban a una joven. Y no hizo nada. Nada en absoluto.

Recuerda que había estado despierta toda la noche anterior terminando algún trabajo. Había bebido mucho y necesitaba acostarse. Encontró un dormitorio —se trataba de una fiesta en una casa— con una cama y otro colchón en el suelo. Se deslizó bajo unas mantas sobre el colchón. Después, entró una chica en el dormitorio haciendo ruido y la despertó. Estaba oscuro y la única luz procedía de una farola de la calle. Gwen reconoció a la chica. Era compañera suya en alguna de sus clases. Estaba tratando de quitarse de encima a un chico, pero él no cedía. Empezó a arrancarle la ropa. Gwen estaba a punto de levantarse —pensó que entre las dos podrían hacerle parar— pero, entonces, entraron dos chicos más y cerraron la puerta. Uno de ellos colocó una silla por debajo del pomo de la puerta para que nadie pudiera abrirla. Gwen se quedó paralizada por el miedo.

La otra chica gritaba, pero la música estaba tan fuerte que nadie la podía oír. La sujetaron sobre la cama mientras la violaban. Se reían. Todo pasó muy rápido. Ella no quiso que supieran que estaba allí. Tenía miedo de que le hicieran lo mismo.

Se marcharon y dejaron allí a la chica, llorando, en la cama. En cuanto se hubieron ido, Gwen se levantó. Se acercó a ver cómo se encontraba la chica, pero estaba inconsciente. Gwen la puso de lado para que no se ahogara con su propio vómito y, a continuación, fue en busca de Riley. Y Riley le recriminó que debería haberse enfrentado a ellos.

Riley le ha estado diciendo desde entonces que ya no pensaba igual. Cuando Gwen encontró a Riley en la fiesta y le contó lo que había pasado, subieron juntas a ver a la chica. Gwen le explicó que había estado en la habitación. La chica no comentó nada, pero Gwen podía ver su mirada de reproche. Le preguntó a Gwen si sería capaz de identificar a los que la habían violado y corroborar su historia. Ella le había dicho a Riley que creía que podría reconocerlos, pero, en el momento en que la chica la puso en esa tesitura, Gwen sintió pánico. No quería tener esa responsabilidad. Le dijo que estaba demasiado oscuro y que no soportó quedarse mirando, que se había escondido bajo las mantas. Que no podría identificarlos. Que no podría ayudarla.

La chica quería poner una denuncia, pero no quería hacerlo sin la ayuda de Gwen. Pero esta no la ayudó, a pesar de que Riley la apremió a que lo hiciera. Le dijo que no podría ser testigo. No hizo nada. Se graduó, se mudó a otra ciudad y trató de olvidarse del tema. Pero siempre le ha perseguido la idea de que aquellos universitarios —quienesquiera que fueran— son ahora hombres adultos. Y, si en el pasado se comportaron así, podrían volver a hacerlo. Se enteró de que la chica se había suicidado no mucho después. Y, desde entonces, Gwen ha vivido con esa culpa.

La ha definido, la ha moldeado. Es una cobarde, una persona que no hizo lo que debía. Sabe que ya no merece nada de lo bueno que la vida le pueda ofrecer.

Riley siempre la ha juzgado por ello. Incluso ahora, años después, la actitud habitual de santurrona de Riley la enfurece. A veces, se pregunta si Riley se habrá portado bien en todas esas zonas en guerra, si siempre habrá actuado moralmente con jodida y absoluta perfección. Se pregunta si Riley habrá cometido alguna vez un error, si alguna vez ha sentido miedo durante todo ese tiempo en Irak y Afganistán.

Ensimismada en sus pensamientos, de repente oye que Riley ahoga un grito. Se gira sorprendida y ve a Riley en el sillón que hay delante de la chimenea con la cara pálida.

—Ay, no —dice Riley.

—¿Qué? —Gwen se alarma al ver el evidente cambio en su amiga—. ¿Estás bien?

—Sabía que había oído antes su nombre.

Gwen aparta la vista, incómoda.

—Ven aquí. Escúchame.

Gwen la mira con recelo y, a regañadientes, va a sentarse enfrente de ella.

—Acabo de recordar quién es. —Se inclina hacia delante y mira a Gwen a los ojos con expresión de verdadera inquietud.

Ahora es Gwen la que empieza a preocuparse. Seguro que no hay nada malo en David. No puede haberlo.

—Es el abogado al que arrestaron como sospechoso de haber asesinado a su mujer —dice Riley.

12

Sábado, 10:00 horas

James frota la sartén en el gran fregadero de la cocina mientras piensa en qué reajustes hacer para poder dar de comer bien a sus huéspedes sin electricidad. La nevera no funciona. Al menos, puede cocinar con el horno de gas. Pero no tiene lavavajillas. El desayuno ha sido bastante fácil: huevos y bollería, y, de todos modos, por lo que ha visto, nadie tenía mucho apetito después de que esa chica se hubiese caído por las escaleras.

Él también ha perdido el apetito. Se siente fatal por la pena de ese hombre. Y toda esa situación le tiene muy preocupado. Es el tipo de situación por la que cualquier propietario de hotel perdería el sueño. Un accidente en su hotel, un accidente mortal, además. Tiene seguro, pero... Dios mío. Qué calamidad. Sabe que él no tiene la culpa. La moqueta no estaba suelta. Había subido al rellano y había comprobado la moqueta él mismo cuando tuvo oportunidad. Estaba bien. Debió de tropezar sin motivo. Bajo ningún concepto va a poder culparle nadie ni a él ni a su hotel.

Piensa de nuevo en que quizá había bebido demasiado la noche anterior. Se lo ha preguntado antes a Bradley en la cocina, cuando estaban preparando el desayuno.

—¿Crees que estaba borracha? —le preguntó en voz baja—. ¿Crees que es por eso por lo que se ha caído?

Bradley negó con la cabeza.

—No te preocupes, papá. No estaba borracha. Recuerda que era yo el que servía las copas.

—Pero te dije que dejaras esa botella de champán en su habitación, ¿recuerdas? ¿Sabes si se la bebieron?

Bradley volvió a negar con la cabeza.

—No lo sé. No he entrado esta mañana. David no ha querido que suba.

James se muerde el labio, algo que siempre hace cuando está preocupado, una costumbre que lleva tiempo queriendo quitarse. No había buscado la botella de champán cuando estuvo en la habitación. No se le había ocurrido.

—Papá, no te preocupes —repitió Bradley con firmeza—. No hay nada por lo que te tengas que inquietar. No se cayó por ir borracha.

Pero James no podía evitar ver que Bradley también estaba intranquilo por lo que había pasado. Parecía cansado. Tenía ojeras, como si no hubiese dormido.

—¿Te acostaste tarde anoche? —preguntó James.

—No —respondió Bradley mientras cogía las bandejas—. Tengo que sacar esto. —A continuación, llevó las magdalenas y los croissants al comedor.

James termina de fregar la sartén y la coloca en el escurridor. Ojalá volviera la luz. Echa de menos su maldito lavavajillas. Ojalá viniera la policía y se llevara el cadáver. No puede creerse que tenga que encargarse de casi una docena de personas sin electricidad y con un cadáver a los pies de la escalera de su querido hotel y que no pueda hacer nada al respecto.

Sábado, mediodía

Lauren baja por las escaleras al vestíbulo y rodea con desagrado el cuerpo de Dana. Ian va justo detrás de ella. La decisión que tienen que tomar todos es bastante terrible: o usar la escalofriante escalera de atrás o la principal con el cadáver a los pies. Cuando levanta la vista, no hay nadie en el vestíbulo. Está vacío, salvo por Candice, que rápidamente deja un libro en una mesita y se gira hacia ella. Es el libro de Lauren.

—Eso es mío —dice Lauren—. Imaginaba que me había dejado el libro aquí abajo.

—¿Sabes dónde está Bradley? —pregunta Candice—. He salido a pedirle que me traiga un té caliente.

—Se lo diré cuando le vea, si quieres —se ofrece Lauren.

—¿Me harías ese favor? Y dile que me lleve el almuerzo a la biblioteca. Gracias. No quería molestar a su padre en la cocina. —Candice se marcha rápidamente.

Lauren se queda mirándola.

Se sienta en el borde de la gran chimenea de piedra del vestíbulo y tira de Ian para que haga lo mismo a su lado y tratar así de entrar en calor mientras esperan a que aparezcan los demás y a que se sirva la comida. Lauren mira hacia el otro extremo de la habitación, hacia las ventanas de la fachada. No se le va de la cabeza. Dana está muerta, a los pies de la escalera. Evita mirar en esa dirección siempre que puede.

—Esto es terrible —le susurra a Ian.

—Lo sé —asiente él, a su lado. Le agarra la mano y la aprieta—. No sé qué haría yo si te pasara algo.

Ella le da un ligero beso en la mejilla.

—No entiendo por qué no se la pueden llevar —murmura después—. ¿Por qué hay que esperar al forense?

—Es espantoso tenerla ahí en el suelo —dice Ian.

—¿Crees que la ha podido empujar alguien? —susurra Lauren.

—No, desde luego que no. Ha debido de ser un accidente. David es abogado. Solo sigue el protocolo —añade a la vez que le aparta un mechón de pelo tras la oreja—. Los abogados siempre creen saberlo todo. —Mira hacia atrás, hacia el cadáver—. Pero si la policía no llega pronto, no vamos a poder dejarla ahí. Es demasiado espeluznante.

Uno a uno, los huéspedes vuelven a aparecer en el vestíbulo, como si hubiesen sido convocados por una campana invisible. Hambrientos, sin duda, piensa David mientras se pregunta qué habrá para comer.

Tras hablar con Matthew, David ha pasado la mañana en su habitación. Pensando en Dana tirada a los pies de las escaleras. En lo que ha podido pasar. Pensando en el joven desolado que está encerrado en su habitación, esperando la inevitable visita de la policía.

Pensando en Gwen. Pensando mucho en Gwen.

Ahora, en el vestíbulo, David la observa. Parece aún más consternada que por la mañana, durante el desayuno. No le ha mirado ni una sola vez desde que ha entrado en el vestíbulo. Está sentada junto a la chimenea, con las manos extendidas para calentárselas, sin mirarle. Le gustaría acercarse a ella, pero nota que ella no quiere que lo haga. Trata de entenderla. No puede ser de esas mujeres que disfrutan de un polvo de una noche sin querer nada más. No cree que sea de esas. Está seguro. Por supuesto, todos están consternados por la muerte de Dana.

Y no sabe qué le habrá podido decir su amiga Riley cuando se hayan quedado solas. Sin duda, ha debido de advertirle que se aleje de él.

Sabía que era mejor no implicarse con nadie. Ni con ella ni con Matthew. Ya ha tenido suficientes problemas. Ahora lo que quiere es tranquilidad. Pero teme que esa tranquilidad va a tener que esperar.

Gwen nota que David la está mirando y desvía la vista. Lo que Riley le ha contado de David... no puede ser verdad. Quizá le haya dicho eso para recuperar el equilibrio de poder entre ellas, para que vuelva a ser como antes. Puede que Riley la esté saboteando aposta. Eso es lo que Gwen no sabe. Qué fácil sería: advertirle que se mantenga alejada de David todo el fin de semana y, luego, cuando vuelvan a la civilización, buscar a David Paley en Google y constatar que no es quien ella cree. Lo único que tendrá en común con el hombre al que arrestaron por asesinar a su esposa es que ambos son abogados. Y Riley se reirá quitándole importancia. «Ay, pues yo estaba segura. Lo siento». Pero ya será demasiado tarde. Su oportunidad con David habrá desaparecido. Ya tiene treinta años y puede que nunca vuelva a conocer a nadie. Mira a Riley con resentimiento y, después, aparta la mirada.

O puede que no lo haya hecho de forma deliberada. Puede que la paranoia de Riley se contagie a todo.

Henry está sentado junto a su mujer, sin mirarla. Tiene una agradable sensación de agotamiento muscular tras haber estado limpiando el camino hasta la casa de hielo y ha recuperado el apetito. Servirán el almuerzo pronto.

Nota que Beverly le está observando de reojo. Se pregunta qué estarían haciendo ahora si no hubiera ocurrido esto. Desmantelar su vida juntos poco a poco, piensa, tomando tazas de café frío en algún rincón del hotel. Se da cuenta de que casi se alegra de que el accidente haya traído consigo este cambio de planes.

Piensa en lo que ha dicho el abogado: «Será el forense el que lo determine». Inclina la cabeza hacia su mujer.

—¿Crees que la han empujado? —susurra. Ella le mira, preocupada.

Beverly le responde con inquietud.

—No lo sé.

¿Debería contar lo de la discusión que oyó entre Dana y Matthew? Se dice a sí misma que no es asunto suyo.

Ha decidido guardar silencio, al menos por ahora. Lo cierto es que nadie sabe lo que pasa en las relaciones de los demás ni cómo son esas relaciones. Quizá discutían a todas horas. No tiene por qué significar nada.

Mira ahora a Henry y se da cuenta de que no sabe, en realidad, qué es lo que pasa por su cabeza la mayor parte del tiempo. Solo lo supone. Y cree que esas suposiciones son ciertas. Todos estos años ha creído conocerlo bien, pero ¿era verdad? Anoche se quedó completamente aturdida cuando él le dijo que ya era demasiado tarde para arreglar su matrimonio. El hecho es que no tiene ni idea de qué es lo que él está pensando.

Quizá tenga una amante. Es la primera vez que se le ocurre esa idea. Puede que no resulte tan difícil de creer. Ella lleva mucho tiempo sin mostrar interés por el sexo.

Quizá él haya encontrado a otra y por eso quiere dejarla. Si no, no cree que él se atreviera. Eso es, piensa, esa debe de ser la razón de la bomba que dejó caer de forma tan despiadada. Es imposible que él quiera destrozar a su familia solo porque quiera separarse de ella. No están tan mal juntos. No puede estar deseoso de quedarse arruinado económicamente y vivir solo en un triste apartamento, echando de menos a los niños, únicamente por querer estar lejos de ella. No. Debe de haber alguien más. Alguien que le hace creer que dejarla a ella y a los niños va a ser divertido, una aventura vertiginosa y llena de sexo. Se pregunta quién será, si se trata de alguien a quien conoce.

Recuerda lo mucho que se molestó cuando supo que no había wifi en el hotel. Quizá esperaba poder mantenerse en contacto con su novia. Quizá ella esperaba que él se pusiera en contacto. Esa novia que Beverly teme ahora que exista de verdad.

De qué forma tan rápida y completa se puede perder la confianza consolidada a lo largo de muchos años. Necesita estar segura. Se da cuenta de que necesita mirar el móvil de su marido, pero él siempre lo lleva encima o, al menos, siempre lo tiene cerca. Y no tiene ni idea de cuál será la clave. Ni siquiera se la puede imaginar. Pero de repente está segura de que, si puede acceder a su teléfono móvil, descubrirá la verdad.

Y entonces sabrá a qué se está enfrentando.

13

Lauren observa a Henry y a su mujer, Beverly, sentados uno junto al otro. Apenas se hablan.

Riley y Gwen están sentadas aparte. Lauren nota una desavenencia. Se ha estado fijando especialmente en Riley. El atisbo de histeria que Lauren notó al principio, cuando la sacaron de la cuneta la noche anterior, sigue presente. Incluso más. Riley mueve los dedos sin parar, dándole vueltas al anillo de plata de su dedo índice, examinando con la mirada la habitación de manera constante, como si buscara algo, alguna amenaza. Lauren nota que Gwen evita a Riley, lo cual resulta extraño. Anoche, Gwen se mostraba de lo más solícita, esforzándose por animar a Riley, pero ahora parece que no le importa. Algo debe de haber pasado. Lauren recuerda la noche anterior, cuando notó que el pequeño flirteo entre David y Gwen en el comedor terminó de repente. Se pregunta si Riley tuvo algo que ver con ello. Y, si ha sido así, cuál habrá podido ser el motivo. Celos, probablemente.

Riley es consciente de que Gwen está enfadada con ella. Pero tenía que hacerlo. Riley estudia a David, le observa y trata de recordar qué es lo que sabe del caso. Está casi segura de que es el abogado de Nueva York al que arrestaron —y soltaron— por el violento asesinato de su mujer tres o cuatro años atrás. Trata de recordar los detalles. La habían matado a golpes. Una muerte especialmente violenta. La mujer había recibido tal paliza que le habían roto la espalda. La golpearon repetidamente en la cabeza con algo pesado, en la cocina de su casa, en uno de esos barrios caros de las afueras de Nueva York. Nunca encontraron el arma homicida. El marido declaró que había llegado tarde a casa del trabajo y se la había encontrado. Había llamado a emergencias. Pero había alguna discrepancia en los detalles que aportó que no le benefició. Un tiempo muerto. Un vecino había insistido en que había visto entrar el coche del marido bastante tiempo antes de la llamada a emergencias. El abogado lo había explicado diciendo que no había entrado en la cocina nada más llegar a casa. No parecía muy probable.

Mira las manos de David, caídas a ambos lados mientras él está de pie junto a la chimenea, esperando tranquilo la hora del almuerzo. Unas manos fuertes y masculinas. Se pregunta de qué es capaz. Levanta los ojos y se da cuenta de que él la está observando. Ella desvía la mirada.

Riley recuerda que se habían dado otras circunstancias sospechosas. El matrimonio había tenido problemas. Habían hablado de divorciarse. Eso mismo podría decirse de la mitad de los matrimonios, pero tenían una póliza de seguros, muy considerable. Y no había indicios de que se hubiese forzado la puerta.

Por lo que ella podía recordar, habían retirado los cargos. No encontraron ropa con manchas de sangre ni el arma homicida. Sin ninguna prueba física que incriminara al marido ni ningún testigo —aparte del vecino que había dicho que había llegado a casa antes de lo que había declarado— aquello no había sido suficiente. Le soltaron. Y, por lo que ella recuerda, el caso sigue sin resolver.

Riley observa la cara de David mientras él está de pie junto a la chimenea y se pregunta si esa es la cara de un asesino. Piensa en él en la cama con Gwen, sus manos sobre ella. Se le imagina dando puñetazos en el rostro de Gwen una y otra vez...

A Riley se le acelera la respiración. Debe dejar de pensar en eso. Debe controlar sus pensamientos. Ojalá pudieran salir de ahí.

Por fin, aparecen James y Bradley e invitan a todos a pasar al comedor. Han dispuesto una enorme bandeja de sándwiches y más café.

Gwen se descubre deseando beber algo fuerte, aunque solo sea la hora del almuerzo. Oye que Lauren habla con Bradley:

—Candice me ha pedido que te diga que quiere que le lleves el almuerzo a la biblioteca, si puede ser. Ah, y té caliente.

—Sí, ya me lo había imaginado —responde Bradley antes de acercarse a la bandeja y escoger unos cuantos sándwiches con unas tenacillas de plata y disponerlos en una bandeja más pequeña. Sale en dirección a la biblioteca.

Aun con el cadáver yaciendo a los pies de la escalera en la sala de al lado, a solo unos metros de distancia, los sándwiches desaparecen rápidamente de la bandeja.

Gwen ve con desagrado cómo comen los demás. Quiere marcharse. No quiere pasar otra noche aquí, en este hotel, en lo que va a ser una oscuridad casi completa y claustrofóbica sin calefacción.

Mira de reojo a David. No se puede creer que sea verdad lo que le ha contado Riley de él esta mañana. No puede ser. No puede haber matado a su mujer. No puede ser un asesino. La idea le parece absurda. Riley ha debido de equivocarse.

Cuando todos han terminado de comer, salen juntos al vestíbulo, al calor de la chimenea.

—No sé a los demás, pero a mí me vendría bien una copa —dice Gwen.

Ian está encantado de que alguien más haya mencionado el alcohol para así no tener que hacerlo él. Le ha sorprendido que sea la guapa y pálida Gwen la que lo ha sugerido, en lugar de su bebedora amiga que parece haberse escapado de un centro de rehabilitación.

—Sí, puedo ir a por el carrito de las bebidas —se ofrece Ian mirando a Lauren, como si le estuviese pidiendo permiso. Bradley no está y James ha vuelto a la cocina—. Creo que a todos nos vendría bien, teniendo en cuenta las circunstancias.

Ian se levanta y acerca el carro y, a continuación, empieza a servir copas. Por un momento, solo se oye el tintineo del hielo contra el cristal y el viento que aúlla alrededor del edificio.

Hay un silencio incómodo, como si nadie supiera qué decir.

Sábado, 13:30 horas

Riley está sentada sola, apartada de los que se han reunido alrededor de la mesita de centro junto a la chimenea, mirando de vez en cuando por las ventanas del otro lado del vestíbulo. Pero está escuchando las conversaciones de los demás, que están dispuestos alrededor del tablero de juegos sobre la mesita. Ian ha encontrado algunos juegos de mesa en un estante y ha propuesto jugar al Scrabble.

Ve que Bradley regresa al vestíbulo y se está ocupando del fuego.

Es Ian quien empieza, al preguntarle sin rodeos al abogado por qué parece sugerir que la muerte de Dana quizá no se haya debido a un accidente.

—¡Por favor, no hablemos de eso! —suplica Gwen, que claramente prefiere concentrarse en la partida. Riley sabe que siempre se le ha dado muy bien el Scrabble. Y que también se le da bien evitar cosas a las que no se quiere enfrentar.

—¿Por qué no? —responde Ian—. Ninguno de nosotros deja de pensar en ello. Él es abogado criminalista. Quiero saber su opinión.

—A mí también me gustaría saber qué opina —interviene Henry.

Riley se gira para mirar ahora a David, al que acaban de poner en un aprieto.

—No sé más que el resto de vosotros —responde el abogado con evasivas—. Yo simplemente he dicho que creo que deberíamos esperar a que el forense determine qué ha pasado.

—No te estoy preguntando qué es lo que sabes, sino lo que piensas —insiste Ian.

—Muy bien —contesta David mientras contempla a los demás, como si estuviese pensando qué decir. Respira hondo y exhala—. No creo que la muerte de Dana haya sido un accidente. —Hace una pausa y añade—: De hecho, creo que la han empujado. Y creo que, después, han golpeado su cabeza de forma deliberada y con fuerza contra el escalón de abajo.

A Riley casi se le derrama la copa. Ve cómo Ian levanta las cejas con expresión de sorpresa.

—¿En serio? —pregunta Ian—. ¿Crees que alguien la ha asesinado? —Se remueve en su asiento y parece inquieto—. Yo pensaba que... —Pero deja que la voz se le vaya apagando.

Riley hace lo que puede por parecer completamente tranquila, completamente normal. Ha tomado ya dos copas de vino, lo cual ayuda. Ve que David mira a Gwen. Esta desvía la mirada. «La pequeña y asustada Gwen —piensa Riley—. Si pudiese enterrar la cabeza en la arena, lo haría».

—Creo que es una clara posibilidad —dice el abogado tajantemente.

Riley se agarra con fuerza a los brazos de su sillón. Siente cómo va aumentando la tensión en medio del silencio de la sala. Es palpable. Después, dice lo que todos están pensando:

—¿Lo ha hecho Matthew?

Oye cómo los huéspedes que la rodean contienen el aliento. Ha sido una maleducada. No le importa. Al fin y al cabo, todos parecen pensar que es un desastre de mujer.

—No tengo ni idea —responde David mirándola.

—¿Vas a ser tú su abogado? —pregunta Ian.

—No. Ya tengo suficientes casos en mi cajón —responde con cierta irritación—. Simplemente le he sugerido que se quede en su habitación. —Da un último trago a su copa, la acaba—. La policía lo averiguará todo cuando llegue. Y espero que sea pronto —añade—. Pero, por ahora, nadie va a mover el cadáver.

14

Creo que, si esto es de verdad un asesinato, va a resultar casi imposible resolverlo —dice Henry con su tono ligeramente petulante—. Parece que ha ocurrido en mitad de la noche. Todos dormíamos en nuestras camas. No hay testigos. A menos que alguien quiera confesar o compartir alguna información útil sobre si sorprendió a alguien merodeando en silencio por la noche, no veo que pueda averiguarse mucho más.

Beverly le escucha, se lame los labios nerviosa y espera. Nadie más se ofrece a contar nada.

—Hay una cosa sobre la que probablemente yo debería haberos puesto al corriente —confiesa por fin.

Todas las miradas se giran hacia ella. Casi se echa para atrás. No sabe si la discusión entre Dana y Matthew

es importante o no pero, desde luego, sí que parece condenatoria.

—¿Qué es? —pregunta David con tono calmado
mientras ella vacila.

—Los oí discutir, anoche.

—¿A Dana y Matthew? —pregunta David, casi
sorprendido.

—Sí.

—¿Sobre qué discutían? ¿Lo sabes?

Niega con la cabeza.

—Los oí gritar, pero no pude distinguir nada de lo
que decían. Su habitación está junto a la nuestra, en el
mismo lado del pasillo. —Mira a su marido—. Henry
estaba durmiendo.

—¿A qué hora fue?

—No sé, pero tarde.

—¿Parecía... violento? —insiste David.

—No lo sé. Solo eran voces en alto. Ni lloros ni
nada. Ni golpes, si es a eso a lo que te refieres.

Ya está. Ya lo ha dicho. Si Matthew ha hecho algo
malo, está bien haberlo contado.

David puede notar cómo se intensifica la angustia de
los demás. No les gusta lo que ha contado Beverly.
Les hace sentir intranquilos. No les gusta pensar lo
impensable. Ve en sus rostros que todos se lo están
imaginando: la discusión, el empujón por las escaleras.

Lamenta la angustia de todos, pero él solo ha dado su opinión. No le parece posible que Dana pudiera tener esa herida por la caída y no quiere que los demás estén hurgando en el cadáver. Y, ahora, esta nueva información. Matthew le había dicho que él y Dana no habían discutido. Si cree lo que dice Beverly, Matthew le ha mentido.

Eso le desalienta. Le había parecido que Matthew estaba destrozado, afligido de verdad. Pero David se recuerda que muchos asesinos, sobre todo los que cometen crímenes pasionales, se sienten verdaderamente arrepentidos por lo que han hecho y, aun así, siguen siendo culpables.

Quizá sea una cuestión más personal. Puede que David esté concediendo a Matthew el beneficio de la duda porque él mismo ha sido acusado de matar a su mujer y sabe lo que se siente. Quizá no sea más que eso.

Quizá esté equivocado y Matthew sí que empujó a Dana desde el rellano y, después, la remató. Solo que no quiere creer que fuera así.

Pero definitivamente cree que ha sido un asesinato. Y si Matthew no lo ha cometido, ¿quién lo ha hecho?

Gwen se levanta de repente y se aleja del pequeño grupo que está junto a la chimenea. No soporta seguir más tiempo allí sentada. Va al extremo opuesto de la habitación y camina de un lado a otro por delante de las ventanas que dan a la fachada. Mira de vez en cuando al camino de entrada helado, como si esperara que los rescataran.

Observa de reojo al resto, que aún siguen sentados junto a la chimenea. Nadie está fingiendo continuar con el juego del Scrabble sin ella. Lo que ha dicho David —y ahora también Beverly— los ha dejado demasiado inquietos.

No puede soportar más estar cerca de David. Esa deliciosa tensión que había existido entre ellos la noche anterior se ha corrompido. Ahora ya no está segura de lo que siente cuando lo mira. Es una confusa mezcla de atracción y miedo.

Se clava las uñas en la palma de las manos. ¿Cómo puede mostrarse David tan indiferente ante el hecho de que un hombre —aunque se trate de un desconocido— mate a una mujer a la que supuestamente ama?

Un rato después, Riley se acerca a ella junto a las ventanas. Gwen se gira para mirarla brevemente. Riley tiene los ojos muy abiertos y con expresión de alerta. Por un momento, las dos permanecen juntas contemplando el paisaje congelado que las mantiene allí atrapadas.

Por fin, Gwen se inclina hacia Riley para hablarle en voz baja.

—¿Crees que David tiene razón? ¿Que Dana ha sido asesinada?

Riley le devuelve la mirada con los ojos abiertos de par en par.

—No sé qué pensar.

Gwen observa a Riley con atención. Está muy pálida y tiene gotas de sudor en la cara, como si tuviese fiebre. Quizá no debería siquiera hablar con ella de esto. Riley se ha traído con ella su copa de vino. Las manos le tiemblan de manera visible.

—¿Estás bien? —le pregunta Gwen.

—No, joder, no estoy nada bien —contesta Riley—. ¿Y tú?

—No, yo tampoco estoy bien —responde Gwen en voz baja—. Pero tienes que controlarte, Riley. Baja el ritmo de las copas.

Riley la mira entrecerrando los ojos.

—Tú ocúpate de tus asuntos.

—Ah, ¿es que tú te ocupas de los tuyos? —le espeta Gwen secamente. De repente, no sabe si seguirá siendo amiga de Riley cuando salgan de aquí. Y ni siquiera sabe seguro si eso le importa.

Riley se relaja un poco.

—Lo siento. He hecho lo que he considerado que era mejor. Pero creo que David Paley es quien te digo que es.

—Bueno, pues yo no.

—¿Por qué no se lo preguntas?

—Yo no voy a preguntarle eso.

—Entonces, lo haré yo —dice Riley mientras se da la vuelta.

—¡Quieta! —le ordena Gwen entre dientes a la vez que extiende la mano para agarrar a Riley del brazo—. Espera.

Riley se gira y vuelve a mirarla.

—¿Por qué? Creo que deberíamos aclararlo, ¿no?

—Pero... espera —le suplica Gwen.

Riley vacila.

—No digas nada de David. Podrías estar equivocada. —Gwen observa nerviosa a Riley mientras esta se lo piensa.

—Vale —contesta Riley—. No voy a decir nada... por ahora. —Se lleva la copa de vino a los labios y da un largo y ansiado trago.

15

B everly se ha cambiado de asiento, de forma que ya no está sentada junto a su marido y no tiene que ver la silueta de Dana bajo la sábana.

Así que en esto se ha convertido su escapada de fin de semana en la que tantas esperanzas había puesto. Su matrimonio se enfrenta a la ruina inminente. Atrapados en un hotel aislado por culpa de una peligrosa tormenta de hielo, sin luz, compartiendo el vestíbulo con el cadáver de una mujer a la que su rico prometido puede haber empujado por las escaleras. Si ha sido así, Dana debió de llevarse una gran decepción.

Ve que Gwen y Riley regresan. Gwen vuelve a sentarse en el mismo sillón que hay enfrente de David donde estuvo sentada antes, sin mirarle. David la observa con cautela. Ha pasado algo entre los dos, Beverly está segura de ello. Anoche notó la química entre ellos. Esa química ha desaparecido, sustituida por otra cosa que no sabe cómo llamar. Una especie de incomodidad o recelo.

—No creo que debas sacar ninguna conclusión —le dice Riley a David de repente, jugueteando nerviosa con su anillo.

—¿Perdón? —le pregunta David cortésmente.

—Al afirmar que la caída de Dana no ha sido un accidente.

—Tiene razón —interviene Henry con tono acusador y fulminando con la mirada a David—. No sabes qué es lo que ha pasado, a menos que la hayas matado tú mismo, cosa que dudo mucho.

Beverly mira a su marido, avergonzada ante su tono desdeñoso. Sabe que Henry puede ser un poco estúpido. Probablemente, se esté sintiendo algo acorralado y eso le haga ponerse agresivo. Es como un border collie. Siempre necesita algo que hacer.

—En ningún momento he querido dar a entender que sé qué es lo que ha pasado —contesta el hostigado abogado—. Me han preguntado mi opinión y la he dado. No pretendo ser ningún experto.

Pero sí que es un experto, piensa Beverly nerviosa. Y el resto no lo son.

Lauren se mira una uña rota mientras trata de recordar si se ha traído una lima de manicura. Mira todos los rostros sombríos que la rodean. No parece que nadie esté disfrutando. Aunque quisieran, sería de mal gusto. El hecho de que Candice se haya ido a la biblioteca a trabajar, como si no hubiese pasado nada, le parece un poco insensible. ¡Dios, cómo le gustaría salir de ahí! Y apenas acaban de almorzar. Se pregunta cuánto tiempo más estarán atrapados en este hotel.

David cree que no ha sido un accidente, sino un asesinato. Ella intenta que eso no le afecte.

Lauren piensa en Matthew, arriba. Está encerrado en su habitación por consejo del abogado. Beverly dice que los oyó discutir. Se pregunta si será verdad y, en caso de serlo, si eso hace que Matthew parezca culpable. Le gustaría saber qué opina el abogado.

Bradley, siempre observador —esa es una de las cosas que hacen que sea un buen camarero—, nota las distintas corrientes subyacentes que están surgiendo en el vestíbulo del hotel de su padre. Todos los huéspedes se están comportando de forma muy distinta a como lo hacían la noche anterior.

David parece pensativo y preocupado y Gwen parece angustiada. Ian no muestra ya el comportamiento relajado y hedonista que tenía la noche anterior y su novia, Lauren, parece callada, atenta. Y lo que quiera que estuviese fastidiando anoche a Henry y a Beverly parece haber ido a peor. Solo Riley aparenta no haber cambiado. Daba la impresión de ser un manojo de nervios cuando llegó y sigue dándola ahora.

Cuando David dijo que creía que Dana había sido asesinada, todos los huéspedes parecieron desconcertados, pero Bradley también percibió miedo.

Bradley sigue con su tarea mientras en su mente le da vueltas a todo sin parar.

Sábado, 14:00 horas

Todos continúan sentados formando un corro en el vestíbulo. Beverly ha estado pensando en su situación. Se ha obsesionado con la idea de que Henry está liado con otra. Se dice a sí misma que esa idea es ridícula. Henry no es precisamente un hombre fascinante, no es de los que tienen una aventura. Ese pensamiento no se le ha pasado nunca por la cabeza hasta esta mañana. Intenta alejar de su mente esa imagen tan desagradable.

Ve que David observa a Bradley mientras este va de un lado a otro con sus tareas.

—¿Por qué no le echamos una mano a Bradley para liberarle de tanta carga? —sugiere David con tono despreocupado—. Henry, ¿te importa ir a la leñera conmigo para traer más madera para el fuego? Y quizá también para la estufa de leña de la cocina.

—No tienen por qué hacerlo —dice Bradley, sonrojado.

—No es ningún problema —le tranquiliza David—. Tienes que atender a demasiadas cosas.

Beverly ve cómo Henry deja su jersey bueno en el sillón junto al fuego y va detrás de David para coger la chaqueta del perchero. Bradley les da una linterna cuyas pilas, les advierte, probablemente no vayan a durar mucho. David se la lleva a la leñera.

Beverly mira a los demás. Todos parecen sumidos en sus pensamientos. Se descubre mirando el jersey de su marido sobre el sillón, junto al fuego. Está bastante segura de que su móvil está en el bolsillo. Necesita sacarlo sin que los demás se den cuenta de lo que está haciendo.

Se levanta, se acerca y se sienta junto a la chimenea. El jersey está debajo de ella. Nadie le presta ninguna atención. Oye levemente el ruido que James y Bradley están haciendo en la cocina.

Beverly palpa en silencio el jersey hasta que encuentra el teléfono móvil de Henry y lo rodea con la mano. Lo desliza en el interior de su propio bolsillo. No quiere mirarlo ahí, delante de todos. Y no quiere que su marido entre de la leñera y la vea en su asiento.

Se levanta y se mueve de un lado a otro, como si estuviese buscando una revista nueva entre las que hay en el vestíbulo. Puede que Henry tarde un rato en darse cuenta de que el móvil ha desaparecido. Se han llevado la linterna y, por lo demás, no va a necesitarlo, ya que no hay cobertura. Ella solo quiere ver sus mensajes antiguos. Si lo echa de menos, no va a tener ninguna razón en particular para creer que lo tiene ella. Beverly tiene su propio teléfono con la aplicación de la linterna.

Lo aprieta en el interior de su bolsillo. Se dice a sí misma que no debe albergar demasiadas esperanzas. No tiene ni idea de cuál puede ser la contraseña.

Henry y David entran con la primera carga de leña y la dejan caer junto a la chimenea. David lanza otro tuero al fuego. Salta una lluvia de chispas y, después, lo empuja con el atizador de hierro para avivar el fuego de nuevo. Luego, salen a por más leña. Su marido ni siquiera la ha mirado.

—Voy a subir un poco a mi habitación —dice Beverly.

—Quizá deberíamos hacerlo nosotros también —le sugiere Lauren a Ian. Coge su libro de la mesita que hay en el extremo del sofá.

Parece que ya nadie quiere seguir en el vestíbulo, piensa Beverly. Se empiezan a cansar los unos de los otros. Va hacia la escalera, deseando escabullirse en la intimidad de su habitación para ver si puede acceder al teléfono de su marido. Al girar en el rellano, mira hacia abajo y ve que Gwen también anima a Riley a subir.

Beverly no tarda mucho en llegar a su habitación de la segunda planta iluminándose con su teléfono móvil. Abre la puerta con su llave y la cierra después de entrar.

Se sienta en la cama en medio de la habitación oscura y saca del bolsillo el móvil de su marido para mirarlo. Le ha visto usarlo en infinidad de ocasiones. Y siempre hace lo mismo con el dedo índice: dos movimientos rápidos hacia abajo y uno en horizontal. Tras pensar, intenta con lo más obvio, una H mayúscula, de Henry. Pero no funciona. Se concentra pensando en la última vez que le ha visto usar el teléfono y se da cuenta de que ha debido de cambiar la contraseña. No lo habría hecho a menos que tuviese algo que esconder. Se queda mirando al teléfono, frustrada. Prueba distintas combinaciones de números, pero no consigue nada. Entonces, prueba a dibujar una T mayúscula, de Teddy, el hijo preferido de Henry, y el teléfono se enciende. Por un momento, se pone eufórica. Piensa en lo tonto que puede ser su marido y en lo mucho que la subestima.

Repasa rápidamente sus correos electrónicos, pero no ve nada más que mensajes del trabajo, largos y aburridos. Si ha escondido ahí a una amante, no la va a encontrar nunca. Después, mira los mensajes de texto. Empieza por los primeros de la lista, ignorando los nombres de las personas que ella conoce, pero, entonces, ve un nombre de mujer que no reconoce. Pulsa sobre él y se abre el mensaje. Hay una fotografía de ella. El corazón de Beverly casi se detiene. Empieza por abajo, por el mensaje más reciente, y va subiendo.

No sé. Tengo que irme fuera el fin de semana con la pesada.

¿Cuándo te vuelvo a ver?

La pesada. Así es como la llama ante su novia. Una oleada de dolor la invade por dentro. Sabe que es pesada con él y los niños. Y lo es porque no le hacen caso. Si hicieran lo que deben a la primera, no tendría por qué ser pesada. Pero la palabra «pesada» le trae a la mente una vaca gorda, vieja y fea. Contiene las lágrimas y continúa leyendo.

¡Te echo muchísimo de menos!

¿Me echas de menos?

Con el mensaje hay una fotografía de ella, con el pecho al aire y una sonrisa descarada. Beverly se queda mirando la foto, profundamente conmocionada. Es joven y guapa. Una destrozahogares. No sabe nada de la vida.

No puede imaginarse qué ve esta chica en su marido. Si va detrás de su dinero, se va a llevar una decepción. No le va a quedar nada cuando termine con él, piensa Beverly, furiosa. Y, entonces, se detiene y respira hondo.

No va a divorciarse de él. Seguramente, esto no sea más que un capricho temporal, una canita al aire fruto de la crisis de la mediana edad. Él ha cometido un error. Un error al que los dos pueden sobrevivir. No quiere perderle. Le necesita.

Revisa rápidamente el resto de los mensajes hasta el principio, ansiosa por saber cuánto tiempo lleva ocurriendo esto. Solo un mes, más o menos. La conoció en un bar.

Está casada con un cliché.

Bueno, ahora lo sabe.

Siente un hormigueo en los dedos con el deseo de enviar un mensaje a esa zorra. Pero duda. Y después recuerda que, de todos modos, no hay cobertura. Mejor así. Por fin, vuelve a guardarse el móvil en el bolsillo. Va a bajar corriendo para meterlo de nuevo en el jersey de su marido hasta que decida qué hacer. Tiene que manejar bien esta situación. Abre la puerta para salir al pasillo.

16

Sábado, 14:20 horas

Matthew está sentado a solas en su habitación de la segunda planta, con la bandeja de la comida que Bradley le ha traído sobre la mesita sin tocar. Necesita desesperadamente hablar con su padre, pero no hay forma de ponerse en contacto con él. Su padre sabría qué hacer. Siempre se le han dado bien las crisis.

Matthew se levanta de su sillón y se acerca a la ventana, inquieto. Mira hacia el paisaje helado que hay abajo. No puede conducir el coche en esas condiciones. Le resultaría imposible regresar a Nueva York. Y, aunque pudiera, ¿qué impresión causaría si saliese huyendo antes de que llegue la policía?

No. Está atrapado aquí. Esperando a la policía.

Henry, dormitando junto a la chimenea, se sobresalta al oír un ruido y abre sus ojos adormilados. Su mujer está bajando las escaleras, sujeta a la barandilla hasta mitad del tramo, y luego apartándose en un amplio desvío para evitar el cadáver de Dana al final de los escalones. Tiene en su rostro una expresión que le hace sentirse inquieto.

Sabe que el teléfono no está en el bolsillo de su jersey. No cree que se le haya caído y, además, ha vuelto sobre sus pasos y no lo ha encontrado en ningún sitio. Pero cuando ve la expresión de su mujer, se da cuenta. Lo tiene ella.

Eso solo puede significar que sospecha lo que pasa entre él y Jilly. Se pregunta si habrá podido averiguar su contraseña.

Dios, piensa con cansancio mientras ve cómo se acerca su mujer. Quizá sea mejor que todo se sepa. Así, ella entenderá que tiene que dejarle ir. Al principio, se mostrará resentida, pero él está enamorado de otra. Beverly tiene un buen trabajo. Se las apañará. Va a resultar difícil para los dos —más para ella, claro—, pero él saldrá adelante y la vida volverá a ser buena.

Puede que sus hijos le odien durante un tiempo, pero lo superarán. Tanto Ted como Kate tienen amigos con padres divorciados. Hoy en día es de lo más normal. Los hijos ni siquiera culpan ya a sus padres por ello. Prácticamente, lo esperan. Incluso se aprovechan de la situación y juegan la carta de la culpabilidad para conseguir más cosas. Él se prepara mientras ella se sienta delante de él con cara seria.

Beverly se viene abajo cuando ve a su marido allí sentado, como si la estuviese esperando. No hay forma de que pueda volver a dejar el móvil en su sitio. Muy bien. Alguna vez tendrán que hablarlo, quizá lo mejor sea hacerlo ahora. No tiene sentido evitarlo. Quizá sea para bien.

—Tengo que comentarte una cosa —empieza a decir Beverly mientras agarra el sillón que hay enfrente de él y lo acerca un poco.

Su marido la mira con especial dureza.

—¿Has cogido mi teléfono?

Ella baja durante un momento la mirada a su regazo para reunir el valor y, después, vuelve a levantarla.

—Sí.

—Lo sabía —responde él con frialdad.

—Quería averiguar si me has sido infiel. —Hace una pequeña pausa y, después, continúa—. He conseguido adivinar tu contraseña. —Mira a Henry, que parece sorprendido—. Apuesto a que no pensabas que podría hacerlo, ¿verdad? —Intenta sonreír, aunque no lo consigue, desconcertada por la expresión del rostro de él. Pero tiene que seguir adelante. Tiene que acabar con esto. Puede que Henry vea lo ridícula que es su aventura. También quiere hacerle un poco de daño, aunque solo sea para demostrarle lo terriblemente dolida que se siente—. He visto los mensajes entre tú y tu... novia. —Como ve que él no responde, no puede evitar que se le note el enfado—: ¡Ha sido de lo más instructivo! He visto fotos de ella. Incluso sé cómo es desnuda. —Dice esto en voz baja, con la mirada fija en su marido, mientras él sigue sentado inmóvil—. Es bastante más joven que tú, ¿no? —Intenta controlar su asco—. No me puedo creer cómo os referís a mí los dos tortolitos. —La rabia se ha abierto paso en su voz, aunque ella ha tratado con todas sus fuerzas de mantenerla bajo control—. La pesada. Me llamáis la pesada. —Intenta ver el interior de sus ojos, pero él desvía la mirada. Qué cobarde—. ¿Cómo crees que me siento al saber que los dos os acostáis a mis espaldas y me llamáis la pesada? «Tengo que irme fuera el fin de semana con la pesada». —Él sigue sin mirarla.

—¿Tenemos que hablar de esto aquí? —le pregunta entonces Henry con voz tensa—. ¿No puedes esperar a que lleguemos a casa?

—Pues la verdad es que sí. Tenemos que hablarlo aquí. ¿Por qué esperar? ¿Por qué fingir? Me siento bien al sacarme esto del pecho. —Se está dejando llevar—. ¿Sabes cómo te llamo yo? Te llamo el inmaduro. Porque eres un hombre adulto que se enfrenta a la tristeza de la edad, la mortalidad y la decepción igual que los demás, pero tú estás teniendo la reacción infantil y egoísta que tantos hombres de mediana edad muestran y eso resulta... triste. Triste e innecesario. —Se detiene un momento para ordenar sus pensamientos—. No la amas, Henry. No es más que una fase. —Deja que esa idea cobre peso. Al menos, espera que sea así—. Crees que puedes salir corriendo con esa joven y que todo va a ser de fábula. Te vas a mudar a su apartamento, quizá te compres un descapotable. ¡Se acabó lo de tener que ir en monovolumen para llevar a los niños al fútbol tres tardes a la semana! Verás a tus hijos los fines de semana, cuando te apetezca, y no cumplirás con los gastos de manutención, como hacen la mayoría de los hombres. Todo será sexo, salir a cenar, vacaciones y ninguna responsabilidad. Bueno, pues piénsatelo bien, porque no va a ser así. —Espera un momento para dejar que esa idea también surta su efecto y, después, hace una larga pausa antes de hablar con un tono más conciliador—. No va a durar mucho. Te cansarás de ella. Ella se cansará de ti. Nos echarás de menos a mí y a los niños. No tendrás dinero suficiente. Te vas a arrepentir. Estoy segura. —Su marido levanta los ojos para mirarla por fin—. Henry, no destruyas lo que tenemos. Olvídala.

Esta es su oportunidad para elegirla a ella, piensa Beverly. Espera, aguantando la respiración. Pero... él no dice absolutamente nada. Su corazón se precipita al vacío, como un cuerpo que cae por unas cataratas en el interior de un tonel.

De repente, ella recuerda cómo se había sentido la noche anterior, cuando llegaron al hotel. Ahora le parece que ha pasado una eternidad. Qué estúpida, qué equivocada había estado al creer que simplemente se habían separado un poco y solo necesitaban pasar un tiempo juntos para recordar qué le gustaba al uno del otro. Recuerda que él ni siquiera subió con ella a la habitación con el equipaje, que se había quedado aquí abajo, en el vestíbulo, mirando excursiones que los pudieran mantener ocupados para así no tener tiempo de pensar, de hablar.

Recuerda cómo la miró cuando se puso su salto de cama nuevo.

Durante todo ese tiempo él había sido consciente de que estaba enamorado de otra persona.

Pues ella no lo va a aceptar. Un encaprichamiento no es amor. Él solo necesita un tiempo para recuperar la sensatez. Esto es... una especie de locura de mediana edad. Volverá con ella. Todo se arreglará. Tiene que ser paciente, eso es todo.

—Piénsalo, Henry —dice. Se levanta despacio y vuelve a su habitación dejando a su marido solo junto a la chimenea.

Sábado, 15:30 horas

La batería del portátil de Candice se está agotando. Maldice en voz alta en medio de la biblioteca vacía. Vuelve a guardar su trabajo y, a continuación, decide apagar el ordenador mientras pueda. Tiene que ahorrar un poco de batería por si necesita consultar algún punto de su manuscrito. Debería haberlo impreso y habérselo traído. «Joder». Nunca más volverá a cometer este error. A partir de ahora, se promete que siempre imprimirá el manuscrito y lo llevará con ella cada vez que vaya a algún sitio. Muy pocas veces cuenta con tiempo para trabajar sin que la molesten.

Baja los ojos al portátil cerrado y piensa qué hacer ahora. Tendrá que escribir a mano, supone. Es una lástima que su letra sea tan ilegible. Incluso a ella le cuesta entenderla. Y, por supuesto, no ha traído papel. La sociedad sin papeles. ¡Ja! Levanta la vista y observa la habitación a su alrededor. Se levanta de su cómodo sillón junto al fuego y se acerca al escritorio del rincón de la sala, junto a la puerta. Debe de ser originario del hotel, casi de la misma época. Su superficie está prácticamente impoluta, solo un antiguo cartapacio de piel con un elegante abrecartas encima. Prueba a abrir el cajón de arriba. Se abre con facilidad. En su interior no hay más que un único y solitario sujetapapeles. Mientras su frustración aumenta y sus esperanzas se reducen en igual medida, lo intenta después en los cajones laterales. «Mi reino por un bolígrafo y papel», murmura. Nada. «Mierda».

Entonces, se acuerda del escritorio de su habitación. Juraría que había una carpeta con grandes hojas con el membrete del hotel en un lado del escritorio. ¡Claro! La mayoría de los hoteles ofrecen libretas y bolígrafos. Y, si se queda sin papel, puede pedir más a otros huéspedes. Nadie los va a usar. Espera no tener que recurrir a una pluma con tinta en este hotel tan pintoresco.

Sale rápidamente de la biblioteca con el portátil abrazado a su pecho. Sigue estando caliente, cosa que agradece. Gira a su derecha y empieza recorrer el camino de vuelta al vestíbulo y la escalera principal, pero, en ese momento, recuerda que hay una escalera de servicio al lado de la cocina. Curiosa, vuelve a girarse y ve el pasillo que recorre la trasera del hotel. Al final del corredor, al lado de la puerta cerrada de la cocina, está la puerta de la escalera de servicio. La abre.

Se sorprende al ver lo oscuro que está el interior de la escalera. Es como caer al fondo de un pozo. Piensa en marcharse, pero, entonces, saca su móvil del bolsillo y enciende la linterna. Ve con resignación que el teléfono está también casi sin batería. Sube por la estrecha y sencilla escalera de madera, despacio, sintiendo que se pone tensa. Después de todo, quizá habría sido mejor volver al vestíbulo y subir por la escalera principal, aunque haya un cadáver cubierto con una sábana. Por fin, llega a lo alto y abre la puerta que da a la tercera planta. Aliviada, sale al sombrío pasillo, iluminado tan solo por la estrecha ventana del fondo. Su habitación, la 306, está al otro lado. Mete la llave rápidamente y entra en la habitación, sin molestarse en cerrar la puerta. Tiene pensado coger lo que necesita y volver junto a la chimenea de la biblioteca. El frío en esta estancia hace que los huesos le duelan.

Sus ojos se fijan en el escritorio que hay al otro lado de la habitación, colocado bajo las ventanas. Ve la carpeta con el cuaderno de notas. Cruza la gruesa moqueta —tan gruesa que amortigua todo sonido— y abre la carpeta con impaciencia. Contiene varias hojas de tamaño carta de color crema y buena calidad y un bolígrafo. Sonríe aliviada.

17

Sábado, 16:00 horas

Los huéspedes empiezan de nuevo a bajar al vestíbulo sobre las cuatro, ansiosos por merendar. Continúan haciendo todo lo posible por no reparar en el cadáver que hay al pie de las escaleras y pasar rápidamente por su lado de camino al comedor. Matthew sigue sin aparecer. James ha preparado *scones* para acompañar el té y el café y todos están de acuerdo en que están deliciosos.

Gwen da un sorbo a su té hirviendo, agradecida por el calor de la taza entre sus manos, y se pregunta si alguna vez hablará con David.

—Propongo que vayamos todos a ver la casa de hielo —dice Henry—. El camino ya está abierto y he echado antes un vistazo. Es digna de ver.

—Gracias a su duro trabajo con la máquina quitanieves —contesta Bradley.

Gwen va con el resto a coger las chaquetas y botas que están en la parte delantera del hotel y, a continuación, todos siguen a Bradley por el pasillo de atrás en dirección a la leñera —que desprende un maravilloso olor a madera recién cortada—, donde se ponen su equipamiento para salir. Bradley abre la puerta y entran unas fuertes y desagradables ráfagas de viento. Bradley y Henry salen primero y, después, Ian y Lauren. David sale a continuación y Beverly pasa delante de Gwen y sigue a David.

Gwen va la última, detrás de Riley, y cierra la puerta de la leñera al salir. El cielo tiene un aspecto plomizo y el viento sopla con fuerza. Gwen no puede ver mucho por delante de ella, solo la espalda de Riley, mientras caminan con dificultad en fila india por el sendero, con bancos de nieve a cada lado. Pero levanta los ojos al bosque que hay más allá, donde el viento sacude los árboles. Riley le dice algo mirando hacia atrás, pero ella no distingue las palabras antes de que el viento las haga desaparecer. La punta de la nariz ya se le ha congelado. Al menos, no hay árboles grandes que vayan a caerse entre la leñera y la casa de hielo. Por fin, se detienen y el sendero se abre a una zona despejada delante de la casa de hielo y la puede ver.

Parece un iglú o una cabaña Quonset hecha de nieve. Sin embargo, la fachada está construida con grandes bloques de hielo cortados y unidos. Han fijado de alguna forma un par de puertas de madera al hielo. Gwen lo observa con interés.

—Las puertas son lo único que no está hecho de hielo ni nieve —explica Bradley expulsando vaho por la boca—. Hay que reconstruirla cada invierno y, después, se derrite.

—Es mucho trabajo para algo que termina derritiéndose —comenta Beverly con la cara contraída por el frío.

—Pero lo bonito es que cada año es distinta —contesta Bradley—. Hacen diferentes diseños, con diferentes esculturas. Espere a ver el interior.

—Entonces, no lo haces tú —dice Ian.

—Claro que no.

Bradley abre la puerta y entran todos.

Gwen contiene el aliento. Es como entrar en un centelleante país de las hadas. Bajo el techo abovedado, la barra en curva está esculpida en hielo traslúcido. Delante hay varios taburetes, también esculpidos en hielo. Tras la barra hay botellas sobre estantes de hielo que resplandecen bajo la inusual luz.

Bradley entra en la barra, un luminoso punto de color con su gorro rojo de lana.

—Les recomiendo encarecidamente los martinis con vodka.

Gwen espera a que le sirvan la copa y mira a su alrededor. Aparte de la barra, hay mesitas redondas con asientos en curva hechos también de hielo. Pero es la escultura que hay sobre la barra lo que, en realidad, la deja sin aliento. Se trata de un ave de presa con las alas extendidas y las patas abiertas —incluso las garras—, como si estuviese a punto de caer sobre su presa. Es enorme —de la misma longitud que la barra— y parece que se cierne sobre Bradley mientras él prepara los martinis.

David aparece a su lado y le pasa una copa grande de martini con sus manos enguantadas. Ahora que está delante de él, se siente nerviosa.

—No querría estar aquí sin mi chaquetón de invierno —dice ella.

Siente la mirada de Riley sobre ella, observándola, pero no le importa.

—Una preciosidad —comenta David.

—Sí, ¿verdad? —asiente Gwen.

—No estaba hablando de la casa de hielo —susurra él.

Ella siente que se derrite a pesar del frío. Riley se equivoca. David no puede ser el hombre que ella cree. Riley está confundida. Riley está confundida en muchas cosas.

David da un trago a su martini, mirándola. Gwen se sonroja.

—Candice debería ver esto —dice en voz más alta.

—Está en la biblioteca —responde Bradley desde detrás de la barra—. Ha pedido que no se la moleste.

—Pues creo que va a lamentar perderse la casa de hielo —insiste Gwen—. Es impresionante.

Bradley sonríe.

—Tiene razón. Voy a ir corriendo a ver si la convenzo para que venga —dice mientras sale de la barra.

—Tranquilízate —dice David con un suave tono de amonestación. Ella le sonríe nerviosa y le da un sorbo a su vodka. Él baja la voz—: Creo que deberíamos buscar un momento y un sitio para hablar. Solo los dos.

Ella asiente. Está claro que no pueden hacerlo ahora, en ese espacio tan reducido y con tanta gente alrededor. Con Riley acechando. Pero deben hablar pronto. Ella lo desea tanto como lo teme.

Bradley vuelve a salir al viento tempestuoso y se dirige hacia la leñera, con la cabeza agachada y el cuello de la chaqueta subido. La agradable sonrisa desaparece. Siempre hay demasiadas cosas que hacer cuando se es dueño de un hotel, piensa con cansancio. Nunca termina. Estar todo el día corriendo, mostrarse amable con la gente. Este grupo es bastante agradable. Pero no quiere trabajar en este hotel para siempre. Servir copas y comidas, ordenar lo que la gente va dejando tirado, estar a su entera disposición. Su padre quiere que algún día tome el control del hotel, pero él no pretende quedarse encerrado aquí, en las montañas, lejos de todo. Por mucho que a Bradley le encante este lugar —y por mucho que quiera a su padre—, está ansioso por marcharse. No va a quedarse atrapado aquí, sirviendo a personas con más dinero que él, con la libertad de ir adonde deseen. Y, al contrario que su padre, a él no le gusta cocinar.

Pero, siempre que piensa en marcharse, aparece una sensación de culpa. No puede dejar a su padre aquí solo. Sabe que su padre está preocupado. Siempre está preocupado. Si vendiera el hotel y se jubilara, Bradley quedaría libre.

Cuando mira en la biblioteca, Candice no está. Echa un rápido vistazo por la primera planta, pero no la encuentra. Debe de estar echándose una siesta en su habitación, pero no le apetece subir corriendo dos tramos de escaleras para ir a buscarla. Por un momento, se olvida de Candice. Tiene grandes planes. Va a conseguir dinero y...

Oye que su padre le llama desde la cocina.

—Bradley, ¿eres tú?

Bradley se asoma a la cocina.

—Sí.

—Necesito que me ayudes a preparar la comida. ¿Puedes empezar a cortar?

—No, no puedo —responde Bradley con brusquedad. Su padre levanta la vista hacia él, sorprendido—. Se supone que tengo que servir copas en la casa de hielo.

—¿Qué te pasa? —pregunta su padre mirándolo con más atención. Le habla con recelo—: Espero no tener que recordarte que debes mantener la distancia con nuestros huéspedes.

Y esa es otra cosa que Bradley no soporta, que le recuerden cuál es su sitio. Se siente invadido por la cólera. No responde y se limita a cerrar la puerta con un golpe al salir.

David está pensando en lo atractiva que está Gwen con su llamativo chaquetón de esquí rojo y su gorro de rayas rosas y rojas cuando Bradley regresa.

—No estaba en la biblioteca —dice—. No sé dónde estará.

Todos han terminado ya sus copas y empiezan a sentir frío. Deciden volver al interior. Cuando salen de la casa de hielo ya ha empezado a anochecer. David se mantiene pegado a Gwen cuando van recorriendo el camino de vuelta a la leñera a la vez que la tarde se va oscureciendo acompañada por los aullidos del viento.

—Así es el viento en el Everest —dice Riley después de que hayan entrado en la leñera.

—¿Has estado allí? —pregunta Henry.

—No, pero lo he visto en un documental.

Vuelven agradecidos a la chimenea del vestíbulo. Algunos se dejan puestos los gorros y los guantes para entrar en calor. Gwen se sitúa delante de las llamas y se frota las manos. David piensa pedirle que vaya con él a otro sitio donde puedan hablar. Quizá al bar. Él se encargaría de encender la chimenea y podrían estar solos. Bradley ha ido de nuevo a la biblioteca para ver si está allí Candice. Lauren está delante del mostrador de recepción, inclinada sobre él, buscando un bolígrafo para hacer un crucigrama.

Bradley regresa al vestíbulo negando con la cabeza.

—Sigue sin estar ahí. He mirado por aquí. Debe de estar en su habitación. Iré a ver.

David siente un pellizco de intranquilidad. Se pregunta por qué no estará Candice donde mencionó que estaría.

—Voy contigo —le propone.

—Yo también —dice Gwen.

Nadie más muestra interés por subir esas escaleras oscuras. Bradley coge una de las parpadeantes lámparas de aceite de la mesita y la usa para iluminarse el camino. Ya está bastante oscuro afuera, casi no se filtra luz ninguna por las ventanas.

Bradley mantiene la lámpara en alto y David y Gwen le siguen. La lámpara de aceite proyecta sombras sobre las paredes de papel oscuro mientras suben. David lleva la linterna del móvil encendida para iluminar mejor sus pasos. No le queda mucha batería.

—La vi después del almuerzo, cuando fui a retirarle la bandeja —comenta Bradley mientras suben fatigosamente las escaleras—. Le dije que íbamos a merendar a las cuatro. Ella me contestó que saldría si quería tomar un té, pero que, si no lo hacía, no la molestáramos. —Y añade—: La verdad es que es una pena que no haya visto la casa de hielo. Pero siempre podemos volver.

Llegan a la tercera planta, que, en opinión de David, parece más oscura y lúgubre que las plantas inferiores. Hace muchísimo frío. La habitación de Candice está a la izquierda de las escaleras, enfrente del armario de la limpieza. Bradley llama a la puerta. Dentro no hay respuesta. Vuelve a llamar. La inquietud de David se ha transformado en alarma, pero intenta que no se le note.

Bradley le mira con expresión de preocupación.

—¿Cree que debemos abrir?

David duda.

—¿Hay algún otro sitio donde pueda estar?

—He mirado por todas partes.

David asiente. Bradley le da la lámpara y busca la llave entre el manojo que lleva. La mete en la cerradura y abre la puerta despacio. David sostiene la lámpara en alto.

Ve a Candice en el suelo, con el pañuelo apretado con fuerza alrededor del cuello.

Sábado, 17:35 horas

Bajo la luz tenebrosa de la lámpara de aceite, Gwen ve el cuerpo desplomado en el suelo, un destello de su pálido rostro y el bonito pañuelo alrededor del cuello de Candice y grita. Nota que David la agarra con un brazo fuerte y rápidamente tira de ella hacia su pecho para que no pueda ver a Candice, pero ya es demasiado tarde. Siente cómo el ácido le corroe el estómago, cómo la bilis le sube a la garganta.

Gwen tiembla sobre el pecho de David mientras trata de no marearse y la cabeza le da vueltas. Al menos, lo de Dana parecía un accidente. Gwen no se había permitido siquiera pensar que podría ser un asesinato deliberado, a pesar de lo que David decía. No quería creerlo. Pero aquí no hay duda alguna. Candice ha sido estrangulada con su propio pañuelo.

Aterrorizada, oye el sonido de unos pasos que suben por las oscuras escaleras.

18

Riley oye el grito de Gwen y, a pesar del miedo que siente al instante, echa a correr escaleras arriba. Los demás la siguen de cerca. Llega a la puerta abierta de la habitación de Candice. Lo primero que ve es la cara de Gwen oculta en el pecho de David, a su derecha, y luego, detrás de ellos, el cuerpo en el suelo. Da un grito entrecortado, siente como si se hubiese quedado sin respiración.

Los demás la rodean para intentar ver. No cabe duda de que Candice está muerta. Van entrando en la habitación. Riley se aparta a un lado para dejar que se acerquen los demás. Siente que la ansiedad la atraviesa mientras su mente trata de dar sentido desesperadamente a lo que esto significa. Ve que Gwen se aparta de David y que este deja la lámpara de aceite en el escritorio. Proyecta un halo de luz alrededor de Candice, como si fuese una actriz en el escenario, bajo los focos. No parece real.

Riley no puede soportar seguir viendo el cadáver. Dirige entonces su atención a los demás.

Bradley está mirando a Candice como si fuese un fantasma, agarrado al borde del escritorio para mantener el equilibrio.

La boca de David forma una línea recta. Con gesto serio.

A su lado, Gwen se aprieta la mano contra la boca mientras intenta no vomitar.

—Dios mío —murmura Ian con expresión de sorpresa mientras Lauren le empuja para acercarse al cadáver. Le aparta el pañuelo para tocar el cuello de Candice.

—Salid todos —ordena David con voz severa—. No podemos hacer nada por ella.

Lauren vuelve a apoyarse sobre sus talones y levanta la mirada, pálida y alterada.

Riley oye un sollozo y se gira. Ve a Henry y Beverly dentro, junto a la puerta, mirando a Candice. Es evidente que Beverly está tratando de mantener el control. Y ahora Matthew, alto y desaliñado, aparece en la oscuridad de la puerta, y James, sin aliento, detrás de él.

Riley vuelve a dirigir su atención al cadáver y se obliga a mirarlo. Candice está tumbada boca abajo, con la cabeza girada a la izquierda. Su cara está pálida en contraste con la moqueta oscura. Tiene los ojos abiertos de par en par, con expresión de sorpresa. Está... pavorosa. Es aterrador verla.

No se regresa de la muerte.

Empieza a notar una conocida sensación de pánico; cierra los ojos brevemente y respira hondo mientras intenta no sucumbir a él. Abre de nuevo los ojos. Están todos en la habitación, sin hacer caso a la advertencia de David de alejarse. En un momento fugaz, se pregunta quién va a mantener ahora el orden. Sabe lo rápido que todo se puede desmoronar. Lo ha visto.

Riley observa ahora a Gwen, que sigue al lado de David y también está mirando a la mujer muerta. La cara se le está arrugando como si estuviese a punto de echarse a llorar. Es demasiado aprensiva para esto, piensa Riley.

—Tenemos que dejarla tal cual está —dice David en voz baja—. La policía se encargará de ella cuando llegue.

—¿Cuándo van a venir? —pregunta Lauren con voz tensa.

—No lo sé —contesta David.

—¿Cómo puedes estar tan tranquilo? —espeta Lauren con tono estridente—. ¡La han asesinado! ¡Tenemos que avisar a la policía!

—¿Cómo narices vamos a hacerlo? —grita Henry.

—¡No lo sé! —responde Lauren con brusquedad—. Pero más vale que hagamos algo.

A Henry le perturba enormemente la visión del cadáver. No soporta seguir mirándolo, así que observa a Matthew, al que no ha visto desde que descubrieron el cuerpo de

Dana la madrugada anterior. El grito de Gwen le ha sacado del aislamiento de su habitación. Algunos, piensa él, sospechan que Matthew ha empujado a su prometida por las escaleras. Esto lo cambia todo. Mira a David. La habitual expresión calmada del abogado se ve ahora claramente alterada.

El hecho de que hayan asesinado a Candice significa que obviamente hay un asesino aquí, en el hotel. Y la policía no va a venir.

Henry mira al resto del pequeño grupo y ve que todos piensan lo mismo. El miedo se puede palpar.

Oye que Beverly respira profundamente por la nariz a su lado. Henry se pregunta cuánto peligro corren. Y, de repente, se le ocurre una idea terrible. Se da cuenta de que, si hubiese sido Beverly la estrangulada en lugar de Candice, todos sus problemas habrían quedado resueltos. Es la primera vez que reconoce que sería libre si su mujer muriera. Eso le provoca una sensación extraña, de inquietud. Tiene la fantasía fugaz de encontrar a su mujer estrangulada en su habitación, pero David le interrumpe.

—Puede haber sido uno de nosotros —dice.

Hay un silencio desagradable.

A continuación, Beverly niega con la cabeza, incrédula.

—No puede ser —replica. Como David no responde, empieza a protestar—: ¿Crees que uno de nosotros es un asesino?

—Es posible —contesta David.

—Pero eso es absurdo —insiste Beverly mirando frenéticamente a su alrededor, a todos los demás—. Parece que piensas que cualquiera es capaz de matar. Los asesinos no son personas normales. —Mira a los demás con desesperación.

Henry está de acuerdo con su mujer aunque no dice nada. La idea de que sea uno de ellos le parece absurda, como salida de una novela. Está dispuesto a creer que Matthew, en un ataque de ira, quizá haya podido matar a su prometida. Pero no cree que haya matado también a Candice, a sangre fría.

David ha pasado demasiado tiempo entre criminales, se dice ahora Henry. No puede imaginarse a ninguno de sus acompañantes empujando a una joven por las escaleras y, después, golpeándole el cráneo contra el escalón. Ni tampoco se imagina a ninguno estrangulando a Candice. Mira a su alrededor con inquietud en medio de la parpadeante oscuridad.

Sábado, 17:45 horas

—Deberíamos registrar el hotel —sugiere David mientras siguen agrupados alrededor del cadáver de Candice.

Los demás le miran, sobresaltados.

David sabe que todos están conmocionados y que probablemente no puedan pensar con claridad.

—Hay dos personas muertas. Asesinadas. Tal vez no seamos los únicos que estamos aquí —dice sin rodeos.

Desde la oscuridad, unos rostros asustados le devuelven la mirada.

—Quien haya hecho esto debe de estar loco —susurra Lauren.

—No hay nadie más hospedado en el hotel —balbucea James.

—¿Nadie más del servicio al que no hayamos visto?

James niega con la cabeza.

—No. Solo Bradley y yo. Por la tormenta. Los demás no han podido llegar.

—Puede que haya alguien más sin que lo sepamos —argumenta David.

—No —contesta Bradley negando con la cabeza—. Las habitaciones están cerradas con llave.

—Esta habitación estaba cerrada con llave —insiste David—. Y hay un cadáver dentro. ¿Cómo ha ocurrido?

Todos se quedan en silencio un momento.

—Quizá abrió porque alguien llamó a la puerta —sugiere Matthew, pensando sin duda en su Dana, a la que inexplicablemente han encontrado muerta fuera de su habitación.

—Es posible —responde David pensando en voz alta—. Pero, a juzgar por la postura del cuerpo, ella estaba de pie delante del escritorio, de espaldas a la puerta, cuando la han estrangulado. O ha abierto la puerta a alguien que conoce y en quien confía, o al menos reconoce, quizá uno de nosotros, y se ha sentido lo suficientemente cómoda como para dejarle entrar y darle la espalda, o alguien abrió la puerta sin que ella se diera cuenta.

—Pero eso no es posible —dice James—. Las llaves se guardan detrás del mostrador de recepción. —Entonces, se sonroja al darse cuenta de la inconsistencia de su argumento.

—Pero no siempre hay una persona allí —apunta David—. No este fin de semana.

—Alguien ha podido coger la llave —dice Henry—, si no había nadie en el vestíbulo que pudiera verlo.

—Pero ¿no habría oído ella que abrían la puerta? —pregunta Ian.

David levanta una mano para pedir silencio. El sonido del viento que fuera aúlla con fuerza responde a la pregunta de Ian.

—Dios —dice Lauren con profundo desaliento.

—¿Estás sugiriendo que hay alguien más en este hotel? —espeta Riley sin ocultar apenas un tono de histeria—. ¿Un asesino? ¿Que puede entrar en nuestras habitaciones? —Tiene los ojos desorbitados.

Gwen mira nerviosa a Riley.

—Quizá la puerta ya estuviese abierta —se apresura a decir—. Quizá la dejase abierta. Quizá solo había venido a coger algo.

—Quizá —asiente David.

Hay un largo silencio mientras todos asimilan la situación en la que se encuentran.

—Sugiero que registremos todo el hotel, incluidas nuestras propias habitaciones —insiste David—. A menos que alguno se oponga. —Los mira a todos con atención. Quiere saber si alguien tiene algo que ocultar. Y quiere averiguar si hay alguien más aquí. Alguien cuya presencia no conocen.

Los huéspedes se miran con inquietud, pero nadie se opone.

—¿La cubrimos? —pregunta Bradley, con voz vacilante.

—No, dejadla como está —contesta David. Y añade—: Probablemente sería mejor si solo algunos hacemos el registro y el resto bajáis y os quedáis junto a la chimenea. Voy a necesitar que James y Bradley vengan conmigo.

—Yo estaré abajo —se apresura a responder Riley.

—Yo bajo contigo —dice Lauren—. No quiero recorrer este lugar a oscuras.

—Yo me quedo a tu lado —interviene Ian con actitud protectora—. No voy a permitir perderte de vista.

—Yo quiero ayudar en la búsqueda —se ofrece Henry. Mira a su mujer y añade—: ¿Por qué no bajas con los demás y así no pasas frío?

—No, quiero ir contigo —responde Beverly, como si estar con su marido fuese el único modo de mantenerse a salvo. Su marido es el único al que conoce aquí.

David mira a Matthew.

—¿Y tú?

—Yo voy con el grupo de búsqueda —responde Matthew con cierta contundencia.

—¿Por qué no te vas tú con Riley y el resto? —le dice David a Gwen. Está preocupado por ella. Parece muy asustada y vulnerable.

Ella asiente y se aparta de él. David ve cómo Ian acompaña a Lauren, Gwen y Riley de vuelta al vestíbulo.

Riley sigue a Ian, Lauren y Gwen y salen de la habitación de Candice. Se mantiene tan cerca de Gwen que casi le pisa los talones. En el pasillo, la oscuridad parece completa, aunque hay un puntito de luz que se proyecta por delante del teléfono móvil de Ian. Pero ella va la última del pequeño grupo. Mientras bajan las escaleras en silencio desde la tercera planta, Riley trata de hacer desaparecer de su mente la imagen del cuerpo sin vida de Candice. Pero no puede controlar sus pensamientos. Su imaginación se apodera de ella. Se imagina cómo han debido de ser los últimos momentos de Candice. Alguien viene a buscarla a esa habitación fría y oscura y acaba con su vida. Riley imagina qué ha debido de sentir cuando le han apretado ese pañuelo alrededor del cuello con tanta fuerza que no podía respirar. Ha debido de tratar de...

Riley nota cómo la respiración se le acelera y se le vuelve más superficial. Mira intranquila hacia atrás, hacia la oscuridad. Esa oscuridad es como una cortina de grueso terciopelo negro. No se puede ver a través de ella. Se da cuenta de que se está quedando rezagada. Sus pies no pisan las escaleras con la misma firmeza que los demás.

Se agarra con fuerza a la barandilla. Antes ha corrido a toda velocidad al subir estas escaleras, apenas hace un rato. Y ahora..., desde que ha visto a Candice muerta, se siente como si estuviese caminando entre melaza, con un paso lento y fatigoso tras otro. No se encuentra bien. Trata de ir deprisa, de alcanzar a los demás antes de que giren en el rellano y el pequeño haz de luz desaparezca.

No puede deshacerse de la sensación de que hay alguien más en el hotel, alguien que está observando cada uno de los movimientos de todos. Ha debido de estar vigilando a Candice y ahora está muerta. Quizá ahora esté observando a Riley, quizá esté en las escaleras, detrás de ella, esperando a matar a la que se ha quedado rezagada... De repente, puede sentir que la mira, sabe que está a su espalda, detrás de esa cortina negra, una parca que viene a por ella.

Nota movimiento arriba y detrás, en las escaleras, oye a alguien, algo. Aterrorizada, corre hacia los demás, dando traspiés, apoyando su peso en la barandilla.

—¡Esperad! —grita. Choca contra Gwen, que está delante de ella. Al final, Gwen no estaba tan lejos y la abraza.

—Estoy aquí, Riley —susurra.

—¡Creo que hay alguien ahí arriba! —dice Riley con voz entrecortada.

La luz del teléfono móvil le ilumina la cara, casi cegándola y, después, se aparta para moverse por las escaleras y las paredes de detrás. Todos miran hacia arriba. No pueden ver mucho.

—No creo que haya nadie, Riley —dice Ian con firmeza.

—Vamos —la anima Gwen a la vez que la agarra del brazo—. Casi hemos llegado.

David mira a los demás.

—Vamos a empezar por las habitaciones vacías de esta planta.

David nota que esta vez Bradley parece más turbado que su padre. Ve cómo James coge en silencio las llaves de Bradley —cuyas manos tiemblan visiblemente— y las revisa. Empiezan con la habitación que está junto a la de Candice, enfrente de la de Ian y Lauren. James inserta la llave en la cerradura mientras David sostiene en alto la lámpara de aceite para que James pueda ver lo que hace. David mira a los demás, que esperan en el pasillo a oscuras. La puerta se abre y David entra el primero en la habitación con la lámpara. Los demás los siguen, algunos con sus iPhones proyectando rayos de luz.

No hay nada ahí. La habitación está impecable, como esperando al siguiente huésped. Miran en el baño, los armarios, debajo de la cama bien hecha. Nada.

Salen de la habitación y van a la siguiente que está desocupada, la que se encuentra junto a la de Candice, al otro lado. También está vacía.

Es cuando pasan a la otra habitación desocupada de ese mismo lado, enfrente de la de Gwen y Riley, cuando notan algo raro. James mete la llave y abre la puerta;

David está a su lado con la luz. Ve una expresión de sorpresa en el rostro de James y David dirige su atención desde el propietario a la habitación. Lo primero que nota es que alguien ha dormido en la cama.

—Que no se mueva nadie —dice David con brusquedad. Se queda inmóvil, escuchando con atención cada sonido. Sus ojos se dirigen a la puerta del baño, que está abierta. Alguien ha estado en esta habitación. Puede que siga ahí, en el baño. Siente un escalofrío de miedo. Pero algo, quizá su sentido del oído o del olfato, algo que queda más allá de su radar consciente, le dice que no hay nadie más aquí. Entra rápidamente hacia el baño y mira en su interior. Está vacío.

—¿Qué pasa? —pregunta Beverly desde el pasillo con voz aguda.

—Nada. No pasa nada —contesta David.

Los demás entran en la habitación vacía del hotel y David oye cómo contienen el aliento cuando ven la cama deshecha.

—Dios mío —dice Henry con voz tensa.

David se acerca más a la cama. Tiene las mantas echadas hacia atrás y desordenadas. La lámpara de aceite proyecta una pequeña luz parpadeante mientras él se mueve por la habitación observando con atención. No hay maletas ni ropa ni ningún efecto personal de nadie. Es como si esa persona hubiese dejado el hotel y nadie hubiese arreglado la habitación. Pero no ven la habitual propina para la asistenta sobre la almohada ni en la mesa o el escritorio, como sería de esperar. David abre las puertas del armario, pero solo ve las perchas vacías. Vuelve a mirar en el baño, con más atención esta vez. Hay gotas de agua en el lavabo y una toalla que alguien ha dejado en la encimera, pero ningún objeto personal. Los demás están ahora moviéndose por la habitación, claramente angustiados.

—No lo entiendo —dice James, visiblemente nervioso.

—¿Es posible que la limpiadora se haya saltado esta habitación? —pregunta David—. ¿Que el anterior huésped se fuera del hotel y la habitación no se haya arreglado?

—Es imposible que eso pase —responde James con rotundidad—. Es un hotel pequeño. No es difícil tener un control de las habitaciones.

—¿Bradley?

—No sé —contesta él con voz agitada—. Creo que es muy poco probable. Nunca antes ha pasado.

—Pues o bien es eso, o bien alguien que no sabemos quién es ha estado usando esta habitación y se está moviendo por el hotel sin que lo sepamos —concluye David. La habitación está justo enfrente de la de Gwen y Riley. Siente en su corazón un repentino miedo por Gwen. Mira a los demás, que están juntos y con expresión macilenta—. Vamos a seguir —dice David.

19

Henry no sabe qué es peor, la posibilidad de que alguna de las personas de ese pequeño grupo sea un asesino o la de que haya alguien más a quien no han visto moviéndose por el hotel y que haya matado ya a dos personas.

Mientras revisan la habitación de Gwen y Riley, Henry se pregunta qué es lo que están buscando. No sabe bien por qué ha propuesto David mirar también en las habitaciones ocupadas, no solo en las vacías, ni por qué todos han accedido. No sabe qué es lo que espera encontrar el abogado. Es como si estuviesen jugando a algo, a una especie de juego de mesa o de misterio con las luces apagadas. Solo que nadie se está divirtiendo.

Beverly encuentra medicinas en la bolsa de viaje de Riley y las levanta hacia la luz.

—¿Qué es? —pregunta Henry.

David lo mira.

—Para la ansiedad —contesta. Beverly vuelve a dejarlo en el bolso de Riley.

Continúan con la tercera planta, registran la sala de estar que hay junto a las escaleras y, después, el armario de la limpieza. En la habitación de Lauren, descubren que usa unas potentes pastillas para dormir: zolpidem. Pero no ven nada más de interés.

Terminan por fin con la tercera planta. Bajan a la segunda, donde están las habitaciones del resto de huéspedes. La de David está en la esquina noroeste, justo debajo de la de Gwen y Riley, al lado de la sala de estar. Enfrente está la habitación de Dana y Matthew, diagonalmente opuesta a la de David. A su lado, enfrente de la de David, hay otra habitación sin ocupar.

Empiezan por la habitación vacía enfrente de la de David. Se encuentra tal y como debe estar una habitación de hotel arreglada.

A continuación, David los lleva a su habitación, al otro lado del pasillo. Henry está seguro de que no van a encontrar nada ahí. Se mueven en la oscuridad con sus iPhones, abriendo cajones de la mesita de noche, el vestidor, el tocador del lavabo... Matthew remueve los restos del fuego de la chimenea con un atizador. La habitación —todo el hotel— está fría y Henry lamenta no tener un jersey más grueso o una chaqueta. Henry mira debajo de la cama. Beverly rebusca entre el equipaje de David mientras este observa, revisando el contenido de su bolsa de viaje —calzoncillos y calcetines, ropa, libros— y abriendo las cremalleras de los compartimentos. Mientras, Henry levanta el colchón y mira debajo. Recuerda que de adolescente escondía revistas porno debajo de su colchón.

Han terminado por fin, y, cuando todos están saliendo de la habitación, Henry mira con preocupación por la ventana. El cielo está negro. El viento aúlla alrededor del hotel. Oye el crujir de las ramas cubiertas de hielo que se balancean con el viento al otro lado de las ventanas. Siente un profundo desasosiego. Más que eso. Es una sensación de pavor.

Salen de la habitación y David cierra la puerta. Los demás están ya entrando en la de Matthew, donde David deja que sean ellos los que revisen el equipaje, abran cajones, levanten alfombras y remuevan las cenizas. Observa la reacción de Matthew mientras registran la habitación y las pertenencias de él y de Dana. Se siente incómodo al ver que están examinando sus cosas, pero nada más.

David se sobresalta cuando Henry encuentra una pistola. Está en la maleta de Matthew, bien guardada, junto con munición.

—Tengo licencia —dice Matthew un poco a la defensiva—. No suelo llevarla normalmente —les explica—. La guardo en la mesilla de noche de mi casa, por si hay ladrones. Pero pensé que podría ser útil si salía-

mos a esquiar o a hacer senderismo por aquí. Hay osos.
Más vale estar preparados. —Mira a James—. Se los puede espantar fácilmente con el sonido de un disparo. ¿No
es así?

James asiente nervioso.

—Sí.

David hace una señal con la cabeza y Henry vuelve a guardar la pistola con cuidado en la bolsa de viaje,
que deja de nuevo en el suelo.

Matthew se agacha, coge la bolsa de viaje, se la acerca y la sube a la cama. Saca la pistola de la bolsa y la carga
de forma meticulosa. David se queda inmóvil. Todos
han dejado de hacer lo que hacían para mirar a Matthew.
Coge munición de repuesto y se la guarda en los bolsillos. No mira a nadie. Sostiene la pistola en la mano. David se pregunta si debería decir o hacer algo.

El tiempo parece detenerse. A David se le acelera el corazón. Todos se quedan perplejos al ver a Matthew manejar la pistola. Como si tuviesen miedo de
que fuese el asesino y fuera a matarlos a todos. Pero,
entonces, Matthew levanta la mirada y... simplemente es
Matthew.

—Podemos usarla como protección —dice. Y el
momento de tensión pasa.

La habitación de Henry y Beverly está junto a la
de Matthew, enfrente del armario vacío de la limpieza.
No encuentran nada ahí. Ni siquiera David sabe qué
buscan. Empieza a pensar que están cometiendo una
estupidez al registrar las habitaciones de los huéspedes.

Las dos habitaciones que hay al otro lado del pasillo, una enfrente de la otra, junto a la escalera de atrás, están sin ocupar y limpias, preparadas para los siguientes huéspedes.

Sábado, 18:30 horas

—Más vale que registremos el resto del hotel —propone James—. Toda la primera planta y, después, los sótanos.
—James está muy inquieto por el estado de la habitación 302. Nunca antes había pasado algo así. Se pregunta si es posible que haya alguien más a quien no han visto, algún intruso. Pero él no tiene ningún enemigo. No se le ocurre nadie. Ningún pariente loco secreto. Ningún empleado descontento. Lamenta ahora no haber instalado cámaras de seguridad, pero no quería tenerlas en su pintoresco y anticuado hotel. No se le había ocurrido que pudieran ser necesarias. Ahora, sin embargo, si tuviesen cámaras en los pasillos, podrían haber visto qué le había pasado a Dana, si es que ocurrió antes de que se fuera la luz. Pero entonces se da cuenta de que, de todos modos, no habría podido revisar las grabaciones al no tener electricidad.

James posa los ojos en Bradley, que está en el pasillo, con los demás, mirando, sin saber que le están observando. Hay una clara expresión de miedo en su rostro. Y algo más que James no sabe interpretar. Es una mirada que no había visto antes...

James siente un fuerte pellizco en el estómago. En realidad, no lo sabe todo sobre su hijo. Ningún padre lo sabe. Bradley ha tenido algunos problemas con la ley. James creía que esa etapa había quedado atrás. Dios, espera que Bradley no esté metido en algo con lo que él no pueda lidiar. Pero se tranquiliza al pensar que, si está metido en algo, no puede tener nada que ver con esto. Bradley es un buen chico que en el pasado se relacionó con gente mala. Cuando tenga oportunidad, hablará con él.

Se acerca a su hijo.

—¿Estás bien? —le susurra.

Bradley le mira, sobresaltado.

—Sí, estoy bien.

Y esa mirada que tenía antes desaparece y vuelve a adquirir la apariencia de siempre. James se dice a sí mismo que no hay nada por lo que preocuparse. Esto no tiene nada que ver con su hijo. Simplemente, está asustado, como los demás.

—Bradley, ya que llevas la lámpara, ¿por qué no vas el primero?

En esta ocasión, usan la escalera de atrás para bajar a la primera planta. Es la primera vez que Beverly la ve. Es estrecha y está sin enmoquetar. Bajan en fila india y sus pasos resuenan con un eco.

—Esta era la escalera de servicio —explica Bradley.

—¿Hay algún desván que debamos registrar? —pregunta David.

—No —responde James.

Llegan al pie de las escaleras, donde una puerta da al pasillo que recorre la parte posterior del hotel. Justo a la izquierda está la cocina.

—Dejemos la cocina y los sótanos para el final —propone James—. Vamos a mirar en la leñera.

Siguiendo por el pasillo desde la cocina está la puerta de la leñera. Siguen a Bradley. Beverly no se fijó bien en la leñera cuando estuvo antes, pues tenía prisa por seguir a los demás a la casa de hielo. Pero ahora la está viendo bien. Hace mucho frío ahí dentro. Las paredes las forman sencillos tablones de madera. No está aislada. Hay un tocón grande de madera con un hacha clavada en él en el centro del suelo de tierra. Hay montones de leña bien apilada todo alrededor. También astillas. Hay algunas herramientas de jardinería y huele a humedad. Pero no hay aquí dentro ningún sitio donde esconderse.

Siguen avanzando por el pasillo en la parte posterior del hotel y giran a la izquierda, hacia el vestíbulo. En el lateral derecho está la biblioteca. James abre la puerta de cristal y todos le siguen. Aquí tampoco hay ningún lugar donde ocultarse.

Pasan, a continuación, a la sala de estar, pero, de nuevo, no encuentran nada.

Cuando vuelven al vestíbulo, giran por el pasillo hacia el bar. No ven nada en él. Siguiendo por el pasillo está la puerta del apartamento de James y Bradley. James abre la puerta con llave y los invita a entrar. El apartamento es pequeño, pero está ordenado y bien amueblado. Tampoco hay nadie ahí. Mientras regresan al vestíbulo, Beverly se siente tan aliviada como desanimada. No sabe qué van a hacer ni cómo van a encontrar al asesino.

—Ya solo queda la cocina y el sótano —dice Bradley.

Beverly se siente inquieta ante la idea de tener que bajar al sótano, pero los acompaña cuando vuelven a la cocina.

—Pasen —dice Bradley. Mientras él sostiene en alto la lámpara de aceite, entran en la enorme cocina. Es mitad cocina de campo, mitad cocina industrial. Beverly ve el enorme frigorífico que debe de ser de unos dos metros y medio de ancho y que ahora está lleno de comida que debe de estar descongelándose y pudriéndose. Hay una enorme isla en medio de la cocina, claramente un espacio de trabajo muy ajetreado la mayoría de los días. Hay armarios a lo largo de las paredes, un gran fregadero doble y un lavavajillas industrial.

Beverly ve cómo James abre el gran frigorífico y se asoma. Nada. Después, abre el armario empotrado y todos miran dentro con la ayuda de la parpadeante lámpara de aceite. También está vacío.

—Solo queda el sótano —señala James mirándolos. Abre una vieja puerta de madera y, con un gesto mecánico, busca el interruptor de la luz antes de caer en la cuenta—. Dame eso —le dice a Bradley mientras extiende la mano para coger la lámpara.

—No, deja que vaya yo primero —insiste Bradley empujando a su padre para pasar con la luz.

Las escaleras de madera crujen cuando bajan. Los escalones no tienen tablones posteriores ni tampoco barandilla. Beverly mantiene la mano pegada a la pared de piedra desnuda para mantener el equilibrio. Cuando llega al final de la escalera, es como si entrara en otro siglo. Unas gruesas y pesadas vigas de madera soportan el techo. Los muros de los cimientos son de piedra.

—Medio metro de grosor —explica Bradley señalando hacia ellas con tono despreocupado.

Beverly mira, impresionada, la piedra encalada. La pintura se está desconchando.

—¿Hay ratas aquí abajo? —pregunta. Probablemente las haya. Beverly siente terror por las ratas. Están en medio de la naturaleza y el sótano queda justo debajo de la cocina.

—Nos ocupamos de ellas —dice Bradley—. No se preocupe.

—¿Cómo? —pregunta Henry.

—Con warfarina —responde James cortante, y la inquietud de Beverly aumenta.

James parece incómodo con el hecho de que sus huéspedes estén descubriendo el estado tan primitivo del sótano y de que puedan encontrar ratas. No tiene nada que ver con el lujoso hotel que hay arriba. Debe de sentirse como si se hubiera quedado en ropa interior delante de ellos, piensa Beverly.

Ve un tosco estante de madera empotrado en la pared de piedra que debe de estar allí desde que se construyó el edificio. Está vacío. Bradley se da cuenta de que ella lo está mirando.

—No usamos mucho el sótano —le explica Bradley—. Lo tenemos todo en la despensa de arriba.

Beverly lanza una ojeada por el ancho espacio. El suelo de cemento es irregular. Hay pequeñas ventanas en la parte superior de la pared. Llama la atención un panel eléctrico por su limpieza y su estado tan nuevo. La caldera es también relativamente reciente.

—Aquí no hay nadie —observa David asomándose por detrás de la caldera.

—Aún no hemos terminado —replica Bradley. Se acerca a la parte posterior del sótano y entra por otra apertura que hay a la derecha—. Aquí dentro están las cisternas —indica con una voz que parece alejarse.

Sin intención de quedarse atrás, Beverly sigue a regañadientes a los demás y se asoma por la puerta. Hay dos grandes cisternas de cemento a la derecha.

—Ahora están vacías —dice Bradley.

Beverly siente un escalofrío. No entra en la habitación de las cisternas. Se queda en la puerta, viendo cómo Bradley mira en el interior de cada una manteniendo en alto la lámpara. David se acerca a él y mira también.

Bradley niega con la cabeza.

—Nada —dice.

—Mira —le advierte David con brusquedad.

Beverly dirige los ojos hacia donde David está mirando. Hay una ventana en la pared del fondo, cerca del techo.

—Mierda —dice Bradley.

Beverly observa, tensa, cómo Bradley se acerca a examinar la ventana. Ve que el cristal está roto. Hay dos trozos en el suelo, debajo.

—La ventana sigue cerrada —dice David junto a Bradley mientras inspecciona la ventana.

—Entonces, puede que no sea más que un cristal roto —responde Bradley.

—O puede que lo hayan roto de forma deliberada, que hayan abierto desde fuera y que alguien haya entrado por aquí y haya vuelto a cerrar la ventana.

Beverly siente un pequeño mareo.

—Será mejor que salgamos a echar un vistazo —propone David—. Para ver si hay huellas. Iremos Bradley y yo. No tenemos por qué ir todos.

—Yo voy —se ofrece Matthew.

Sábado, 19:10 horas

Matthew se pone su chaquetón y sus botas y sale con David y Bradley al porche. Tiene que lidiar con la fuerza del viento, furioso y ruidoso. Los árboles parecen encogerse ante él. Han mirado todas las ventanas y puertas de la primera planta desde el interior y se encuentran todas bien cerradas. Solo está la ventana rota del sótano que tienen que ir a ver ahora. Matthew se pregunta cómo van a rodear el lateral este del hotel para ver la ventana con lo resbaladizo que parece estar el suelo.

Han tenido que dejar dentro la lámpara de aceite porque nadie quiere caerse en el hielo con una lámpara de aceite en la mano. A falta de ella, tienen la linterna del iPhone de Matthew, a David apenas le queda batería en el suyo y quiere reservarla. Pero Matthew no va el primero. Le ha pasado su teléfono a Bradley.

—Síganme —dice Bradley.

Se deslizan por la fachada del hotel y, después, rodean la esquina y se dirigen por el lateral con las manos contra la pared para mantener el equilibrio. A medida que se acercan a la ventana del sótano, pueden ver, delante de ella, en el suelo, la rama rota de un árbol que está al lado y que ha quedado dañado por la tormenta. Se agachan para asomarse por la ventana y Bradley ilumina con la linterna.

Pero no pueden saber si la rama se cayó y rompió la ventana o si alguien la ha usado para romperla. Con el hielo, no distinguen ninguna huella.

—¿Qué opináis? —pregunta Matthew inspeccionando la ventana y las ramas desparramadas delante de ella.

—No sé —contesta David con expresión de preocupación.

20

Sábado, 19:30 horas

David, Bradley y Matthew regresan al vestíbulo y ven los rostros de nerviosismo de los que esperan dentro.

David se deja caer en un sillón junto a la chimenea y explica a los demás lo que han encontrado.

—Así que tenemos una habitación que parece que ha sido utilizada y una ventana misteriosamente rota —concluye—. Aparte de eso, no hemos visto señal alguna de que haya otra persona en este hotel. Ni de que nadie haya entrado ni salido.

Todos se miran en silencio, como si no pudieran encontrarle sentido a esta información. Están visiblemente nerviosos.

—Entonces, ¿hay alguien más o no? —pregunta Riley con voz estridente.

—No lo sé —responde David—. Puede que sí. Puede que no.

—¿De verdad estás sugiriendo que podría ser uno de nosotros el que ha matado a Dana y a Candice? —exclama Ian y, después, eleva la voz, incrédulo—. ¿Por qué narices iba a matar uno de nosotros a ninguna de ellas? Ni siquiera las conocíamos.

—Eso no lo sabemos. No sabemos si alguien de aquí conocía a Dana o a Candice —dice David con voz calmada—. Yo no sé nada de ninguno de los que estamos aquí. —Mira a su alrededor como si estuviese desafiando a los demás para que hablen—. Por lo que yo sé, o por lo que nos hemos dado a entender unos a otros, ninguno nos conocemos. Pero puede que no sea así. —Recorre despacio con la mirada el grupo allí reunido—. En cualquier caso, cuando llegue la policía habrá una investigación. Estudiarán con mucha atención el pasado de Dana y el de Candice. Y a todos nosotros también.

Y sabe cómo va a ser eso. Observa cómo los demás se miran entre sí con inquietud.

—Por ahora, debemos suponer que sí es uno de nosotros. Tenemos que saber dónde estábamos todos esta tarde. Bradley vio a Candice viva cuando fue a recoger su bandeja del almuerzo en la biblioteca. ¿Cuándo fue eso, Bradley?

—Sobre la una y media —responde Bradley.

—Todos estábamos juntos en el vestíbulo, a excepción de James y Bradley, hasta que dieron las dos, más o menos, cuando Henry y yo fuimos a por leña y, al parecer, todos se dispersaron. Nos reunimos todos aquí abajo a las cuatro para merendar. A continuación, todos salimos a la casa de hielo juntos y volvimos juntos. Excepto James. —Hace una pausa y añade—: Y, por supuesto, Bradley, tú entraste de nuevo para buscarla cuando el resto estábamos en la casa de hielo. —Los mira directamente uno por uno—. Pero centrémonos en dónde estaba cada uno entre las dos y las cuatro. Yo estaba en mi habitación, solo.

—Riley y yo estábamos en la nuestra —dice Gwen.

—Ian y yo también estábamos en nuestra habitación —continúa Lauren.

—Yo estaba en mi habitación. Tú me dijiste que me quedara ahí. Solo salí cuando oí ese grito al encontrar a Candice muerta —afirma Matthew.

—Yo estaba aquí abajo, en el vestíbulo —dice Henry—. Me quedé dormido en el sillón un rato. Después, subí para refrescarme justo antes de las cuatro.

Beverly asiente.

—Yo estaba en nuestra habitación. Bajé un momento para hablar con Henry en el vestíbulo, pero volví a subir después. Él regresó justo antes de las cuatro.

—Yo estaba en la cocina —añade James—. Y Bradley me estaba ayudando.

—Pues no ha servido de mucho, ¿no? —dice David con tono cansado.

—Si crees que ha sido uno de nosotros, si yo tuviera que apostar, lo haría por Matthew —dice Henry tras el posterior silencio.

Matthew le mira conmocionado.

Henry ha estado pensándolo durante el largo y frío registro del hotel. Si existe alguna posibilidad de que el asesino sea uno de ellos, quizá vaya siendo hora de darle un pequeño vuelco a todo. Ha decidido hacer de abogado del diablo.

—Eres el culpable más probable —prosigue con voz suave mirando a Matthew—. Quizá mataste a Dana tras vuestra discusión; Candice lo averiguó y tuviste que cerrarle la boca.

Los demás observan alarmados, pero nadie hace un intento por defender a Matthew.

—¿Y cómo podría ella haberlo averiguado? —pregunta Lauren.

—No lo sé. A mí me parecía un poco fisgona. O puede que... —Ahora está pensando en voz alta—. Puede que Candice estuviese escribiendo un libro sobre Matthew, el famoso y rico empresario. O sobre Dana, que estaba a punto de casarse con él. Y, por culpa de eso, Dana discutió con ella en las escaleras y Candice la empujó. Y Matthew supo que debía de ser ella la que había matado a Dana, así que la estranguló.

—Eso parece bastante inverosímil —dice Ian.

—El asesinato es algo inverosímil —responde Henry—. No estamos enfrentándonos a algo normal. Alguno de los que estamos aquí es un asesino. Alguien tenía motivos suficientemente fundados como para matar a Dana y a Candice. Yo solo trato de averiguar cuáles son.

Lauren mira a Matthew.

—Candice estaba mirándoos a Dana y a ti anoche en la cena —dice con voz titubeante.

Matthew le devuelve la mirada con el ceño fruncido. Se remueve inquieto en su asiento.

—Ah, ¿sí? Yo soy... muy conocido en el mundo empresarial. Nuestro compromiso ha aparecido en todas las páginas de sociedad. Así que sí, es posible que me reconociera y supiera quién era yo.

—Sí que sabía quién eras —responde Lauren—. Nos lo dijo esta mañana en el desayuno.

—Pero yo no la conocía —espeta Matthew—. Y tampoco Dana. Si estaba escribiendo un libro sobre nosotros, no teníamos ni idea. Y ninguno de los dos tenía nada que ocultar, así que nos habría importado una mierda.

—Pero puede que Dana sí tuviese algo que ocultar —dice Riley—. Algo que tú no supieras. Quizá Candice sí lo sabía y estaba escribiendo sobre ello y ella y Dana se pelearon en las escaleras y Candice la empujó.

—Pero, si yo no sabía nada, ¿por qué iba a llegar a la conclusión de que Candice la había empujado para, después, matarla yo? —pregunta Matthew con sarcasmo.

—Puede que sí lo supieras —puntualiza Henry—. Solo tenemos tu palabra.

Matthew se inclina hacia delante.

—Yo no he matado a nadie —dice.

—Has traído una pistola —insiste Riley con vehemencia—. Quizá sabías que Candice iba a estar aquí. Quizá tenías planeado matarla desde el principio, pero lo de Dana pasó primero.

—No tengo por qué escuchar esto —protesta Matthew.

—Un momento —interviene Beverly—. Quizá el hecho de que Candice haya muerto también signifique que Matthew no ha matado a Dana y que no tenga nada que ver con esto. ¿Se os ha ocurrido pensarlo? —Mira a Henry—: ¿No reduce eso la posibilidad de que sea el culpable?

—Es posible —responde Henry.

—Yo estaba pensando algo parecido —confiesa Gwen—. Si hubiese sido solo Dana, sí. Lo siento, Matthew, pero parecerías el sospechoso más claro. Sobre todo, porque... Beverly os oyó discutir bien entrada la noche. —Mira a los demás—. Pero desde el momento en que hay otra muerte, ¿no hace eso que parezca menos probable que Matthew lo hiciera?

—En cierto modo, tienes razón —contesta Ian.

Henry mira a todos con atención. No sabe nada con seguridad, pero va a mantener los ojos bien abiertos.

—Si podéis dejar de apuntarme todos con el dedo un momento, hay una cosa que me gustaría mencionar —dice Matthew. Sabe que suena un poco agresivo. No le importa. Prácticamente le han acusado de asesinato, por el amor de Dios.

—¿Qué es? —pregunta David.

—Creo que James y Bradley ocultan algo.

James le mira con absoluto desconcierto. Bradley se pone colorado hasta la raíz del pelo.

—¿A qué se refiere? —balbucea James.

Matthew se inclina hacia James y Bradley, que están sentados juntos.

—Este es tu hotel. Puede que sepáis algo que el resto ignoramos.

—¿Como qué? —insiste James, a la defensiva.

—No lo sé. Pero os he visto hablar en susurros. ¿Qué os decíais?

—No hemos hablado en susurros —responde James, sonrojándose.

—Sí que lo habéis hecho. Yo os he visto.

—Por el amor de Dios —interviene Ian—. Tienen que dirigir un hotel.

David mira a James con rostro serio.

—¿Existe alguna posibilidad de que haya alguien que pueda desear perjudicaros a vosotros o a vuestro hotel?

Matthew mira a James con atención. Por el rabillo del ojo ve que Bradley niega con la cabeza.

James hace lo mismo.

—No. Si pensara que eso fuese posible, lo habría dicho.

Matthew vuelve a hundirse en su sillón, insatisfecho y nada convencido.

—No le creo. —Pasa la mirada de James a Bradley y, después, al primero—. Sigo pensando que hay algo que no nos habéis contado.

David ve cómo Gwen se levanta nerviosa de su silla y se acerca a las ventanas. Hay más oscuridad en esa zona, pero él puede verla en la penumbra. Gwen mira hacia fuera. No sirve de nada. No va a venir nadie. David se levanta y va hacia ella. Siente cómo los demás le observan, pero no le importa.

Ella se gira mientras él se acerca. Hay preocupación en sus ojos.

—Tengo que preguntarte una cosa —dice ella sin más preámbulos, con un susurro.

Ha llegado el momento, piensa David. Me va a preguntar por mi mujer. Ha estado hablando con Riley. Está seguro de ello. Debería haberle hablado a Gwen sobre su pasado desde el principio. Pero... no era el momento más adecuado. No se le cuenta a una mujer por la que te sientes increíblemente atraído que en el pasado te detuvieron por asesinato.

—Lo que quieras —responde él en voz baja con expresión franca. Le va a contar la verdad. Ella decidirá si le cree o no. No puede ocultarlo. Está por todo internet.

Gwen vuelve a mirar brevemente a los demás, que están junto a la chimenea.

—Ahora no —susurra—. Pero tenemos que hablar, en privado, en algún momento.

Él asiente. Eso le dará tiempo para pensar qué va a decirle. Cómo explicarlo. No quiere ahuyentarla.

Lo único que Beverly desea es volver a casa. Quiere ver a sus hijos. Este hotel ya no le parece tan encantador ni lujoso. Es oscuro, frío y desagradable. Siente un escalofrío al recordar el sótano. Parecía el escenario de alguna película de miedo. Siente como si fuera ella misma quien estuviese dentro de una película de miedo. Esto no puede estar pasando de verdad, no a ella. Es una mujer muy normal, con una vida muy normal, incluso aburrida. Nunca le pasa nada excepcional. Y, en el fondo, le gusta que sea así.

Es terrible que el cuerpo de Dana siga a los pies de las escaleras. En serio, es demasiado. Siente que están a punto de brotarle las lágrimas y se obliga a contenerlas.

Quiere que se lleven ese cadáver. Cree que empieza a oler. Lleva ahí tumbado desde anoche. Debe de estar descomponiéndose ya. Eso debe de ser el olor. ¿Es que los demás no lo huelen? Siempre ha tenido un sentido del olfato muy agudo. Es sensible. Siempre ha sido sensible. Teddy también lo es. No le gustan las etiquetas dentro de la ropa y es muy quisquilloso con los calcetines. Beverly se lleva la muñeca hacia la nariz y trata de respirar su perfume, ya casi desaparecido.

Mientras va pasando el tiempo, se descubre con la vista fija en el cadáver, envuelto en la fantasmagórica sábana. Antes ni siquiera podía mirarlo, pero ahora lo observa con el ceño fruncido. Porque le tiene miedo. No quiere darle la espalda. Es irracional, pero así es como se siente. Se está viniendo abajo.

Cree ver algo que se mueve en la oscuridad, junto al cadáver. Una forma oscura, un crujido. Y ahora parece como si Dana se moviera ligeramente bajo la sábana. Ha oído hablar de esas cosas, de cadáveres que se mueven después de morir, que se estremecen porque están llenos de gas. Mira con más atención.

«¿Qué es eso? ¿Es una rata?». Grita.

Henry se levanta de su sillón de un salto.

—¡Hay una rata, allí, junto al cadáver! —chilla Beverly levantándose y señalando con el dedo. Todos se giran y miran con ojos entrecerrados hacia la oscuridad, adonde ella está apuntando.

—Eso es imposible —dice James a la defensiva a la vez que da un salto desde su asiento.

—Ya has dicho antes que tienes ratas —comenta Lauren con nerviosismo mientras esconde los pies debajo de ella sobre el sofá.

—¡No aquí arriba! —protesta James.

—Pero hay un cadáver aquí —insiste Lauren—. Y puede que eso... las atraiga. —Se estremece visiblemente—. ¡Dios mío, no puedo soportarlo!

Beverly está de acuerdo con Lauren. Ella tampoco lo soporta. Empieza a llorar y a agitarse. Dejándose llevar por la costumbre de tantos años, se gira y entierra la cara en el pecho de Henry. Él la rodea con los brazos y, aunque ella sigue enfadada con él, eso la consuela.

—¡Tenemos que sacar ese cadáver de aquí! —dice Henry malhumorado.

—No deberíamos moverlo —contesta David.

—Al infierno con lo que deberíamos y no deberíamos hacer —grita Henry—. Hay un cadáver ahí, está supurando y atrayendo a las ratas. ¡Y está asustando a mi mujer!

Beverly levanta la cabeza del pecho de Henry y mira a Matthew. Se ha puesto pálido. De repente, lamenta su arrebato.

—Lo siento...

Pero Matthew no le hace caso, coge la lámpara de aceite de la mesita y se acerca al cuerpo de Dana. Levanta la lámpara por encima de ella mientras la mira, buscando la rata. Es una visión macabra, pero Beverly se da cuenta de que no puede apartar la mirada.

—No veo ninguna rata —dice Matthew con hosquedad—. Ninguna. Debe de habérsela imaginado.

Ian se levanta y va a su lado.

—Aun así, deberíamos llevarla a otra parte —dice con tono cordial. Se gira y vuelve a mirar a David.

David pasea la vista por la habitación, como si calibrara los estados de ánimo de todos. Por fin, asiente, como si supiera que le superan en número. Saca el móvil del bolsillo, retira la sábana y hace algunas fotografías. Entonces, deja escapar un sonido de frustración.

—Mi móvil ha muerto del todo. —Levanta la vista hacia los demás—. Muy bien. ¿Dónde la ponemos?

—¿En la leñera? —propone Bradley, vacilante.

—¡No! —responde Matthew—. Puede que... las ratas entren ahí.

A Beverly se le revuelve el estómago al pensar en las ratas mordisqueando a Dana.

—¿Y la casa de hielo? —sugiere James—. Ahí hace frío. Y está completamente sellada. Nada podrá... molestarla.

Por fin, Matthew traga saliva y asiente. Beverly siente por él la mayor de las compasiones. Ve cómo David coloca la sábana en el suelo junto al cadáver. Después, agarra a Dana de los pies y Matthew la coge de los hombros y, torpemente, la colocan sobre la sábana. La cabeza le cae, de repente, a un lado. La envuelven bien con la sábana para que sea más fácil transportarla.

Bradley, Matthew y David se ponen los abrigos y las botas y emprenden el triste e incómodo trayecto con el cadáver hacia la casa de hielo.

Cuando desaparecen de su vista, Beverly rompe a llorar.

21

Sábado, 20:30 horas

Cuando vuelven de la casa de hielo, David pone más troncos en el fuego y hace que prenda una buena llama. Después, mira con desgana a los demás, sentados alrededor del fuego, con sus caras resplandeciendo con la luz de la hoguera. Matthew está sentado aparte, aislado de los demás por la pena y por la sospecha que han lanzado sobre él.

La habitación está bastante oscura, apenas iluminada con la luz que desprende el fuego y la única lámpara de aceite parpadeante. La otra se ha quedado sin aceite y, según ha explicado Bradley, avergonzado, ya no hay más. Nadie esperaba tener que usar lámparas de aceite.

Riley toquetea nerviosa el anillo de su dedo índice, su versión de retorcerse las manos por la ansiedad, piensa David.

—¿Qué vamos a hacer? —pregunta ella.

David cree que alguien debería servir otra copa a Riley. O una de sus pastillas que han visto arriba.

—Vamos a permanecer juntos —responde él—. Vamos a pasar así toda la noche. —La tormenta aúlla alrededor de ellos, golpeando contra las ventanas, como si se burlara de él—. Y por la mañana, cuando haya luz, creo que deberíamos intentar llegar a la carretera principal.

Detecta algún asentimiento entre las sombras.

—Nos quedaremos aquí, en el vestíbulo. Si alguien tiene que ir al baño, iremos juntos, por grupos —ordena David—. Y luego, cuando amanezca, nos vamos. Puede que los equipos encargados de los caminos estén ya allí. Nos ayudarán. Pero tenemos que permanecer juntos. No nos pasará nada si seguimos juntos, ¿entendido?

Todos le miran. Ahora, uno a uno, asienten. Incluso Riley, que se lame los labios, nerviosa.

—Hace frío aquí dentro —continúa David—. Tenemos que mantener el calor. Hay que mantener el fuego encendido. —Hace una pausa—. Deberíamos traer más mantas de las habitaciones.

—Yo no voy a subir —dice Gwen con miedo.

David se queda mirando un momento lo nerviosa que parece. Pero todos están asustados. Aparte de mantenerlos calientes, alimentados y todos juntos en el mismo lugar, no tiene ni idea de cómo mantenerlos con vida.

—Los teléfonos deben de tener poca batería. El mío ya se ha apagado —dice David. Todos asienten.

—El mío sigue funcionando, por ahora —contesta Matthew—. Pero no durará mucho.

David mira a Ian y a Bradley.

—¿Por qué no subimos ahora a por unas mantas?

Ian y Bradley asienten y los tres se dirigen hacia la escalera central, adentrándose en la oscuridad mientras Bradley sostiene en alto la lámpara de aceite para iluminar sus pasos dejando a los demás con la luz de la chimenea.

Gwen se queda mirando a la oscuridad después de que ellos se hayan marchado. De algún modo, le ha recordado a la historia de Hansel y Gretel, perdidos en el bosque oscuro, tratando de encontrar el camino a casa, donde ni siquiera los quieren. Ese cuento de hadas la aterrorizaba de niña y ahora siente como si estuviese dentro de la historia, en ese bosque oscuro, abandonada por los que la quieren. Siente un escalofrío. Está dejando volar su imaginación.

Riley se queda mirando y espera, con el corazón acelerado como un motor revolucionado que pudiera echarse a arder. Escucha cada pequeño sonido: el viento contra las ventanas, el crepitar del fuego, el sobrecogedor sonido de los leños que, de repente, se mueven dentro de la chimenea. Pero intenta oír otra cosa, algo inesperado. Está atenta a algo que no debería estar ahí.

Se aprieta más la manta contra el cuerpo. Se dice a sí misma que tienen que conseguir llegar hasta la mañana y, después, intentarán salir de allí. Trata de pensar. Puede que haya ahí una conexión que desconozcan, como ha sugerido David. Si alguien de los presentes conocía a Dana o a Candice de antes, no lo ha dicho. Es posible que Matthew tenga razón y que James y Bradley estén ocultando algo. Ella los había visto también hablarse en susurros. O puede que, sencillamente, Matthew esté tratando de desviar la atención de sí mismo.

Sabe que se ha obsesionado un poco con David Paley. Pero, por mucho que crea que pudo haber asesinado a su mujer, ahora no le tiene especialmente miedo.

Aunque desearía que Gwen se mantuviera alejada de él.

Sábado, 21:05 horas

Se acomodan en sus sofás y sillones alrededor de la chimenea. Han comido una cena que James y Bradley han preparado apresuradamente, con David haciéndoles compañía en la cocina. James ha preparado otra cafetera grande.

Esta noche, nadie quiere dormir. Nadie quiere siquiera cerrar los ojos. Se quedan sentados juntos en un silencio tenso. Todos están pensando en lo mismo, pero ninguno quiere hablar de ello.

Gwen se retuerce en un intento por encontrar una postura más cómoda en el sofá. No sabe quién es el asesino ni dónde está. No soporta seguir pensando en ello. Tiene el cuello rígido por la tensión. Solo desea sobrevivir. Intentarán salir de ahí a primera hora de la mañana. Se aferra a esa idea.

Están sentados envueltos en mantas y con los dedos alrededor de sus tazas de café para calentarlos. Sobre la mesa de centro hay una botella de Kahlúa que han traído del carro de las bebidas. Hacen turnos para recargar sus cafés con ella.

Puede que no sea tan buena idea emborracharse, piensa Gwen, pero el Kahlúa está muy rico y es reconfortante. Ve con agrado que David no se está echando nada en el café. Va a mantenerse alerta. Es el protector de todos. Tiene más fe en él que en Matthew, con su pistola, que rara vez abandona sus manos. Está todo el rato jugando con ella. Gwen desearía que la dejara. Desearía que David le dijera que parara o que se la quitara. La está poniendo nerviosa.

El resto trata ahora de hablar de otras cosas: otros hoteles en los que se han hospedado, otros países..., lo que sea con tal de alejar sus mentes de la larga y oscura noche que les espera. Se descubre mirando cada vez más a David a medida que van avanzando las horas. No deja de pensar en ellos dos juntos la noche anterior. A veces —de hecho, cada vez con más frecuencia— él la mira.

Es una silueta oscura y robusta junto a la escasa luz de la chimenea y la lámpara de aceite. Está sin afeitar, pero le queda bien, y sobre la frente le cae un mechón de pelo que a ella le parece atractivo. Desearía echárselo hacia atrás. Desearía que los dos estuviesen sentados juntos, compartiendo un sofá, pero con quien lo comparte es con Riley.

Se pregunta qué pensaría David de ella si supiera la verdad. No va a contársela. Aún no. Solo hay una persona que conoce esa verdad de ella, de lo que hizo, y esa persona está sentada justo a su lado. Pero Riley no va a decir nada.

22

Riley se ha estado echando Kahlúa en el café a un ritmo más rápido que el resto. Ellos ya piensan que tiene un problema con el alcohol. Quizá lo tenga. Pero eso no es nada en comparación con los problemas que tienen todos esta noche. Ella solo quiere quitarle hierro.

Se da cuenta de cómo se miran Gwen y David y decide que no va a consentirlo. Puede ser un poco malvada cuando ha tomado dos copas.

—Bueno —dice aprovechando una pausa en la conversación—, quizá deberíamos conocernos todos un poco mejor. —Mira directamente a David. Está bastante segura, por su comportamiento de anoche en la cena, de que él sabe que ella le ha identificado. Sabe quién es.

Siente cómo Gwen se pone tensa a su lado. Se eriza.

—Claro, ¿por qué no? —responde entonces Lauren. Mira a Riley desde el otro lado de la mesa de centro con expresión de desafío—. ¿Por qué no nos cuentas un poco de ti, Riley? Por ejemplo, ¿qué es lo que tanto te preocupa?

Riley la mira, sorprendida y fuera de juego. No le gusta Lauren. Ha visto cómo pone los ojos en blanco. Y ahora quiere hacérselo pasar mal. «¿Cómo se atreve?».

Riley vacila, furiosa con Lauren, antes de contestar.

—Más te vale no saberlo. —Hay un tono de advertencia en su voz.

—Sí que quiero saberlo —insiste Lauren.

«Zorra prepotente», piensa Riley. Hace una pausa.

—He visto cosas que te revolverían las tripas. Así que no te atrevas a juzgarme.

—No te juzgo —responde Lauren—. Solo quiero comprenderte. Recuerdo que cuando llegamos aquí pensé que quizá estabas... algo perturbada. Porque parecías asustada antes de que nada de esto pasara. —Lauren se inclina hacia adelante en la oscuridad—. ¿Es que sabes algo de lo que está pasando? Porque no me fío de ti.

Riley se queda inmóvil en su asiento, sin habla. No puede creerse que la esté acusando.

—¿Qué quieres decir? —protesta Gwen a su lado, claramente indignada—. ¡Ella no tiene nada que ver con esto!

—¿De verdad? Puede que no sea la que está matando a la gente, pero no me sorprendería que supiera algo. ¡Mírala!

Ahora todos observan fijamente a Riley. Nota cómo se va alterando. Intenta no perder el control.

—Tiene razón —dice Matthew fulminándola con la mirada—. Has estado muy nerviosa desde que llegamos aquí. Todos nos hemos dado cuenta. Yo creía que te pasaba algo. Y también..., también Dana.

—Quizá deberíamos todos dar un paso atrás —sugiere Ian con tono calmado.

—¡Yo no tengo ni idea de qué está pasando aquí! —protesta Riley.

—Cuéntalo —exclama Gwen a su lado con voz enérgica y furiosa—. Cuéntales lo que has sufrido. ¡Cuéntaselo tú o lo hago yo!

Riley lanza a Gwen una mirada de agradecimiento. Suelta un fuerte suspiro y empieza a hablar despacio.

—Soy periodista. —Vacila durante un momento demasiado largo. Da otro trago a su café. Más Kahlúa que café a estas alturas.

—¿Sí? ¿Y qué? —pregunta Henry con tono provocador.

Riley, al sentirse arrinconada, le mira. Hasta ahora no se había formado ninguna idea sobre Henry, pero, de repente, le desprecia. Mira a su alrededor en la habitación. Los desprecia a todos, salvo a Gwen. Ella es la única amiga que tiene aquí.

—Estuve destinada en Afganistán. En Kabul, sobre todo. Pasé allí casi tres años. Vi cosas terribles. —La voz le empieza a temblar—. Vi morir a muchos civiles..., niños, bebés... Miembros arrancados por las bombas, tirados en la calle. Demasiada crueldad... —Hace una pausa. No puede decir nada más. Su voz se ha reducido a un susurro y nota cómo Gwen le pasa el brazo por el hombro. Se concentra en la presión del brazo de Gwen rodeándola, apoyándola—. Después, me tomaron como rehén.

—¿Qué? —pregunta Gwen a su lado, claramente sorprendida—. Eso nunca me lo habías contado.

Riley baja la mirada a su regazo.

—Hubo que mantenerlo en secreto. Estuve prisionera seis días hasta que negociaron mi liberación. Cada día me ponían una pistola en la cabeza y fingían que iban a dispararme. Escogían a alguien al azar y le disparaban allí mismo. —Ahora todo el cuerpo le tiembla y se siente avergonzada, aunque sabe que no debería sentirse así—. Yo creía que podría soportarlo. Eran historias importantes y había que contarlas. Así que me quedé allí todo el tiempo que pude. Intentas aguantarlo hasta que te rompes. —Hace una pequeña pausa—. Pero después de eso... —titubea y su voz se vuelve un susurro—, no podía seguir.

Gwen le acaricia ahora la espalda con grandes y lentos círculos para consolarla. Los demás guardan un silencio sepulcral.

Riley se concentra en sentir cómo Gwen le acaricia la espalda con círculos firmes. La verdad es que le sienta bien soltar todo esto. Está cansada de fingir que está bien, cuando todos la miran como si claramente pensaran que le falta algún tornillo. Al menos, ahora saben el motivo. Ella se recuerda que no tiene por qué avergonzarse. Su enfermedad es un síntoma de su humanidad. Cuando vuelve a hablar, intenta hacer que su voz suene más normal.

—Tuve que volver a casa. Estoy tratando de recuperarme. Sufro un trastorno de estrés postraumático. Me estoy medicando —dice—. Esas imágenes terribles no dejan de acudir a mi mente y nunca sé cuándo van a aparecer. Oigo un sonido... y es como si algo se activara en mi cabeza y vuelvo a estar allí, en el caos, esperando a que empiece la matanza. —Levanta los ojos y mira a cada uno de ellos, sus pálidos rostros erguidos por encima de sus mantas oscuras, como si sus cabezas no tuviesen cuerpo y flotaran en el aire.

—Ay, Riley —musita Gwen acercando su cara a la de ella—. Lamento no haberlo sabido. No tenía ni idea de lo que te había pasado.

A Riley le tiemblan las manos y junta las dos palmas.

—Anoche, cuando me estaba quedando dormida, creí oír un grito, pero no le hice caso porque no pensé que fuera real. Oigo gritos en mi cabeza todas las noches cuando intento quedarme dormida. —Baja de nuevo la voz hasta convertirla en un susurro—. Y los oigo cuando sueño.

Cuando deja de hablar, el silencio es absoluto, salvo por el crepitar del fuego. Incluso el viento se ha calmado ahora.

—Lo siento mucho —dice entonces Lauren.

Henry no dice nada.

Matthew toquetea su pistola, nervioso.

Beverly se encoge en su manta, con el frío calándole los huesos. Siente náuseas por lo que Riley ha contado. Ve cómo Gwen le acaricia la espalda. El evidente terror de Riley es contagioso.

Beverly tiene miedo por lo que hay ahí afuera, acechando en las sombras. No cree que el asesino sea ninguna de estas personas que están sentadas alrededor del fuego. Cree que está fuera, esperando. Se siente como un ratón arrinconado, con los ojos llorosos, el pecho haciendo movimientos rápidos cada vez que respira.

Henry está sentado junto a la chimenea, a oscuras. Beverly piensa en sus hijos, Teddy y Kate. ¿Cómo se las van a arreglar si sus padres no vuelven a casa? Se dice a sí misma que lo único que quiere es volver a casa con Henry. Quiere que todo vuelva a ser como antes.

David se bebe el café hasta los posos, aunque ahora está frío. Debe seguir despierto. Anoche durmió poco y ahora los ojos le escuecen y los siente arenosos. Inspecciona su pequeño rebaño. Pues así es como los ve. Parecen ovejitas porque todos están asustados y no saben qué hacer.

Matthew le está poniendo nervioso. Parece un poco alterado. A David le gustaría quitarle la pistola, pero no quiere provocar una discusión. No se imagina qué podría hacer Matthew.

No se imagina qué podría hacer ninguno de ellos. La confesión de Riley tiene sentido. Su historial, su experiencia... sirven de explicación a su personalidad inestable, a su mirada de sobresalto, su constante examen de todo, su tensión, su forma de beber. Él sabía que era periodista, pero, si ha pasado en Afganistán los últimos tres o cuatro años, puede que no sepa nada de él. Puede que solo esté celosa porque él se ha interesado por Gwen y no por ella. Puede que Gwen no tenga ni idea de su pasado.

Pero Gwen le dijo que quería hablar con él de un asunto. No hay duda de que se trata de su mujer asesinada. O —se le ocurre ahora— tal vez se trata de algo sobre ella. Quizá está comprometida con alguien y no se lo comentó anoche.

No habrá posibilidad alguna de tener un futuro con Gwen si no consiguen sobrevivir a esta noche. Necesita pensar en el problema que tiene justo delante. Al infierno con Riley y lo que pueda creer que sabe.

David intenta mirar la situación de forma analítica, como haría ante un caso. El escenario más probable es que el prometido de Dana, Matthew, la haya matado. Habían discutido. Quizá él la empujó por las escaleras. Quizá no fuera su intención, pero, una vez que lo hizo, se dio cuenta de que tenía que eliminarla. Es posible.

Pero Candice... Puede que sí hubiese averiguado algo sobre Matthew o Dana. O quizá supiera algo sobre la muerte de Dana. Quizá había visto u oído cualquier cosa. ¿Había estado fisgoneando a Dana y Matt? Sabía quiénes eran. Puede que los oyera tras la puerta, escuchó que discutían y, después, se escondió cuando la puerta se abrió y vio —o quizá oyó— que Matthew empujaba a Dana por las escaleras. Si fue así, ¿por qué no dijo nada?

Quizá tuviese demasiado miedo de contar nada hasta que llegara la policía y estaba esperando el momento propicio. Puede que fuese eso lo que la había matado.

Si le pidieran su opinión, estaría de acuerdo con Henry en esto: cree que probablemente fue Matthew. Mintió en lo de la discusión. Es el que más probabilidades tiene de haber asesinado a Dana. Puede que Candice supiese algo o tuviera algún tipo de relación con ellos. Y puede que Matthew esté tratando de desviar las sospechas hacia James y Bradley mientras refuerza la posibilidad de que haya alguien más.

O puede que sí haya alguien más ahí afuera que esté matándolos por diversión.

Y, si los está matando por diversión, porque puede, porque quiere..., ninguno de ellos está a salvo.

23

Sábado, 22:20 horas

Gwen trata de relajarse en el sofá. Se siente relativamente segura aquí, rodeada de los demás. Observa a Matthew por el rabillo del ojo. Está demasiado alerta, inspeccionando constantemente la oscuridad que hay detrás de ellos, como si vigilara ante alguna amenaza. Pero el efecto de su actitud alerta no es nada tranquilizador, más bien lo contrario. Ella confía más en David. Su presencia la hace sentir a salvo. Se aprieta más la manta alrededor del cuello y se encierra en sus pensamientos. La alivia que se haya revelado la verdad sobre Riley. No sabía lo de su trastorno de estrés postraumático, ni lo de que la habían retenido como rehén, pero todo tiene sentido. Piensa que a Riley le vendrá bien que la gente la comprenda y la pueda apoyar. Y ella también va a intentar apoyarla más.

Los traumas cambian a las personas. Ella debería saberlo.

Le da vueltas a todo mirando hacia la oscuridad.

Si sobreviven a esto —y por supuesto que sobrevivirán, se dice a sí misma, ahora que están todos juntos y nada los va a separar—, tendrá que contarle lo suyo a David. Pero, antes, quiere preguntarle quién es él. Tiene la esperanza —es aterrador pensar en todas las esperanzas que tiene— de que no sea la persona que Riley cree que es. Tiene la esperanza de que sea otra persona completamente distinta, de que Riley le haya confundido con otro. Pero Riley no suele equivocarse.

Primero, tienen que salir de aquí. Cierra brevemente los ojos y reza un poco, suplicando que llegue la policía.

Domingo, 00:05 horas

Es después de medianoche cuando todo empieza a desencadenarse. El vestíbulo está en silencio, pero nadie duerme.

Riley no soporta el silencio. Necesita conversación para que no aparezcan las imágenes aterradoras. No deja de mirar hacia la oscuridad, al lugar donde antes estaba el cadáver de Dana, y recuerda su espantosa cara sin vida. Candice, con el pañuelo apretado alrededor del cuello. No quiere pensar en los asesinatos ni en lo que les puede pasar al resto. Así que piensa en David Paley. Se obsesiona con él hasta que se vuelve como un picor que tiene que rascarse. No puede evitarlo. Se inclina hacia David, que también está completamente despierto, enfrente de ella, al otro lado de la mesa de centro.

—Sé quién eres —susurra.

Por un momento, cree que él no le va a hacer caso, que va a fingir que no la ha oído. Está a punto de repetir lo que ha dicho en voz más alta, pero, en ese momento, él se inclina hacia ella. Puede ver su rostro, decidido, bajo el resplandor de la lámpara de aceite.

—¿Qué es lo que crees saber? —responde él en voz baja. Pero no susurra.

Riley nota cómo Gwen se pone en tensión a su lado. Gwen coloca una mano sobre su rodilla para que se controle, por debajo de la manta, pero ella no le hace caso.

—Sabía que había oído antes tu nombre, anoche, pero no recordaba de qué. Sin embargo, no he dejado de pensar en ello hasta que, esta mañana, me he acordado. —Ya no susurra. Es consciente de que los demás, que ahora están alertas, la están escuchando. Él la mira, esperando a que ella lo diga. Y así hace—: Eres el abogado al que detuvieron por asesinar a su esposa.

De repente, el silencio alrededor de la chimenea toma otro cariz. Está cargado con la sorpresa de los demás al oír esto por primera vez.

—Me arrestaron y me soltaron —responde él de forma tajante.

—Así que sí que eres tú —sisea Riley con satisfacción. Le gusta tener razón. Se gira para mirar a Gwen y regocijarse. Pero Gwen le devuelve la mirada con algo parecido al odio en sus ojos, lo cual la desconcierta por un momento—. ¡Te lo dije! —exclama Riley.

—Retiraron la acusación —dice David con más firmeza—. No fui yo. —Ahora está mirando a Gwen para examinar su reacción.

—Solo porque retiraran los cargos no significa que no lo hicieras —insiste Riley—. Lo único que significa es que no creyeron poder demostrarlo. —Sonríe con satisfacción y añade con desprecio—: Siempre es el marido.

—Cállate —dice Gwen.

Riley la mira, sorprendida.

—Te estoy haciendo un favor. Te advertí que este tío no era trigo limpio.

—Dice que no fue él —insiste Gwen.

—Ah, ¿y tú le crees? —pregunta Riley con sarcasmo.

—¿Asesinaron a tu esposa? —pregunta Lauren mirando a David con sorpresa.

—Sí —confiesa David—. Pero no fui yo.

Hay una pausa prolongada de estupefacción mientras todos asimilan lo que han oído.

—¿Cogieron a la persona que lo hizo? —pregunta después Ian.

—No.

—Un momento —interviene Henry con voz acusatoria—. ¿Por qué vamos a creerle? —Ha levantado la voz—. ¿Estamos aquí sentados esperando a que maten a alguien más y nos enteramos de que a su mujer la han asesinado?

—Vamos a tranquilizarnos todos —dice Ian—. ¿Por qué no dejamos que nos cuente su historia?

—Yo puedo contarla —contesta Riley sin apartar los ojos de David—. Apareció en todos los periódicos. Es probable que alguno de vosotros se enterara. Un respetado abogado defensor de Nueva York llega tarde a casa una noche y se encuentra a su mujer en medio de un charco de sangre en el suelo de la cocina de su lujosa casa de un caro barrio de las afueras. La han matado a golpes. —Se inclina hacia David con actitud agresiva—. Le habían aplastado la cabeza y le habían roto la columna, según creo. ¿Voy bien hasta ahora? —le pregunta. Él no responde, pero se queda mirándola sin expresión—. Él declaró que llegó a casa y que la encontró muerta —continúa Riley—. La cuestión es que no llamó a emergencias hasta casi después de una hora. No se llevaban bien. Y ella tenía una póliza de seguros de un millón de dólares. Le arrestaron casi de inmediato, pero él se hizo con un abogado muy bueno. Porque, ya os imagináis, conoce a gente importante.

Apoya la espalda con gesto de satisfacción y mira a los demás que están en la sala, uno a uno, salvo a Gwen. No se atreve a mirarla. Todos la han escuchado con atención y, ahora, todos se giran para observar a David.

Al oír cómo Riley lo cuenta, con un tono tan acusatorio y desdeñoso, David sabe lo mal que suena. Es consciente de que todos le miran y siente rabia por tener que defenderse... otra vez. Siempre tiene que defenderse. En este momento, odia a Riley. La odia no porque le haya descubierto —al fin y al cabo, está acostumbrado a que la gente le reconozca y murmure sobre él, pues la suya fue una estigmatización muy pública—, sino por sus sucios motivos. Quiere evitar que Gwen y él sigan intimando. Él mismo se lo iba a contar a Gwen. Pero, ahora, ella se ha enterado de la peor de las maneras.

Lo que le pasó no va a desaparecer nunca. Siempre va a tener que defenderse. Y siempre habrá gente que no le crea. Ha aprendido que las personas creen lo que quieren creer. Y resulta aterrador ver la facilidad con la que creen.

Había llegado tarde a casa del trabajo, como la mayoría de las noches cuando estaba en medio de un juicio. Ahora apenas recuerda los detalles de ese juicio. En cualquier caso, no lo terminó. Otra persona del bufete se hizo cargo. El asesinato violento de su esposa había tenido como consecuencia una investigación y su arresto. Después de aquello, estuvo varios meses sin trabajar.

Recuerda que llegó a casa esa noche. La vivienda estaba casi a oscuras por completo. Quedaba una luz encendida en el porche, pero, en su interior, la única luz venía de la cocina. La luz del horno. Normalmente la dejaban encendida toda la noche como iluminación para la planta de abajo.

Entró sin hacer ruido, como siempre hacía por esa época. No gritó: «Barbara, ya estoy en casa», como solía hacer. Como hacía cuando ella seguía alegrándose de verle. Se quitó el abrigo y lo colgó en el armario de la entrada. Su primer pensamiento fue que ella ya se habría acostado sin él. Era cierto que en esa época no estaban demasiado bien juntos. No podía negar que estaban sufriendo problemas en su matrimonio.

Como tampoco podía negar que su mujer tenía un seguro de vida. No parecía importar que él ya fuera económicamente solvente. Parece que creyeron que incluso los que gozan de una seguridad económica eran siempre codiciosos. Habían ido contra él. Estaba estupefacto. Él tenía un seguro por la misma cantidad, pero esto tampoco importó. Pensaban que un seguro de vida por valor de un millón de dólares era excesivo.

Se había sentado en la sala de estar, agotado. Los juicios le dejaban sin fuerzas. Se había quedado allí sentado un rato, pensando en cómo había ido todo en el juzgado ese día, en cómo iría al día siguiente y, después, pensando en su vida, en lo mal que estaban las cosas con Barbara. Se encontraba demasiado exhausto como para levantarse siquiera y entrar en la cocina para servirse una copa. Lo cual, tal y como se demostró después, jugó en su contra. Pero, al final, se puso en pie y atravesó la sala de estar y el comedor a oscuras hacia la cocina. Cuando casi había llegado, los pelillos de la nuca se le empezaron a erizar. Aún no sabe por qué. Sospecha que pudo oler la sangre, de alguna manera, aunque no fuera consciente de ello. Entonces, llegó a la puerta de la cocina y la vio...

Estaba desplomada en el suelo de la cocina con su camisón, parecía como si la hubiesen golpeado mientras se estaba preparando un té de hierbas. Había una taza en la encimera, un paquete de té abierto a su lado. Pero ella estaba en el suelo, empapada en su propia sangre. La habían matado a golpes. La cabeza aplastada, la cara aporreada hasta convertirla en papilla. Tenía un brazo arqueado por debajo del cuerpo, claramente roto.

En medio de su horror paralizante, uno de sus primeros pensamientos fue preguntarse si habría sufrido. Si el primer golpe la había pillado por sorpresa y si había sido ese el que la había matado. Pero conocía a Barbara y supuso que se había resistido con uñas y dientes. Había sangre por todas partes. Claro que se había resistido. Barbara no había sido nunca sumisa. Sí que le habían roto el brazo. Y, por lo que le contaron después, también le habían roto la columna. La habían matado a patadas. Ese fue otro motivo por el que sospecharon de él. Parecía un crimen pasional. Pero quizá simplemente quisieron que lo pareciera. Eso fue lo que David pensó en aquel momento. Alguien había tratado de tenderle una trampa.

—La mayor parte de lo que ha dicho es verdad. Yo estuve trabajando esa noche hasta tarde. Cuando llegué, la casa estaba a oscuras. Supuse que Barbara, mi mujer, se había acostado ya. —Respira hondo y exhala—. No estábamos bien. Habíamos hablado de separarnos. No era ningún secreto. Ella se lo había contado a algunos de sus amigos y yo se lo había contado a uno o dos compañeros del trabajo —dice mirando fijamente a Riley—. También es verdad que ella tenía un seguro de vida de un millón de dólares. Igual que yo. Los dos teníamos esas pólizas desde hacía muchos años, desde el principio de nuestro matrimonio.

Mira al grupo que le rodea y posa finalmente los ojos en Gwen. Intenta interpretar su expresión, pero no puede. Está demasiado oscuro. Ella está recostada en el sofá enfrente de él, entre las sombras.

—Yo no la maté. Ya estaba muerta cuando llegué. La encontré tirada en el suelo de la cocina. —Vacila—. Encendí la luz del techo. Fue... el momento más espantoso de mi vida. —Hace una pausa para recuperarse—. Pensé que la habían apuñalado repetidamente, de tanta sangre que había. Pero no había ningún cuchillo. Le habían dado una paliza tan cruel... —Se cubre la cara con las manos.

Despacio, vuelve a bajar las manos y continúa hablando:

—Llamé de inmediato al número de emergencias. Dije que había llegado del trabajo y que la había encontrado. Mi error fue que en esa llamada a emergencias no especifiqué que había estado sentado solo en la sala de estar casi una hora antes de encontrarla. No lo mencioné. Estaba muy angustiado. No pensaba con claridad. Y, luego, mi vecino de al lado le dijo a la policía que había visto la hora a la que yo había entrado con el coche y lo había aparcado. Había visto las luces y sabía la hora exacta. Después, cuando me preguntaron por la discordancia entre mi hora de llegar a casa y la hora de la llamada a emergencias, les conté de inmediato la verdad, pero estaban recelosos. Me arrestaron. Al fin y al cabo —lanza a Riley una mirada de resentimiento—, yo era el marido. La gente sabía que nuestro matrimonio no iba bien. Entonces, alguien empezó a darle importancia a lo de la póliza del seguro.

Toma aire y lo expulsa.

—Fue un infierno. Una pesadilla imposible de creer. A mi mujer la habían asesinado y a mí me arrestaban por ello y me metían en la cárcel sin posibilidad de fianza. Y yo no lo había hecho.

Hay un largo silencio mientras todos intentan asimilar lo que acaban de oír.

—Pero retiraron los cargos —dice Gwen en voz baja.

Él la vuelve a mirar. Ella se ha inclinado un poco hacia delante.

—Sí. No tenían ninguna prueba contra mí. Suponían que tenía un móvil, pero no había la más mínima prueba física para acusarme del crimen. Si lo hubiera hecho yo, habría habido sangre en mi cuerpo, en mi ropa. Trataron de aclarar cómo la habría podido matar y, después, limpiarme y destruir cualquier prueba durante esa hora. Pero no encontraron nada. Ni siquiera tenían el arma del crimen.

»Lo peor de todo era que yo no tenía ninguna coartada. Estuve sentado y solo durante esa hora, en mi propia sala de estar. Determinaron que la hora de la muerte debió de ser muy cercana al momento en que yo llegué a casa. No me encontré a quienquiera que lo hizo por pocos minutos. Los detectives de la investigación preguntaron al vecino si había visto algo, pero había salido a su partida de *bridge* hasta justo antes de verme llegar, así que no me sirvió de ayuda. Y el vecino del otro lado no estaba en la ciudad y los de enfrente se habían acostado temprano. Nadie vio nada. —Mira fijamente al pequeño grupo que está sentado a su alrededor, escuchándolo con los ojos abiertos de par en par—. Cualquiera pudo haber aparcado en la calle y caminar hasta la puerta o escabullirse por detrás. No robaron nada. No había señales de que hubiesen forzado la entrada, pero Barbara pudo dejar entrar a alguien que fuese un conocido. No le tenía miedo a nadie. Puede que estuviese teniendo una aventura, no lo sé. Nunca sospeché de algo así. No encontraron nada al respecto.

David mueve la cabeza despacio de un lado a otro.

—Es obvio que alguien quería verla muerta o que me quería tender una trampa —concluye—. Nada me gustaría más que averiguar quién fue. —Frunce el ceño—. Tuvieron que retirar los cargos. Pero este... estigma... se ha convertido en parte de mi vida. Ojalá pudiese decir que me he acostumbrado, pero no es así. Ni creo que pueda acostumbrarme nunca.

Dirige su mirada por turnos a cada uno de ellos.

—No puedo obligaros a creerme. Os he contado la verdad, pero he aprendido que la gente cree lo que quiere creer. No puedo hacer nada al respecto.

24

Gwen ha escuchado las dos versiones de la historia de David con una sensación de espanto. Siente ahora más frío dentro de la manta que antes.

Suena peor de lo que se había esperado. Al principio, pensaba que quizá le habían arrestado simplemente porque era el marido y enseguida se habían dado cuenta del error. Pero esto no suena nada concluyente. Nada satisfactorio. No habían tenido pruebas suficientes para mandarlo a juicio. ¿Le cree? Riley tiene razón en una cosa: seguramente tuvo al mejor abogado defensor posible.

La confesión de la hora que pasó entre su llegada a casa y la llamada a emergencias es muy inquietante. Y es abogado criminalista. Habría sabido qué hacer, cómo destruir pruebas o deshacerse de ellas. Gwen no sabe qué pensar.

Henry se revuelve incómodo en su asiento. Su respiración está acelerada. Toda esta situación se está volviendo cada vez más surrealista. Todas esas confesiones resultan estrambóticas —Riley con sus historias de cuando la tomaron como rehén, de cuando le apuntaron con una pistola en la cabeza, de los miembros cercenados por las calles—. No le extraña que sea tan peculiar. Y todo esto de David le ha provocado una fuerte impresión. «Dios mío, ¿asesinó a su mujer?».

Henry sospecha que lo está mirando desde una perspectiva ligeramente distinta a los demás. Mira a su mujer, sentada a poca distancia de él, y fija los ojos en ella. No le cabe duda de que David mató a su mujer. Porque puede entenderlo. Puede entender el impulso de querer matar a tu esposa. No querer otra cosa más que acabar con todo, poder pasar página, sin tantas quejas. Le gustaría acercarse al fuego, coger el atizador de hierro —lo tiene bastante a mano— y golpear con él a su desprevenida mujer en la cabeza. Sabe cómo sería, la sensación del atizador en la mano, porque ha estado ocupándose del fuego en alguna ocasión. Se imagina agachándose como si fuera a remover el fuego, después cambiar de dirección, girarse de repente, levantar el brazo y dejar caer el atizador con toda la rapidez y fuerza que pudiera y reventarle los sesos. ¿Levantaría ella los ojos a tiempo para darse cuenta de lo que le iba a hacer? ¿Qué cara pondría? Tendría que acertar con el primer golpe. Se pregunta si con el atizador serviría, si sería lo suficientemente pesado. ¿Tendría suficiente fuerza en el brazo? ¿Cuántas veces tendría que golpearla, para estar seguro? Quizá con algo más pesado...

Henry se da cuenta de que está apretando las manos en un puño por debajo de la manta. Parpadea rápidamente, como para disipar su fantasía, que se ha disparado. Por supuesto que no haría algo así. Ni aunque no hubiese nadie mirando, no lo haría. Los pensamientos no son actos. No son para nada lo mismo. Pero puede comprender el impulso. Así que no le cuesta creer que David pudo haber matado a su esposa.

Se da cuenta de que su mujer le devuelve la mirada en medio de la oscuridad. Por un momento, se pregunta, nervioso, si ella ha podido leerle el pensamiento.

Pero, entonces, se le ocurre una idea y, antes de pensarla bien, la dice en voz alta:

—Puede ser que Candice conociera a David. Puede que estuviese escribiendo un libro sobre él. —Se inclina hacia David—. Dices que el caso apareció en todos los periódicos.

—Eso es ridículo —contesta David con desdén.

—¿Lo es? Puede que ella supiera algo sobre el caso y fuera a plasmarlo en un libro y tú averiguaste que iba a alojarse aquí y has venido para ponerle fin.

—¡Eso no tiene lógica! —protesta Gwen indignada—. Entonces, ¿cómo explicas la muerte de Dana? ¿Por qué narices iba a matarla? Es absurdo.

—No, no lo es. Porque esta es mi teoría: Matthew discutió con Dana y la empujó por las escaleras. David mató a Candice porque le iba a desenmascarar con su libro. No hay relación entre los dos. Pura coincidencia.

—¿Quién te crees que eres? —responde Beverly—. ¿Hércules Poirot?

Henry mira a su mujer con desagrado.

—Yo sí que vi que Candice miraba a David anoche en la cena —interviene Lauren, hablando despacio—. Tenía la atención puesta en Matthew y Dana y también en David. En nadie más. Tú estabas de espaldas a ella, David, pero no me cabe duda de que te estaba mirando.

—Puede que sea hora de tomar otra copa —dice Ian en medio del silencio posterior.

Como Bradley no se mueve de su asiento, Ian se levanta y acerca él mismo el carro de la bebida. Cuesta ver en la luz tenue. Coge la lámpara de aceite de la mesa del centro y la sostiene en alto por encima del carro.

—Aún hay bastante aquí —anuncia.

Ian sirve las copas y las va pasando y vuelve a sentarse en su sitio al lado de Lauren.

—Yo también tengo una historia que contar —dice, pensativo—. En realidad, no es gran cosa. Ningún oscuro secreto. No me han acusado de asesinar a nadie. Nunca me han arrestado. Nunca he estado en una zona de guerra ni he visto ninguna masacre. Tuve una infancia bastante normal en Iowa con mis padres y mis her-

manos. —Se queda un momento en silencio—. Pero...,
cuando tenía trece años, mi hermano pequeño murió. Él
tenía diez años. Fue duro.

—¿Qué pasó? —pregunta Gwen.

—Se ahogó. En un estanque del pueblo.

—Lo siento mucho —dice Gwen.

Él asiente y baja la mirada hacia la copa que tiene
en la mano.

—Mi madre estaba fuera de sí. Se fue al estanque
solo. No le dejaban ir solo, pero los demás estábamos
ocupados en otras cosas y él se fue de todos modos. Mi
hermano era así. Tozudo, difícil de controlar. No obede-
cía. Siempre hacía lo que quería sin importarle las conse-
cuencias. Cuando no apareció a la hora de cenar, fuimos
a buscarle. No era tan raro. Siempre volvíamos tarde a
casa para cenar. —Duda un momento, da un trago a su copa y continúa—: Fui yo el que lo encontró.

Lauren extiende una mano para cogerle la suya y
se la lleva a su regazo. Ella ya conocía la historia.

—Lo cierto es que mis padres nunca lo superaron.
Los dejó bastante destrozados. Así que supongo que es un
incidente en una infancia que, por lo demás, fue normal.

—Qué tragedia —dice Riley con sincera compasión.

—Fue hace mucho tiempo —responde Ian antes
de coger su copa.

David observa a Ian con atención. Los ha estado observando a todos a la vez que trataba de aparentar que no

lo hacía. Hay algo en la forma en que Ian cuenta la historia de su hermano que no le cuadra.

David entrevistaba antes a clientes a los que se les daba de maravilla mentir. Normalmente, se daba cuenta. La forma en que movían los ojos hacia arriba y hacia la izquierda. Los titubeos. Las fugaces expresiones faciales. La lámpara de aceite proyecta la luz suficiente como para ver la cara de Ian. Y si le hubiesen preguntado su opinión sobre si Ian estaba diciendo la verdad sobre su hermano, habría dicho que no.

Sabe que no siempre es posible determinar si alguien miente. Se ha equivocado en otras ocasiones. Y está cansado, estresado, y las circunstancias son bastante excepcionales, para todos. Pero hay algo en Ian —un hombre que hasta ahora le había parecido simpático, abierto y fácil de tratar— que ahora le llama la atención.

25

Hay en la habitación una especie de extraña y fascinante intimidad, con la lámpara de aceite parpadeando y el crepitar del fuego, y todos ellos sentados alrededor y juntos envueltos en mantas porque tienen miedo de irse a sus habitaciones. Resulta atrayente.

—Me temo que yo tampoco tengo ningún secreto oscuro —dice Lauren en voz baja.

Eso no es verdad del todo. Ha sobrevivido a una familia disfuncional y a una época desagradable y corta en una casa de acogida, pero ha sobrevivido. Se ha convertido en una mujer de provecho. No tiene por qué contarle esto a nadie si no quiere.

—Por supuesto que ha habido cosas en mi vida que han resultado complicadas y no las voy a contar. Problemas familiares, lo típico. No creo que nadie pueda salir indemne de una familia. —Sonríe ligeramente—. Pero, desde luego, no tengo nada que ocultar.

—¿Nada? —la provoca Riley.

Lauren se queda mirando a Riley, que a su vez la mira como si no la creyera. Es como si Riley tuviese algo contra ella. Le parece justo. Lauren ha sido algo dura con ella apenas un rato antes. Prácticamente le ha dicho que no está nada bien. Al menos, ahora saben lo que le pasa y el motivo. Aun así, no va a aguantar ninguna tontería por parte de Riley.

—¿Por qué es tan difícil de creer? —le pregunta Lauren directamente.

Riley se encoge de hombros y aparta la mirada.

Lauren decide dejarlo ahí.

—Entonces, ¿para qué son los somníferos? —pregunta Henry.

Lauren se queda atónita.

—Tengo problemas para dormir. Siempre los he tenido. Así que tomo somníferos.

—Es verdad —asiente Ian a su lado.

Entonces, inesperadamente, Riley mira a Gwen y le pregunta:

—Si de verdad ha llegado el momento de las confesiones, ¿por qué no les cuentas a todos tu gran secreto oscuro?

Sorprendida, Lauren ve cómo Gwen fulmina a Riley con la mirada. Pero Riley se ha bebido la copa de vino muy rápido y parece estar perdiendo sus inhibiciones y, posiblemente, también la sensatez. Lauren se ha dado cuenta de que es una borracha empedernida. De repente, siente mucha curiosidad por saber qué va a pasar a continuación. Se pregunta qué le pasa a Riley con Gwen. Le gustaría saberlo.

—Vete a la mierda, Riley —dice Gwen.

El corazón le palpita con fuerza. No quiere verse en ese aprieto. Gwen no quiere compartir su pasado con nadie. No quiere soltarlo todo delante de este grupo de desconocidos. Ni delante de David. Y, desde luego, no así.

Pero se pregunta cómo se sentiría al aliviar su carga, al confesarse ante alguien que no sea Riley. Quizá resulte liberador, quizá entonces podría perdonarse a sí misma. Riley dejaría de tener ese poder sobre ella. Quizá dejaran de ser amigas.

Mira a David, le resulta imposible descifrar su atractivo rostro. Quiere contárselo. Quiere ver cómo reacciona. Le mira y ni siquiera sabe qué tipo de hombre es ese que tiene delante. Podría ser un hombre que mató a su esposa; con la sangre fría suficiente como para conseguir ocultar su rastro. Henry ha sugerido que podría haber matado a Candice. Ella no lo sabe. Desearía que no hubiesen venido nunca a este lugar terrible y dejado de la mano de Dios, desearía no haber conocido a David, que la tiene trastornada, ni a ninguna de esas otras personas.

—¿Estás bien? —le pregunta David.

El hecho de que se preocupe le resulta tentador, pero debe mantener la guardia ante él. De repente, siente que se queda fría, insensible.

—Estoy bien.

Sabe que su voz suena brusca, como si le estuviese rechazando. Quiere alejar de sí a toda esta gente horrible, sobre todo a Matthew, que no deja de toquetear su pistola. Pero se dice a sí misma que debe de ser muy desconcertante perder de repente y de forma tan violenta a alguien que te conoce mejor que nadie, alguien con quien contabas como sostén de tu vida.

Domingo, 01:10 horas

David se deja caer en su asiento, agotado, afectado por el rechazo de Gwen. El no parar de Matthew los está inquietando a todos.

—Matthew, deja la pistola, nos estás poniendo nerviosos.

Matthew deja las manos inmóviles, pero no suelta la pistola.

—Podéis quedaros todos sentados y esperar —contesta—. Yo voy a ir a por ese hijo de puta. —De repente, se levanta de su sillón—. ¿Dónde está la linterna?

—Quieto —le dice David con severidad—. No puedes ir solo a ningún sitio, ni siquiera con la pistola. Es demasiado peligroso.

—No me importa. —Matthew mira a los demás con desprecio—. ¿Me vais a dar la linterna o no?

—Casi no le quedan pilas —le recuerda David cuando Matthew la coge—. No lo hagas —le pide. Esto era lo que temía, que el grupo se dispersara. Cree que deberían seguir juntos. No quiere que Matthew se vaya solo. Nadie quiere que un tipo nervioso y alterado vaya corriendo por ahí con una pistola en la mano. Su pequeño rebaño se va a dividir. Puede que haya alguien ahí fuera esperando a que uno de ellos rompa filas y salga a la oscuridad para convertirlo en su siguiente víctima. «O puede que el asesino esté aquí mismo, entre nosotros».

¿Debería dejar que Matthew se marchara?

Quizá lo maten ahí fuera y, entonces, sabrían que no ha sido uno de ellos. Tiene la tentación de usar a Matthew como anzuelo y, al pensarlo, David siente asco.

—¿Quiere venir alguien conmigo? —pregunta Matthew.

David duda. ¿Debería ir también y dejar ahí al resto? Ve que los demás miran a Matthew con nerviosismo. Nadie más responde.

—Vale, pues voy solo.

—Pero... —dice Gwen— ¿cómo crees que lo vas a encontrar? Hemos mirado por todo el hotel. Quédate aquí, con nosotros. Por la mañana, saldremos todos juntos a la carretera. —Hace una pausa y añade—: Por favor.

Él le lanza una última mirada de desprecio, se gira hacia la escalera y, despacio, desaparece en la oscuridad.

Beverly observa ansiosa cómo el resto del grupo se queda en un silencio tenso. Quedan nueve sentados alrededor de la chimenea: Gwen y David, uno enfrente del otro; Ian y Lauren en uno de los sofás; ella y Henry, en dos sillones enfrentados; Riley, que ha dejado el sofá donde estaba sentada con Gwen y se ha acercado al fuego; y James y Bradley, sentados juntos muy cerca.

Beverly se pregunta si Matthew se dirige hacia su muerte.

De repente, David se pone de pie, maldice entre murmullos y sigue a Matthew hacia el interior de la oscuridad absoluta.

—Qué idiota —dice Riley.

Beverly desea con todas sus fuerzas que David regrese. Quiere salir viva de aquí. Quiere sobrevivir a esta noche. No soporta que los haya abandonado.

A Matthew, la pérdida de Dana le ha desestabilizado por completo.

Sube rápidamente por la escalera a oscuras y llega a la tercera planta del viejo hotel, con la débil linterna en la mano proyectando una luz tenue sobre la moqueta de flores.

Se detiene en el pasillo. Qué frío y oscuro está aquí arriba, piensa. Hace tanto frío como en un depósito de cadáveres. Oye un sonido debajo de él. Mira hacia atrás, hacia la escalera negra. Apaga la linterna y, al instante, no puede ver nada. Se queda completamente inmóvil, escuchando con atención, con la cabeza inclinada. Entonces, oye que David dice su nombre. Suena como si estuviese en la segunda planta, debajo de él.

Matthew no responde. David solo querrá que vuelva con los demás. Pero Matthew no quiere formar parte de ese pequeño grupo. No quiere seguir sus normas. Y tiene una pistola. El corazón le late con fuerza y Matthew avanza en silencio por el pasillo de su derecha, probando sin hacer ruido los pomos de las puertas al pasar. Tiene las manos sudorosas. Todas las puertas están cerradas con llave, claro. Al volver por el pasillo hacia las escaleras, se asoma a la sala de estar a oscuras. Se queda quieto un momento. Hay una luz muy débil que proviene de las ventanas. Está algo menos oscuro que en el pasillo. Pero lo único que puede distinguir son las formas espectrales de los muebles: sillones y sofás, vacíos y siniestros. Entonces, oye que alguien sube por las escaleras hacia la tercera planta. Entra rápidamente en la sala de estar y se queda tras la pared tan inmóvil como un centinela. Aprieta la mano sobre la pistola. Es David. Oye cómo dice su nombre en voz baja. Matthew espera mientras David busca por este lateral de la escalera —pasa junto a la sala de estar, se asoma, no ve nada— y, después, avanza despacio por el pasillo del otro lado de las escaleras. Poco después, Matthew piensa que David ha debido de bajar por la escalera de servicio.

Matthew sigue sus pasos hasta el otro extremo del pasillo. La puerta del cuarto de la limpieza no está cerrada con llave y se abre al girar el pomo. Entra y enciende un momento la débil luz de la linterna. La vuelve a apagar. Continúa por el pasillo y llega hasta la escalera de atrás, empuja la puerta y entra en el estrecho rellano. La puerta se cierra detrás de él y se queda inmóvil, escuchando. Decide que David ya no debe de estar en las escaleras de servicio y enciende de nuevo la linterna. Baja despacio por la escalera hasta el rellano de la segunda planta, con todos sus sentidos en alerta.

Vuelve a apagar la linterna y abre con cuidado la puerta de la segunda planta. Ya no oye a David llamándole. Probablemente, se haya hartado y haya vuelto al vestíbulo. Aquí, en la segunda planta, está la habitación que compartían él y Dana.

Se asoma al pasillo de la segunda planta y escucha. Está tan oscuro que, sin la linterna encendida, no puede saber si hay alguien más. Camina en silencio por el pasillo, se asoma al cuarto de la limpieza y a la sala de estar, regresa después a la escalera de atrás y, de nuevo, vuelve a estar en la primera planta. La escalera de servicio da al pasillo oscuro que sale de la cocina. Avanza sigiloso por el corredor de la parte posterior del hotel, gira y llega a la puerta de la biblioteca. Entra. Por los ventanales se abre paso un leve rayo de luz de la luna. Por un momento, se queda mirando la habitación.

Ve un libro grande abierto sobre la mesita. Enciende la linterna y ve la fotografía de un barco del siglo XIX atrapado en el hielo. Se pregunta quién lo estaba leyendo. Pasa la linterna por la habitación y vuelve a apagarla. Tras perder el interés, se detiene en la puerta. Si va a la derecha, sabe que va a encontrar otra sala de estar y que terminará de vuelta en el vestíbulo. No quiere ir allí. Así que gira a su izquierda y vuelve a recorrer la parte de atrás del hotel. Esta vez distingue la puerta de la leñera. Vacila y, a continuación, abre la puerta.

26

Riley se alegra de que David se haya ido. Piensa que es un insensato, pero se alegra de que se haya marchado. Puede que así consiga que lo maten.

Oye el sonido apagado de una puerta que se cierra en algún lugar del hotel y los nervios se le disparan.

—¿Qué ha sido eso? —pregunta, asustada.

Henry responde con nerviosismo.

—Probablemente no sea más que Matthew o David.

Se esfuerza por escuchar qué pasa fuera de su pequeño círculo, pero lo único que oye es el viento que golpea contra las ventanas. Cese o no la tormenta mañana, tienen que tratar de salir a la carretera principal para conseguir auxilio, por muy despacio que lo hagan o por muy difícil que sea.

Piensa en su terapeuta, Donna, la mujer que la ha estado ayudando a recuperar el control de su vida o, al menos, lo ha intentado. Con el apoyo de Donna, ha tratado de aprender a controlar sus pensamientos negativos. Sin duda, no le gustaría nada ver el modo en que Riley se ha estado valiendo del alcohol para enfrentarse a este fin de semana. Pero está atrapada en un hotel remoto con un puñado de desconocidos y han asesinado a dos personas. Se imagina en la consulta de Donna, contándoselo todo. «Has sufrido unas experiencias terribles», le diría. Sí, así ha sido. «Debido a ello, tu mente te juega malas pasadas», le diría.

—¿Estás bien? —le pregunta Gwen de repente. Gwen está ahora justo delante de ella. No recuerda haber visto que se moviera del sofá. Pero está ahora agachada frente a Riley, mirándola directamente a los ojos, con la preocupación dibujada en su rostro.

—No lo sé —susurra Riley. Gwen la mira, asustada—. No lo sé —repite Riley con tono más insistente. Está en un lugar desconocido. El infierno no es cosa de la imaginación. Es real. Es un lugar real y es también una condición anímica. Y puede verse a sí misma caer en el pozo, puede sentir cómo se adueñan de ella el miedo, la paranoia, la necesidad de reaccionar. No quiere que eso le pase. Aquí no, por Dios. Ahora no. Agarra la mano de Gwen con fuerza—. Quédate conmigo —dice.

—Claro —contesta Gwen, y se sienta a su lado mientras, al parecer, la tensión entre las dos queda olvidada, al menos, por ahora—. No voy a dejarte sola —le promete Gwen.

Dentro de la leñera, un repentino traqueteo que viene de la puerta que da al exterior sobresalta a Matthew. Se gira hacia el sonido, tropieza con algo y la linterna se le cae antes de que pueda encenderla. Completamente a oscuras, nota algo en la oscuridad, algo que se mueve. Matthew busca con torpeza por culpa del frío y los nervios, agarra la pistola y la levanta. Dispara hacia la oscuridad.

David siguió a Matthew lo mejor que pudo. Oyó cómo recorría a un lado y otro el pasillo de la segunda planta y, después, cómo subía por la escalera principal a la tercera. Recorrió el lado oeste del pasillo, llamándole en voz baja y, después, el lado este hasta salir por fin por la escalera de servicio.

Abrió la puerta y escuchó con atención. El silencio era absoluto. También era completa la oscuridad en la escalera de atrás. Deseó con todas sus fuerzas tener una linterna. Debía encontrar a Matthew. No sabía qué estaba haciendo. Podía dispararle a alguien.

—¿Matthew? —le llamó en voz baja. No hubo respuesta. Pero podía estar ahí, en la oscuridad de la escalera. Quizá había apagado la linterna—. Soy David. —Esperó mientras escuchaba con atención, pero no hubo respuesta. Entró con cuidado en la escalera. Se agarró torpemente a la barandilla. Buscó el primer escalón con el pie y lo encontró. Empezó a bajar, despacio, tanteando cada peldaño y escuchando con atención. ¿Dónde narices estaba Matthew? David se sentía frustrado por lo difícil que era saber lo que pasaba en medio de la oscuridad. La negrura era tan absoluta que le desorientaba. Era como flotar en el espacio, sin nada que le indicara dónde se encontraba. Era igual que estar a la deriva, así se sentía desde que esa mañana descubrieron el cadáver de Dana.

Consiguió llegar hasta el rellano de la segunda planta y dudó. Notó un fuerte dolor de cabeza. Echaba de menos el bote de aspirinas que tenía en la bolsa de mano de su habitación, en el otro extremo de la segunda planta.

David abrió la puerta que daba al pasillo a oscuras de la segunda planta. Se dirigió hacia su habitación, que estaba en el otro extremo, con los oídos atentos a cualquier ruido. Cuando llegó a su habitación, movió con torpeza la llave y abrió la puerta aliviado. Su habitación no estaba tan oscura como el pasillo. Había un pequeño destello de la luz de la luna que entraba por las cortinas abiertas de las ventanas. Y, después, desapareció. David cerró la puerta al entrar. Buscó a tientas la bolsa y la encontró en el suelo, junto a la mesilla de noche. Localizó las aspirinas y, a continuación, se dirigió hacia el lavabo. Se sirvió valiéndose del tacto un vaso de agua y cogió las pastillas, aliviado por estar solo, aunque apenas fuera por unos minutos. Tras haber pasado tanto tiempo con los demás, bajo tanta presión, deseaba que todo terminara. Estaba muy cansado. Lo único que quería era tumbarse en la cama, taparse con las mantas y no levantarse jamás. Pero, a pesar del frío, pasó un par de minutos echándose agua helada en la cara.

Al sentirse un poco mejor, salió de la habitación y volvió a la escalera de servicio con la intención de retomar la búsqueda de Matthew en el pasillo de la primera planta que recorría la parte trasera del hotel. Podía estar en la cocina, en el sótano o en cualquiera de las demás salas de la primera planta.

David está bajando las escaleras de atrás cuando oye los disparos.

El sobresalto le recorre todo el cuerpo con un borbotón de miedo. Se queda inmóvil. Trata de adivinar de dónde vienen. Cree que de algún lugar de la primera planta. Quizá de la leñera. Baja el resto de las escaleras dando traspiés y todo lo deprisa que puede. Su respiración es entrecortada. ¿Y si le ha pasado algo a Matthew? ¿Y si ya es demasiado tarde?

Matthew nota en su mano el retroceso de la pistola y se da la vuelta para salir huyendo. No está seguro de lo que ha visto, no sabe a qué le ha disparado. No quiere quedarse a averiguarlo. Agarra con fuerza la pistola y sale corriendo de la leñera por el pasillo oscuro. Vuelve a entrar dando traspiés en la biblioteca y se detiene, con la respiración pesada, tratando de escuchar por encima del ruido de sus jadeos.

El sonido del disparo hace que Riley se ponga histérica. Se levanta de un salto y empuja a Gwen. Esta trata de tranquilizarla, pero Riley está demasiado nerviosa. De repente, echa a correr hacia la puerta del hotel, como si necesitara escapar. Gwen se da cuenta de que Riley no sabe lo que hace. Simplemente ha reaccionado huyendo a ciegas.

—¡Riley! —la llama Gwen en vano—. ¡Quieta!

Pero Riley abre la puerta y sale corriendo hacia el interior de la tempestuosa noche, dejando la puerta abierta en su huida.

Gwen duda un segundo mientras lanza a los demás una mirada desesperada de auxilio y, después, coge su abrigo del perchero y sale detrás de Riley. Lleva puestas las zapatillas. No tiene linterna y debe andar a ciegas. Está totalmente oscuro, con la luna oculta tras las nubes. Va rápidamente detrás de Riley. A Gwen la aterra salir en medio de la oscuridad, pero no puede dejar que Riley se vaya sola. Desea que David estuviera ahí con ella.

Puede oír a Riley en algún lugar por delante de ella y en medio del frío, escucha cómo aplasta el hielo, cómo se cae y se vuelve a levantar. Oye su pánico, su respiración pesada. Gwen la sigue por la explanada congelada, apenas capaz de mantener el equilibrio. Se da un fuerte golpe contra la rama rota del árbol, que había olvidado que estaba ahí, y cae al suelo, arañando con sus manos desnudas la tierra. Gwen se da cuenta de que Riley está corriendo sin dirección, como un animal asustado. Corre sin más. Puede que ni siquiera sea consciente de dónde está. Debe alcanzarla y tranquilizarla. Convencerla de que vuelva dentro, donde estará a salvo.

Oye voces detrás de ella. Se detiene un momento y mira hacia atrás. Ve la tenue silueta de James y Bradley en la puerta. Vienen en su ayuda. La puerta se cierra y todo vuelve a quedar a oscuras. Puede oírlos detrás de ella, corriendo en su busca. Mira hacia atrás y no ve nada hasta que Bradley y James casi han llegado a su altura. Entonces, los distingue, cerniéndose sobre ella en medio de la oscuridad. Se siente increíblemente agradecida de que vengan a auxiliarla. Tampoco llevan linterna. Todos están moviéndose en medio de la oscuridad.

—¿Por dónde ha ido? —pregunta Bradley.

—No lo sé. Iba por delante de mí, pero ya no la oigo. No sé por dónde ha ido —responde Gwen, nerviosa.

La puerta del hotel se vuelve a abrir y Gwen apenas distingue, bajo la débil luz de la puerta abierta, que Ian y Lauren vienen hacia ellos. Gwen piensa en Henry y Beverly, sentados solos en medio de su fría hostilidad en el vestíbulo. ¿Y si les pasa algo? Pero lo cierto es que no le importa. No son su problema. Su primera responsabilidad es ayudar a Riley. El asesino puede estar aquí fuera y Riley puede estar corriendo directamente hacia él. Aparta la vista del hotel y mira hacia la oscuridad.

—¡Riley! —grita Gwen. Todos se quedan quietos, con los oídos atentos.

Pero lo único que oyen es el azote del viento sobre los árboles.

—Deberíamos dividirnos —propone Bradley. Sale hacia su derecha. James, hacia su izquierda.

Gwen sigue caminando hacia delante, hacia el camino de entrada, con la línea de los árboles cerniéndose a la derecha. Se resbala y cae y sus manos desnudas se quedan congeladas al contacto con el suelo helado. ¿Adónde ha ido Riley?

Ya no puede ver a nadie. Están ahí, pero todos han vuelto a desaparecer en la oscuridad. Los árboles y los matorrales son siluetas acechantes en medio de la negrura. Tiene que encontrarla, piensa Gwen, mientras sigue avanzando deslizándose a duras penas.

27

El corazón de David le golpea el pecho con tanta fuerza y la respiración se le ha convertido en carraspeos tan cortos y fuertes que no puede oír nada aparte de su propio temor. Va tanteando la pared del pasillo de la primera planta con la mano derecha en dirección a la puerta de la leñera. Cuando llega a ella, respira hondo y la abre. Se maldice de nuevo por no tener ninguna luz.

—¿Matthew? —dice—. ¿Estás ahí? —Le responde un silencio absoluto. Y no puede ver nada.

Riley corre a toda velocidad hacia el interior de la fría oscuridad. El miedo espantoso se ha adueñado de ella y la va guiando. Corre y se resbala, cae y vuelve a levantarse, buscando de manera instintiva un lugar donde esconderse, algún sitio bajo el que poder agacharse sin ser vista. Necesita ponerse a cubierto. Nota que el bosque está delante de ella y se dirige hacia él. En algún lugar de lo más profundo de su mente, sabe que tiene que esconderse y no hacer ningún ruido. Llega al borde del bosque y se oculta bajo un matorral. Se queda agazapada en el suelo y se hace un ovillo. Aprieta los ojos con fuerza y empieza a mecerse adelante y atrás, con las manos sobre los oídos, tratando de abstraerse de todo.

Gwen nunca ha tenido tanto miedo en su vida.

Siente cierto consuelo al saber que los demás han salido con ella, aunque no pueda verlos. Es como si estuviese sola en un hueco oscuro. No soporta pensar en David, en qué pueden haber sido esos disparos. ¿Habrá muerto alguien más? Se pregunta si pronto no quedará nadie. Quiere vivir, pero, si tiene que morir, espera no ser la última. No cree que pudiera soportarlo. Está indefensa. Piensa en el pequeño y afilado abrecartas que vio en el escritorio de su habitación. Ojalá lo tuviese ahora.

Sigue avanzando más allá de la explanada hacia el camino, cada paso un peligro en el hielo.

—¡Riley! —grita—. ¿Dónde estás?

Da unos pasos más por el camino y se detiene. No ve ni oye nada por delante de ella. ¡Ojalá tuviera una linterna! De repente, escucha un fuerte aullido. Coyotes, piensa. O lobos. Se para en seco, abrumada por el terror. ¿Cómo ha llegado a esto?

De repente, se da cuenta de que no oye a los demás.

—¿Bradley? —grita con desesperación. Pero Bradley no responde. Nadie responde. Quizá no la puedan oír por encima de las fuertes rachas de viento. A Gwen se le acelera el corazón a un ritmo frenético. Apenas puede respirar. Se gira, mira hacia el hotel, el lugar donde oyó a los demás por última vez.

—¿Bradley? ¿Lauren? —vuelve a gritar con más fuerza, con la voz impregnada de pánico. Pero no responde nadie. No puede pensar. Está completamente sola.

Gwen deja de moverse. No sabe dónde están los demás, si hay un asesino aquí cerca. Siente en el pecho un dolor aplastante.

Cree oír un sonido como de algo que cae con fuerza, pero no sabe de dónde procede. Con la oscuridad como un pozo vacío y el viento arremolinándose a su alrededor, todo parece distorsionado. No se fía de sus sentidos. Por un momento, no hace nada. No se mueve, no sabe durante cuánto rato. Ha perdido la noción del tiempo. Puede que un minuto, puede que diez. Tiene tanto miedo, tanto frío, que cree que no se puede mover. Tiene que esperar a que el dolor de sus costillas remita.

Empieza a regresar a ciegas al hotel, agachada, con los brazos extendidos, buscando a Bradley o a James, a Lauren o a Ian, cualquiera que le pueda hacer sentir menos sola. Menos aterrada. Aunque, al hacerlo, es consciente de que está abandonando a Riley a su suerte. Riley, su amiga, que está asustada, vulnerable y fuera de sí. Riley, que la necesita.

Pero no le importa. Ahora mismo, no puede pensar en nadie más que en sí misma. Se detiene un momento en medio de la oscuridad, temblando con fuerza, y escucha con atención, convencida de que el asesino está cerca, de que ha matado a todos los demás sin hacer ruido. Y entonces echa a correr de vuelta al hotel y de forma temeraria entre el hielo, resbalándose y llorando, aterrorizada ante la idea de que ella va a ser la siguiente. Se dirige al hotel, que aparece imponente entre la oscuridad, desesperada por estar de vuelta en el vestíbulo, a la luz de la chimenea.

Solos en el vestíbulo, Henry y su mujer están sentados congelados de frío, en silencio y asustados. Él ve cómo ella tiene la mirada fija en el fuego, que está empezando a apagarse. Tiene que echarle otro leño.

En algún lugar, David busca a Matthew, que está armado y posiblemente sea un asesino. Riley y Gwen han salido. Entiende por qué James y Bradley han pensado que tenían que salir tras las dos mujeres, pero, después de que se fueran, no entiende por qué Ian y Lauren han tenido que salir también detrás de los demás. Está rabioso con ellos porque han elegido a Riley y a Gwen antes que a él y a Beverly. Ahora, se las tienen que arreglar solos. ¿Y si el asesino viene a por ellos?

Observa a su mujer con atención. Ya no siente por ella ni una pizca de cariño. Quiere a sus hijos, eso no ha cambiado. Pero hay algo en ella..., hay algo en ella que le repugna. Piensa en sus muslos fofos y blancos, las venas que le recorren las piernas formando pequeños mapas. Los pechos le cuelgan demasiado. Esa continua expresión en su rostro de estar harta. Como si la vida solo tuviera que ser sufrimiento.

Pero es más que eso. Es la forma en que ella le ve a él. Un padre de familia con sobrepeso. Una persona cuya vida casi ha terminado, que no va a volver a hacer nada interesante ni emocionante. La simple presencia de ella cerca, sabiendo que esto es lo que opina, hace que la odie. ¿Qué es lo que le ha dicho? «No es más que una fase». Beverly le desprecia. Siempre le ha despreciado. Jilly no es así. Le admira. Le ve interesante, atractivo. Le ha dicho que quiere pasar el resto de su vida con él. No se va a cansar de él, como dice Beverly.

Su mujer no quiere pasar el resto de su vida con él, pero lo haría igualmente. De no haber ocurrido esto. Lo único en lo que ella piensa es en la responsabilidad. La tiranía de las obligaciones. Debo hacer esto o debes hacer aquello. «Deberías estar más en casa. Deberías pasar más tiempo con los niños. Deberías pedir un ascenso».

Se levanta para remover el fuego. Busca el atizador con la mano derecha. Curiosamente, el tiempo parece detenerse. Coge el atizador con fuerza. Ella está sentada ahí mismo. Qué fácil sería. Nadie lo va a ver. Podría salir corriendo detrás de los demás, inventarse algo...

Coge el atizador con fuerza.

David se mueve a tientas por el suelo de la leñera, deslizando los pies, por si Matthew está ahí, en algún lugar, en el suelo. Lo llama, pero no hay ninguna respuesta. Se obliga a agacharse y ponerse a cuatro patas para buscar a Matthew entre el suelo cubierto de serrín. Llega al tocón que usan para cortar la leña, tantea su áspera superficie con manos agitadas.

Lo único que encuentra es la linterna.

Riley está hecha un ovillo en medio del bosque, con todo el cuerpo temblándole por el miedo y el frío, mientras revive los peores momentos de su vida. Aparecen en su mente recuerdos de las víctimas, gritando, sufriendo, muriendo. Se aprieta las manos contra los oídos para tratar de hacer desaparecer el ruido, pero no funciona porque el tumulto está dentro de su cabeza. Cierra con fuerza los ojos para dejar de ver, pero no sirve de nada, porque las imágenes están en su mente.

Matthew oye que alguien se acerca a la biblioteca. Alguien que está intentando no hacer ruido. Sin previo aviso, al otro lado del ventanal, las nubes se abren y dejan ver la luna y un destello de luz espectral se filtra en el interior de la biblioteca. Matthew está frente a la puerta. Tiene la pistola en la mano y sabe que le quedan varias balas.

Y entonces, ve a David aparecer en la puerta.

—Ah, eres tú —dice—. Me ha parecido oír a alguien en la leñera...

—Más vale que me des la pistola.

Matthew le pasa el arma.

Domingo, 01:45 horas

Cuando Gwen abre la puerta y entra a trompicones en el vestíbulo, casi se sorprende al ver que Henry y Beverly siguen aquí, exactamente donde los había dejado, solo que Henry está de pie junto a la chimenea y con el atizador en la mano. Él se sobresalta y deja caer de repente el utensilio, que traquetea al golpearse contra el suelo.

Ella casi se había esperado encontrárselos muertos.

De repente, David sale de la oscuridad junto a la escalera. Matthew está con él. Ella casi se desmaya llena de alivio.

Henry mira a David y Matthew.

—¿Qué ha pasado?

—Nada. Estamos bien —responde David sin más—. ¿Dónde narices están los demás?

—Fuera —susurra Gwen. Le tiembla todo el cuerpo.

—Riley salió corriendo al oír los disparos. El resto fue detrás de ella —dice Henry.

—No la encontramos —añade Gwen—. No nos contesta. Está demasiado oscuro. Los otros siguen ahí afuera, buscándola. —No puede dejar de temblar.

—Dios mío —dice David—. Más vale que salgamos ahí. Tenemos que encontrarla. —Parece desesperado. Mira a Gwen—. Tú quédate aquí con Beverly y Henry.

—¡No! Voy contigo. —Quiere está cerca de David. Con él estará a salvo. Tienen que buscar a Riley.

—¿Nos vais a dejar aquí? —espeta Henry.

Nadie le responde.

28

Matthew sale al porche y desaparece en medio de la noche. David le observa mientras se pregunta si es prudente que todos salgan en distintas direcciones. Pero tienen que encontrar a Riley y cada segundo cuenta. Pueden cubrir más terreno si se dispersan. Aquí fuera hace un frío glacial.

—¿Lleva puesto algún abrigo? —le pregunta David a Gwen.

Ella niega con la cabeza.

—Solo un jersey —balbucea.

David maldice entre dientes. Empiezan a caminar despacio. David no oye otra cosa más que el aullido del viento.

—¿Hay alguien ahí? —grita. El viento le arranca las palabras de la boca y se pierden—. ¿Hay alguien?

—vuelve a gritar colocándose las palmas de la mano alrededor de la boca.

—Yo estoy aquí. —Es la voz de Ian que llega desde algún lugar por donde está el camino de entrada.

—¿Alguien más? —grita David.

Y entonces, menos débil y no tan lejos, se oye a Lauren:

—Yo estoy aquí, en la parte este, cerca de los árboles. No la he visto.

Esto es imposible, piensa David, agotado. No puede verse ni la mano delante de la cara sin usar la linterna y los demás no llevan luz alguna. Apenas puede andar. Mira a Gwen.

—¿Qué crees que ha hecho? ¿Adónde ha podido ir?

Gwen le mira sin expresión en los ojos, con la cara junto a la suya.

—No lo sé. Creo que estaba fuera de sí. No sé si habrá echado a correr por el camino de entrada hacia la carretera o si se ha escondido entre los árboles. No tengo ni idea.

—Hay árboles por todas partes —dice David con tono de derrota.

Se coloca las manos alrededor de la boca para gritar.

—¿Bradley? ¿James?

—Estoy aquí —responde James. Su voz parece venir desde la derecha de David, por la parte oeste del hotel—. Yo tampoco la he visto. Pero no se puede ver nada aquí fuera. No responde. ¿Dónde narices está Bradley?

De repente, David se pone nervioso. ¿Por qué no ha respondido Bradley? Puede que ya se haya adentrado en el bosque y no los pueda oír. Él y Gwen avanzan vacilantes hacia el bosque.

Casi han atravesado toda la explanada hacia los árboles cuando David oye un grito ahogado y el sonido de alguien que se cae. Y, a continuación, un chillido agudo de auténtico dolor. Procede de algún lugar detrás de ellos, a la derecha.

—¡James! —grita David con fuerza. Se gira y trata de correr en dirección al sonido. Oye los jadeos de Gwen mientras avanza con dificultad detrás de él.

—¡Bradley! —Es la voz de James. La desesperación que hay en ella hace que David sienta un escalofrío por la espalda.

David va dando traspiés y deslizándose cada vez más rápido, desesperado por llegar hasta ellos, y deja a Gwen mientras ella trata de seguirle el paso a duras penas. Pero cuando por fin ve a James, quiere cerrar los ojos y hacer que todo desaparezca. La débil luz de la linterna ilumina la oscura silueta de James agachado sobre Bradley, que está tumbado inmóvil, aparentemente sin vida, en medio de la nieve y el hielo.

David se acerca hasta que casi se coloca junto a ellos. Bradley está boca abajo en la nieve. Había salido sin gorro y tiene un fuerte tajo en la base del cráneo. Hay manchas de sangre en la nieve.

James levanta los ojos hacia él, con la cara casi irreconocible por el dolor.

—¡Ayúdale! —grita—. ¡Tienes que ayudarle!

David se arrodilla en la nieve a su lado y dirige la débil luz hacia el rostro de Bradley. Tiene los ojos cerrados y los labios azules. Parece muerto. David le busca el pulso. No siente nada, pero, por un momento, tiene la esperanza de que sea porque las manos le tiemblan y las tiene congeladas y adormiladas. Es inútil, sin embargo. No hay nada. Bradley está muerto.

James empieza a soltar un lamento terrible. Es el sonido más espantoso que David ha oído nunca, un gemido fuerte y desesperado, el sonido de un padre que llora la pérdida de su único hijo. No puede soportarlo. Levanta la mirada hacia Gwen y ve que ella le observa con miedo. Se queda sentado sobre sus talones y siente deseos de echarse a llorar.

Oye que otros se acercan haciendo ruido. Los ilumina con la linterna. Ve a Matthew y, detrás, a Lauren.

—¿Qué ha pasado? —grita esta antes de llegar hasta ellos, antes de que pueda ver nada.

—No te acerques —le advierte David.

Se pone de pie con dificultad y mueve la linterna a su alrededor. Ve algo oscuro tirado en la nieve. Se lanza a por ello. Una forma oscura con manchas de sangre. Lo ha visto antes. Le es familiar. Lo mira un poco más y, entonces, lo reconoce. Es el raspador de hierro para el calzado que había en el porche delantero. Alguien lo ha cogido y ha debido de usarlo para asesinar a Bradley. ¿Quién? ¿Cuándo? ¿Un desconocido? «¿O alguno de los que han salido a buscar a Riley?».

Se da la vuelta para mirar a los demás.

Lauren se acerca al pequeño círculo de luz y se detiene de repente. Baja la vista hacia Bradley y hacia su padre, agachado junto a él en la nieve.

—Dios mío —susurra al verlos—. ¿Está...?

—Está muerto —contesta David con voz débil.

—Dios mío, deja que...

—No te acerques —repite David—. No se puede hacer nada por él. Es demasiado tarde.

—¿Estás seguro? —pregunta, histérica—. ¡No puede estar muerto! ¡No puede ser! —Trata de abrirse paso hasta Bradley—. ¡Puede que siga vivo! ¡Puede que aún podamos ayudarle!

Él niega con la cabeza y sigue delante de ella, bloqueándole el paso. Ella empieza a llorar y golpea las manos contra el pecho de David entre sollozos.

—No podemos hacer nada —dice él.

Oye que alguien se acerca con respiración pesada. Ian aparece ante ellos y mira la escena.

—Ay, no —susurra.

Ian ve a James llorando sobre el cuerpo de su hijo. Sus hombros se mueven con sacudidas espasmódicas al sollozar. Le recuerda al lloro incesante de su madre, a su implacable dolor. Aparta la mirada.

—No podemos dejarlo aquí —dice David por fin, en voz baja.

No tiene por qué expresar lo que todos están pensando. Si lo dejan fuera durante la noche, los animales vendrán a por él. Los coyotes, los lobos. «Y Dios sabe qué más», piensa Ian en silencio.

Por fin, James se deja caer sobre la nieve con la mirada perdida.

—¿A alguien le queda batería en el móvil? —pregunta David—. Quiero hacer una fotografía antes de moverlo.

Todos niegan con la cabeza.

—Maldita sea —dice David.

—¿Qué vamos a hacer con él? —le pregunta Ian en voz baja.

—Creo que deberíamos llevarlo a la casa de hielo —responde David—. Será más fácil si lo llevamos por el interior del hotel en lugar de rodear el edificio.

Ian asiente con desaliento y mira a Lauren.

—Ayuda a James a entrar. Nosotros nos encargamos de esto —dice señalándose a sí mismo, a David y a Matthew.

Ella asiente y espera a que David ayude a James a levantarse de nuevo.

Cuando se han ido, con Gwen siguiéndolos apenada, los tres hombres levantan a Bradley del suelo y empiezan a moverlo. Pero resulta imposible. No pueden llevarlo y mantener el equilibrio en medio del hielo. Terminan arrastrándolo. Van dejando un rastro de sangre en la nieve. Después, lo suben al porche y lo meten en el vestíbulo.

Lo dejan en el suelo un momento para descansar. Ian se endereza para tratar de recuperar el aliento y, al levantar los ojos, ve que Beverly y Henry miran con horror el cadáver de Bradley. Los dos se quedan mudos por la conmoción. Ian aparta la mirada para dirigirla de nuevo al cadáver.

—Lo vamos a llevar a la casa de hielo —les dice David.

Vuelven a salir en busca de Riley tanto rato como les permite el frío. Esta vez, todos permanecen muy juntos. Se tienen miedo los unos a los otros. Pero Riley no responde a sus llamadas desesperadas. Hace un frío glacial, la oscuridad es completa y caminar resulta imposible. No pueden encontrarla. Jamás la van a encontrar. Ella no quiere que la encuentren.

Domingo, 03:10 horas

Beverly los ve regresar, en silencio, sin Riley. Uno a uno, se van quitando los abrigos y las botas y se van acercando a la chimenea con gesto de derrota.

Beverly cree que Riley debe de estar muerta, como el pobre Bradley. Casi se alegra de que no la hayan encontrado porque no cree que pueda soportar ver un cadáver más. Nunca ha estado tan cerca de un muerto. Es como si la muerte la estuviese acechando, esperando el momento justo. Es una sensación espantosa.

Beverly ha creído ver en Ian una expresión extraña entre las sombras, cuando han metido a Bradley. Algo frío en su mirada que nunca antes había visto. Le ha dado escalofríos. No está segura. La expresión ha sido muy fugaz. Puede que se lo haya imaginado.

Gwen se deja caer en el sofá, aturdida. Riley está ahí afuera, muerta, o moribunda. Y todo es por culpa de Gwen. No deberían haber venido. Se mira las manos. Están temblando. Empieza a ser consciente de que casi cualquiera de ellos podría ser el asesino.

Henry mira el fuego, pensativo. Hay tres personas muertas, y puede que Riley también lo esté, pero su mujer sigue aquí.

No ha podido hacerlo, interrumpido en el último momento. Ha vacilado demasiado rato. ¡Cobarde! Pero los demás podrían haber vuelto cuando le estaba reventando los sesos y se habrían lanzado sobre él como hienas.

Su mujer aparece a su lado en silencio para arrodillarse junto a su sillón y él se sobresalta. Es casi como si le hubiese leído el pensamiento.

—Henry —susurra ella con voz tan baja que tiene que inclinarse sobre sus labios para oír lo que le quiere decir. Puede olerle el aliento. Se pregunta si es posible que ella sepa lo que está pensando—. Creo que sé quién es el asesino.

Levanta la cabeza y ve los ojos asustados de ella resplandeciendo en la oscuridad.

29

A Ian no le gusta la forma en la que Beverly le mira. Se ha acercado a su marido y se ha inclinado hacia él para susurrarle algo al oído. Resulta interesante, teniendo en cuenta que últimamente ella se ha mantenido a cierta distancia de su esposo. Se pregunta qué le estará diciendo. Puede que algo sobre él.

Ian se sienta en la oscuridad, pensando entre las sombras.

A Henry le gustaría saber quién es el responsable de estos asesinatos. Había creído de verdad que habían sido Matthew y David. Dos asesinatos sin relación. Pero la muerte de Bradley lo cambia todo.

Su mujer le ha susurrado unas cosas al oído y casi le ha convencido de que el que está cometiendo los asesinatos es un loco. Ella piensa que Ian es el asesino. Cree que hay algo raro en él. Y si él ha cometido los asesinatos, Beverly cree que Lauren tiene que saberlo. Siempre están juntos. Ella tiene que saberlo.

Henry le está dando vueltas. Su mujer tiene muchos defectos irritantes, pero la estupidez no es ninguno de ellos. Ahora mira a Ian con los ojos entrecerrados, tratando de ver lo que su mujer ha visto. Trata de imaginárselo matando a alguien.

Descubre que no le cuesta pensar que Ian es un asesino, porque hay un par de cosas que Henry ha aprendido este fin de semana. Ha aprendido que dentro de él mismo habita un asesino. Ha descubierto también que, al final, no es un salto tan grande pensar en alguien como un asesino.

Se pregunta si Lauren estará cubriendo a Ian. La observa desde el otro lado de la habitación con renovado interés. No sabe hasta dónde estaría dispuesta a llegar por amor. El amor es mucho más difícil de entender —y predecir— que el odio.

Lauren se remueve inquieta en su asiento en el sofá. El viento sigue aullando y golpeando contra las ventanas. El vestíbulo está en penumbra, la lámpara de aceite parpadea suavemente en la mesita y la chimenea vuelve a necesitar atención.

«¿Cuánto tiempo va a tardar en venir la policía?».

Los observa a todos sentados alrededor del fuego. Qué distinto resulta desde que llegaron, piensa Lauren, al recordar la hora del cóctel del viernes por la noche. Qué animados habían estado todos, qué relajados. Piensa en la alegría con la que preparaba Bradley las copas. Piensa en el atractivo Matthew —no ha cambiado tanto— y en su resplandeciente y radiante novia, que está en el suelo de la casa de hielo. Piensa en Candice, con el pañuelo alrededor del cuello.

Le gustaría saber quién cree David que es el asesino.

No sabe qué va a pasar ahora.

James se tambalea en medio de la conmoción y la pena. No deja de darle vueltas a todo en su cabeza. Recuerda que, un par de años atrás, Bradley había empezado a traficar con drogas. Creía haber encontrado una oportunidad para hacer dinero fácil, pero no había terminado como esperaba.

De repente, James sale de su apatía y se levanta de su sillón de un salto.

—¿Quién lo ha hecho? ¿Quién de vosotros ha matado a mi hijo? —Se siente abrumado por el dolor y la rabia—. ¿Por qué? Cielo santo, ¿por qué iba nadie a matar a mi hijo? —Su voz suena furiosa, acusadora, mientras mira a cada uno de ellos. Se da cuenta de que los está asustando.

David se levanta y se acerca a él para intentar calmarlo, pero James no quiere calmarse. Quiere respuestas.

—No lo sé, James —contesta David—. Lo siento mucho. Pero lo averiguaremos. Sabrás quién ha asesinado a tu hijo.

—¡Lo ha matado uno de vosotros!

—A menos que haya alguien más —le recuerda Lauren con voz temblorosa.

—¡No hay nadie más! —grita James. Entonces, vuelve a dejarse caer en su sillón, se esconde la cara entre las manos y empieza a llorar.

Domingo, 03:30 horas

A pesar de lo tarde que es, Lauren está completamente despierta. Todos se miran entre sí intranquilos y, después, apartan las miradas. Todos excepto Henry y Beverly. Henry y Beverly están sentados juntos ahora y miran con atención a Ian y a ella. Eso la pone nerviosa. Se pregunta qué estarán pensando.

—¿Por qué nos miras así? —le pregunta por fin a Henry con tono agudo.

—No os miro —responde Henry desviando rápidamente la vista.

—Sí que nos mirabas —le acusa Lauren—. ¿Hay algo que nos quieras decir?

El aire se puede cortar por la tensión. A ella no le importa. Quiere saber por qué los mira así y quiere que deje de hacerlo.

Pero es Beverly la que habla y eso la sorprende.

—Me ha parecido ver una cosa.

David mira a Beverly.

—¿Qué? ¿Qué has visto?

—He visto algo en la cara de Ian —responde Beverly.

—¿Qué quieres decir? —pregunta David con impaciencia.

—He visto a Ian mirando a Bradley cuando lo trajisteis.

—Todos mirábamos a Bradley —dice Lauren con brusquedad—. ¿Y qué?

—Ha sido la forma en que lo miraba —responde Beverly, nerviosa.

—¿Qué narices estás diciendo? —pregunta Ian.

Ahora Beverly mira a Ian a los ojos.

—Lo mirabas... como si..., como si te alegraras de que estuviese muerto.

—¿Qué? —Ian parece sorprendido—. ¡Eso es absurdo! —protesta.

—¡Cómo te atreves! —exclama Lauren, dejando de mirar a Ian para fulminar con los ojos a Beverly—. Yo estaba justo a su lado. No ha hecho tal cosa.

Beverly se gira hacia ella e insiste con firmeza:

—Sé bien lo que he visto.

—Te estás imaginando cosas —dice Lauren. Mira a Ian.

—Mi mujer no se inventaría algo así —interviene Henry en su defensa. Su cara se enciende a la luz de la chimenea y su tono es beligerante—. ¿Por qué iba a hacerlo?

A Lauren no se le ocurre qué responder.

A David le ha sorprendido el arrebato de Beverly. Duda de la fiabilidad de lo que dice. Nadie sabe mejor que él lo poco fiables que son los testigos presenciales. Ven un coche negro y piensan que era rojo. Se les escapan cosas que tienen justo delante y ven otras que no estaban. ¿Hasta qué punto está proyectando su propio miedo? Beverly se había mostrado bastante firme hasta ahora.

Pero David sí que había sospechado de Ian, desde que pensó que podía estar mintiendo respecto a la muerte de su hermano pequeño. Había estado pensando en los somníferos de Lauren y preguntándose si podían fiarse de que ella supiese dónde estaba Ian la noche que mataron a Dana. A él también le gustaría saber más cosas de Ian. Le gustaría presionarle.

Gwen observa la conversación, paralizada. Beverly parece estar acusando a Ian de ser el asesino. Le parece imposible. Es encantador, de trato fácil, y tiene esa sonrisa tan maravillosa. De repente, piensa en aquel verso de Shakespeare... ¿De dónde era? «Uno puede sonreír y sonreír y ser un villano». A Gwen se le ha puesto rígido el cuerpo, con cada músculo en tensión y agarrotado. Ian podría haberlo hecho. Podría haber matado a Dana mientras Lauren estaba inconsciente por las pastillas para dormir. Estaba arriba, con Lauren, cuando asesinaron a Candice. Y estaba corriendo en medio de la oscuridad, como los demás, cuando han matado a Bradley. Estaba muy oscuro. Puede haberlo hecho. Quizá Lauren esté mintiendo por él. Gwen aprieta los puños.

Mira por encima de la mesita de centro a David, pero no sabe bien qué puede estar pensando.

—Hay algo que no me cuadra —dice David. Y ahora todos se giran para mirarle a la vez que él tiene los ojos sobre Ian—. Algo sobre lo que has contado de tu hermano.

—¿Qué tiene eso que ver? —pregunta Ian con aspereza.

—Solo es una cosa que no me ha parecido sincera —contesta David.

—¿Qué te hace pensar eso? —exclama Ian, lamiéndose los labios con nerviosismo.

Gwen los observa y siente náuseas.

—Normalmente, sé cuándo alguien está mintiendo —afirma David. Se inclina hacia delante y sale de entre las sombras—. ¿Tienes que añadir algo más a esa historia? ¿Algo que no nos hayas contado? —Espera un momento y añade—: Si lo hay, quizá podrías contárnoslo ahora.

Ian traga saliva con nerviosismo y piensa en su situación. David le ha cazado en una mentira. Sí que había mentido sobre su hermano. Se siente arrinconado.

—De acuerdo —admite Ian, en voz baja y con desazón. Levanta los ojos hacia el abogado—. Tienes razón. No he contado toda la verdad con respecto a mi hermano.

—No veo que eso importe mucho ahora mismo —interviene Henry—. ¿A quién le importa su hermano?

David lanza una mirada a Henry para que cierre la boca.

—Quiero saber por qué ha mentido.

—Nunca le he contado esto a nadie —confiesa Ian, inquieto. Mira a Lauren un momento—. Yo tenía trece años. Y Jason tenía diez. A veces, era un niño difícil. A mí no me gustaba estar con él, tener que cuidar de él. Jason quería ir al estanque ese día. No le dejaban ir solo. Así que fui con él. Pero, cuando llegamos allí, nos peleamos por alguna estupidez. Era muy testarudo. Me enfadé y me fui. Le dejé allí solo. No creí que se fuera a meter en el agua. Debería habérmelo imaginado. —Hace una pausa. Respira hondo y expulsa el aire con fuerza.

»Cuando llegué después a casa y no le encontrábamos, volví al estanque. Estaba allí flotando, muerto. Y yo sabía que era culpa mía por haberle dejado solo. No debería haberle dejado allí. Tendré que vivir con eso toda mi vida.

»Mentí a mis padres. Ellos no sabían que habíamos ido al estanque juntos. Dejé que creyeran que se había ido solo. Que había sido una casualidad que yo le encontrara. Durante todos estos años he vivido con ese sentimiento de culpa. Y mis padres siguen sin saberlo. —Levanta la vista a los demás—. No sé si soy culpable ante la ley. Le dejé allí solo y he mentido desde entonces. Probablemente, yo sabía que se iba a meter en el agua. He contado aquí la misma historia que le he contado a todo el mundo, incluso a mis padres. —Se gira hacia David. Le da miedo mirar a Lauren—. Es la primera vez que cuento la verdad de lo que pasó. —Se deja caer en su asiento, agotado—. Ahora, todos lo sabéis.

30

Lauren observa a Ian, su amante, con expresión de sorpresa. A continuación, mira al abogado e intenta imaginar qué está pensando. Parece que ahora sí cree a Ian. Pero ella no sabe qué pensar. Puede que todo ocurriera como dice Ian. O puede que Ian empujara a su hermano. Puede que le mantuviera la cabeza bajo el agua.

Él le había contado antes lo de su hermano, la primera versión. La mentira.

Está sentado a su lado. Sus cuerpos se rozan, pero ahora ella se aparta. Él la mira consternado.

—¿Por qué no me contaste la verdad? —pregunta sin mirarle.

—¡Ni siquiera se lo conté a mis padres! No podía contártelo a ti. Me daba miedo perderte. —La mira con gesto suplicante—. Yo no quería que pasara. ¿Crees que no me he sentido culpable desde entonces? ¿Crees que no me siento así cada vez que pienso en mis padres, cada vez que hablo con ellos?

Ella aparta los ojos de él.

—Vamos, Lauren. No permitas que esto se interponga entre nosotros.

Por un momento, ella no le responde. Se gira hacia él en la oscuridad.

—Deberías haberle contado la verdad a tus padres. —Su tono parece demasiado moralizante.

—Era un niño —responde él a la defensiva.

Lauren se separa más de Ian en el sofá y habla con tono nervioso, sin mirarle. Nota que todos la están observando. Respira hondo antes de hablar.

—Ahora no eres ningún niño. Y tenemos que decir la verdad, Ian. Al final, se sabrá.

—¿Qué? —pregunta Ian, azorado.

—¿Qué es lo que nos quieres contar? —pregunta David.

—Cuando subimos después de comer... —responde ella con renuencia—. Sé que he dicho que estábamos juntos, pero... yo fui a la salita de estar de la tercera planta para estar un rato a solas, para leer. Ian me dijo que se iba a echar una siesta. Yo no estaba con él. —Nota que Ian se remueve en el sofá, a su lado, inquieto—. No estuvimos juntos toda la tarde como os dijimos.

—¿Por qué has mentido? —pregunta Beverly.

—Porque no creía... —La voz de Lauren es entrecortada—. Sigo sin creer que Ian tenga nada que ver con esto.

—Es verdad que Lauren se fue a leer a la sala de estar por la tarde mientras yo me quedaba solo en nuestra habitación. Probablemente, deberíamos haberlo dicho. Pero yo no soy un asesino. Eso es absurdo. ¡No he sido yo! —Mira a Lauren—. No pensarás que he sido yo, ¿verdad? —Por su tono, parece un poco preocupado.

—No —responde ella negando con la cabeza, pero no parece convencida y es consciente de ello. Lo nota en su voz. Quizá todos lo hayan notado.

—¿Por qué narices iba a pensar nadie que he sido yo? —pregunta Ian. Mira nervioso a los demás, sentados alrededor de la chimenea—. ¿Por qué yo? Podría haber sido cualquiera.

—Sí que podrías haber sido tú —susurra, de repente, Lauren—. Puede que yo haya estado demasiado ciega para verlo.

—¿Qué? —balbucea Ian—. Venga ya, Lauren. —Ahora parece verdaderamente alarmado—. Esto es de locos.

—Cuando mataron a Dana... yo me limité a suponer que tú habías estado conmigo toda la noche.

—¡Y estuve contigo toda la noche! No salí en ningún momento de la habitación. Lo juro. —Se pasa una mano nerviosa por el pelo—. ¿Y cómo lo puedes saber tú? Estabas dormida.

—De eso se trata, Ian. —Ahora lo mira con expresión de duda—. Sabes que tomo pastillas para dormir. El viernes por la noche me tomé dos. Tú sabías que me las había tomado. Podrías haber estado fuera de la habitación durante varias horas sin que yo lo supiera.

—¡Pero eso no quiere decir que lo hiciera! —Se pasa las manos sin parar por las piernas—. Bueno, no puedes afirmar que yo estuviera toda la noche en la habitación. —Mira con inquietud a los demás—. ¿Y qué? Ninguno puede demostrar dónde estuvo toda la noche. ¿Por qué me señaláis a mí? Creo que todos deberíamos pararnos un poco a pensar. Nos estamos volviendo ligeramente paranoicos.

Lauren mira a los demás por la habitación. Todos tienen los ojos puestos sobre Ian. Se aleja un poco más de él.

—Pero tampoco he estado contigo por la tarde.

—Entonces, ¿ahora piensas que yo los he podido matar? —Niega con la cabeza con fuerza—. No. No. ¿Por qué narices iba yo a matar a tres personas? —Mira a su alrededor como si buscara la confirmación de los demás—. ¡Os habéis debido de volver todos locos!

—Quizá seas tú el que está loco —dice Beverly y Lauren se gira, sobresaltada, para mirarla—. He visto cómo mirabas a Bradley cuando habéis traído su cuerpo.

—¿Qué? ¡No sé de qué estás hablando! —protesta Ian—. ¡Estás loca! —exclama fulminando a Beverly con la mirada.

—¡No soy yo la que está loca! —grita ella con voz aguda mientras Ian se remueve en su asiento con expresión de miedo en el rostro.

Lauren observa toda la escena con los ojos abiertos de par en par.

Ian evalúa la situación y no le gusta nada. No le gusta la forma en que todos le miran.

—Yo no soy un asesino —asegura con más calma—. Lauren y yo no hemos pasado juntos una parte de la tarde. Eso no significa que yo haya matado a tres personas a sangre fría. No tenéis motivos para sospechar de mí.

Lauren le mira con la cara pálida.

—Pero ¿cómo has podido mentir así a tus padres durante tantos años? ¿Cómo has podido hacerlo? Puede que no seas quien yo creía que eras. —De repente, se pone de pie de un salto y se cambia al otro sofá, a unos metros de distancia. Se sienta junto a Gwen y le mira de nuevo con algo parecido al miedo en los ojos.

—Lauren —le suplica. Pero ella aparta la cabeza. Ni siquiera le mira.

Gwen observa todo esto con la sensación de querer vomitar. Quiere expulsar todo su miedo, su pena y su culpa, sacárselo todo. No sabe qué pensar. No quiere creer que Ian pueda ser el asesino. Pero tiene que admitir que existe esa posibilidad.

Deben sobrevivir hasta que llegue la policía, dejar que sean ellos quienes lo averigüen. Pero solo Dios sabe cuándo llegarán. Ahora está más asustada aún. Ya no cree que estén más seguros permaneciendo juntos. Piensa en Riley ahí afuera, con el frío, probablemente muerta. Se pregunta si va a morir alguien más.

Matthew le da vueltas a todo en medio de la oscuridad, mirando a Ian con malevolencia. De repente, se inclina hacia delante para hablar.

—¿Por qué íbamos a creerte?

—Podéis pensar lo que queráis —le responde Ian con un gruñido—. Al final, vendrá la policía y me creerá. No hay ninguna prueba de que yo haya matado a nadie. Porque no he matado a nadie. —Se gira hacia Lauren—. Y tú también sabes que no lo he hecho yo.

Matthew ve que Lauren mira a Ian, como si quisiera creerle.

—Ha mentido con lo de su hermano —dice Matthew.

Ian no responde.

Matthew baja la voz y emplea un tono más amenazador.

—Quizá siga sin ser verdad lo que has contado. Puede que mataras a tu hermano. Puede que le ahogaras a propósito. Porque a lo mejor eres un asesino. ¡Quizá sea esa tu naturaleza! —Matthew le lanza una mirada condenatoria. Todos se quedan inmóviles, observando.

—No.

—No te creo —insiste Matthew—. Creo que tú mataste a Dana. Y no tengo ni idea del porqué. —Reprime un sollozo—. Me gustaría estrangularte con mis propias manos.

David se revuelve, como si estuviese a punto de intervenir.

Matthew se levanta de pronto. David se pone también de pie, se coloca delante de él y le pone una mano en el pecho. Matthew es más alto y más ancho, pero David mantiene firme la mano sobre él.

—¡Yo no la he matado! —protesta Ian—. ¡No he matado a nadie!

—Siéntate, Matthew —dice David con tono de mando.

Matthew vacila. Y, después, a regañadientes, se sienta.

David vuelve a dejarse caer en su sillón, con el corazón latiéndole a toda velocidad. Por un momento, ha parecido que Matthew iba a atacar a Ian. Los ánimos se están alterando de forma amenazadora. Las personas que están asustadas pueden actuar de forma imprevisible y peligrosa. David sabe que no debe bajar la guardia ni siquiera un minuto.

Beverly se estremece bajo su manta y mira a los demás con atención. Está convencida de que ha visto algo extraño en el rostro de Ian cuando ha mirado al cuerpo de Bradley en el suelo del vestíbulo. Y ahora, la misma

Lauren ha dicho que no ha estado con él por la tarde, cuando han matado a Candice. Y esa historia de su hermano..., eso también le ha puesto el vello de punta. ¿Qué tipo de persona puede mentir a sus padres en algo así durante años? Ian es una persona fría, eso es. Es evidente que Matthew cree también que Ian es el asesino.

Beverly se pregunta qué tiene que ganar Ian —o cualquiera— con esos asesinatos. Si existe alguna conexión, nadie la puede ver. Quienquiera que esté haciendo esto está loco. Y eso es lo que más miedo le da. Porque si alguien está matando por diversión, porque quiere matar, porque no puede evitarlo, en lugar de por una razón real, puede pasar cualquier cosa. Es imposible saber qué va a hacer, cuándo va a parar. Es imposible saber hasta qué punto estará dispuesto a arriesgarse. Puede que Ian tenga planeado matarlos a todos. Puede que, en algún momento, antes de que amanezca, empiece a reírse y a masacrarlos a todos.

Puede ser, piensa Beverly, que esa estúpida de Lauren haya averiguado por fin lo que podría llegar a pasar. Parece muerta de miedo.

Gwen quiere cerrar los ojos y dormir. Desearía estar a salvo en casa, en su cama. Desearía que llegara la policía. Está agotada por el miedo, la pena y la culpa. No puede dejar de pensar en Riley, ahí fuera, en medio del frío glacial. Y es ella la responsable de haberla traído a este sitio tan horrible. Con disimulo, mira a los demás con los ojos entrecerrados e hinchados de tanto llorar. Se le rompe el alma al pensar en James, que acaba de perder a su hijo. Parece como si nunca fuera a superarlo. Bueno, pues ya son dos. Trata de sentir compasión por Matthew, pero no se fía de él. Ian parece asustado. No tiene aspecto de ser el asesino en absoluto. Pero quizá esté fingiendo.

No debe quedarse dormida. Mueve un poco la cabeza para tratar de mantenerse despierta.

Gwen ve que David la mira desde el otro lado, pero no sabe qué puede estar pensando. ¿Cree que Ian es el asesino? Si Lauren estaba en la sala de estar, no pueden estar seguros de dónde se encontraba Ian cuando mataron a Candice. Pero el caso es que tampoco pueden estar seguros de dónde estaba ninguno de ellos a la hora de las muertes. Ese es el problema. Todo es muy confuso y turbio y ella está tan cansada que no puede pensar con claridad...

Se queda dormida un momento y, a continuación, se despierta sobresaltada. Cambia de postura en un esfuerzo por seguir despierta. Esta es su segunda noche sin dormir apenas. Desea de nuevo poder tener algo para protegerse. Pero lo cierto es que, aun si tuviese un cuchillo, no cree que pudiera usarlo. Si el asesino fuese a por ella, o a por cualquier otro, ¿podría clavarle un cuchillo en el cuello? Mira a Ian, que tiene los ojos fijos en el fuego con gesto malhumorado. ¿Podría clavarle a Ian un cuchillo en el cuello? Le mira el cuello, la nuez, que le sobresale ligeramente. Ve cómo traga saliva a la luz de la chimenea, inconsciente de su escrutinio, de lo que ella está pensando.

No cree que pudiera tener las agallas de hacerlo. Se estremece bajo la gruesa manta de lana que las cubre a Lauren y a ella. Busca la mano de Lauren bajo la manta y la agarra. Lauren responde apretando la suya.

Domingo, 04:05 horas

—Deberíamos matarle —dice Henry en medio de la oscuridad sin previo aviso—. Antes de que él nos mate a los demás.

David siente cómo el vello de la nuca se le eriza. Es como si todos hubiesen dejado de respirar. Inspira hondo antes de hablar con un tono de rabia bajo su serenidad.

—No seas ridículo, Henry. No sabemos si Ian ha matado a alguien.

—¡Es él o nosotros! —exclama Henry con temeridad.

No está dispuesto a atenerse a razones, piensa David. Todos están llegando al límite. Puede que Henry haya sido el primero en alcanzarlo.

David mira rápidamente a Ian. Parece petrificado.

En ese momento, David se enfurece ante su imprudencia.

—No podemos matarle sin más.

—¿Por qué no? —protesta Henry—. ¡Sería en defensa propia!

David mira a Henry negando con la cabeza.

—Maldito insensato —dice, levantando la voz—. Sería asesinato a sangre fría. No sabemos si ha matado a alguien. Míralo, asustado en su sillón. Nosotros somos siete y él está solo. ¿De verdad crees que puedes matarle y salir indemne? ¿Quieres ser juez, jurado y ejecutor al mismo tiempo? —No puede evitarlo. La rabia se ha apoderado de él y la expresa hablando alto y claro.

Henry vuelve a apoyar la espalda en su asiento a regañadientes, con el rostro oculto entre las sombras.

Domingo, 04:59 horas

Los ojos de Henry se agitan. Está teniendo un sueño, un sueño muy desagradable, donde está paralizado, sin poder moverse, sin poder actuar. Ya ha tenido antes ese sueño. Es simbólico, por supuesto, pero nunca ha parecido tan real. Se ve preso dentro de esa pesadilla. No puede mover los brazos ni las piernas. Ni siquiera los dedos de las manos ni de los pies. No puede mover la lengua, que siente gruesa dentro de la boca. Lo único que tiene vida dentro de él es su cerebro, su mente.

Se da cuenta ahora de que algo va muy mal. Estaba durmiendo, pero esto no es un sueño. Intenta hablar, pero no puede abrir la boca ni articular ninguna palabra. Le cuesta tragar saliva. Cree que tiene los ojos abiertos, pero no puede mover las pestañas y todo está oscuro. No puede ver nada. Es como si una capa negra le cubriera los ojos, como ese momento antes de quedarse dormido. Sabe que se está muriendo, pero no se lo puede decir a nadie. Quiere agitarse y removerse para llamar la atención de los demás, pero es incapaz. Sabe dónde está, aunque ya no pueda ver. El sentido del olfato aún le funciona y reconoce el olor de los leños que se queman en la chimenea. Eso le recuerda a las Navidades cuando era pequeño. Sigue estando en el vestíbulo del Mitchell's Inn y el asesino también ha acabado con él.

31

Domingo, 06:30 horas

Fuera del hotel, hay cosas salvajes que corren y aúllan por el interior del bosque. El viento se ha reducido a un gimoteo. El cielo empieza a iluminarse por el este, pero, dentro, sigue habiendo oscuridad y silencio, como en una tumba. De repente, la lámpara del techo parpadea y se enciende, inundando el vestíbulo de luz. Los huéspedes se revuelven y miran hacia arriba sorprendidos. Se oyen sonidos de zumbidos y chasquidos a medida que varias partes del hotel recobran vida. La luz ha vuelto.

David no ha cerrado los ojos en toda la noche. Mira primero a Gwen, que parece dormida, con sus oscuras pestañas como una mancha en su cara pálida. Respira con calma, al menos por ahora. Lauren está acurrucada a su lado. Dirige después la mirada a Beverly. Esta le mira a la vez que parpadea bajo la repentina luminosidad.

—Ha vuelto la electricidad —dice ella con entusiasmo—. Gracias a Dios.

Con el sonido de su voz, Gwen se revuelve y abre los ojos.

Lauren se incorpora de repente en el sofá.

—Aleluya —exclama.

Ian y Matthew se remueven bajo sus mantas. David no sabe si de verdad han llegado a dormirse, pero ahora están completamente despiertos. James está hundido en su sillón, con los ojos abiertos, y David no sabe si habrá dormido algo.

En ese momento, Beverly lanza un grito sobresaltada y todos la miran rápidamente. Ella tiene los ojos fijos en Henry.

—¡Henry! —grita Beverly con expresión de espanto mientras le agita el brazo.

Pero no cabe duda de que Henry está muerto. Está absolutamente inmóvil en su sillón, con la cabeza echada hacia atrás, los ojos cerrados y la boca abierta. Bajo la luz de la lámpara su rostro tiene una horrible palidez.

—¡Henry! —vuelve a chillar Beverly sacudiéndole con más fuerza, presa del pánico.

David se levanta rápidamente y se acerca a Henry, pero no se puede hacer nada. Beverly empieza a llorar, histérica. David levanta la vista, cruza la mirada con Gwen y ve en ella auténtico miedo.

James se levanta despacio y va dando traspiés hacia el mostrador de recepción. David ve cómo James marca el número con manos temblorosas y se da cuenta de que está aguantando la respiración. Para su absoluto alivio, parece que el teléfono funciona. Por fin.

James habla por teléfono y su voz se rompe:

—Necesitamos ayuda.

Domingo, 06:45 horas

La sargento Margaret Sorensen, de unos cuarenta y tantos años, robusta, de cabello rubio canoso, siempre madrugadora, está disfrutando de su café matutino del domingo en casa vestida con su favorito y nada favorecedor pijama de franela cuando recibe la llamada de los agentes de su comisaría.

—Señora, hay una emergencia en el Mitchell's Inn. —La voz del agente Lachlan suena tensa, cosa inusual. Por lo general, es una persona relajada y se le dan especialmente bien los acontecimientos de la comunidad.

—¿Qué tipo de emergencia? —pregunta ella dejando la taza de café en la mesa.

—Acabamos de recibir una llamada del propietario. James Harwood. Dice que han asesinado, al menos, a tres personas, puede que más.

—¿Es una broma? —pregunta, incrédula.

—No lo creo, señora.

Por la voz de él, está segura de que cree que la llamada era auténtica. «Dios mío», piensa, consternada.

—Tenemos que ir allí, señora. —Nota por el auricular que tiene la respiración acelerada y entrecortada.

—¿A quién tienes ahí?

—A Perez y a Wilcox. Vamos a preparar las motonieves. No hay otro modo de llegar hasta allí.

—Será mejor que avise al jefe. Estaré ahí en diez minutos. —Por suerte, vive muy cerca de la comisaría. Está a la vuelta de la esquina.

Domingo, 07:35 horas

La sargento Sorensen acelera con fuerza con la motonieve por el largo y serpenteante camino cubierto de hielo y nieve que llega hasta el Mitchell's Inn. Ha ido lo más rápido que ha podido desde la ciudad.

Un triple homicidio. Cosas así no son habituales por aquí. Ni siquiera cuentan con un detective en la comisaría. Tendrá que encargarse ella hasta que puedan enviar a alguien de la Policía Estatal de Nueva York. El agente Lachlan le ha dado más información cuando ha llegado a la comisaría, pero los datos que tiene son escasos. Tres huéspedes y el hijo del propietario están muertos y hay otra huésped desaparecida. Está impactada. No sabe a qué se pueden estar enfrentando. Conoce el hotel y a la familia. El joven Bradley..., muerto. Le cuesta creerlo. La adrenalina bombea con fuerza por su cuerpo mientras se acerca por la última curva del largo camino de entrada.

Apaga el motor en la puerta del hotel, en la explanada quebradiza y reluciente. Coge su pistola y hace una señal a los demás agentes, que están aparcando las motos de nieve, para que hagan lo mismo. Se acercan con cautela a la puerta de entrada con sus pesadas botas deslizándose por el hielo. Hace tanto frío que puede ver el vaho de su aliento.

Sorensen ve una mancha de sangre en el hielo junto al porche de la entrada y la señala en silencio. Sube lentamente por el lateral de los escalones del porche y mira por el interior de la ventana. Por fin, abre la puerta principal con el arma en la mano. Se abre con facilidad. Entra en el vestíbulo y sus ojos se dirigen de forma automática hacia el grupo de personas que rodean la chimenea. Ve unas caras pálidas que asoman desde debajo de unas mantas y le devuelven la mirada. «Siempre recordaré este momento», piensa.

Oye que los tres agentes entran detrás de ella. Observa rápidamente toda la situación. Las personas que están sentadas alrededor del fuego tienen aspecto ojeroso y desaliñado, como si no hubiesen dormido. Como si hubiesen sobrevivido a alguna especie de asedio. Reconoce a James, consternado por la pérdida de su único hijo. Siente por él una punzada de compasión. Cuenta a ocho supervivientes sentados alrededor de la chimenea. No, mejor dicho, siete. Al mirar con más atención, en uno de los sillones ve un cadáver.

Se acerca al pequeño grupo mientras enfunda su arma.

—Soy la sargento Sorensen y estos son los agentes Lachlan, Perez y Wilcox —dice señalándolos con la cabeza—. Ya estamos aquí y vamos a ayudarles.

Trata de mantener un tono autoritario y tranquilizador al mismo tiempo. Sorensen se aproxima para ver de cerca al hombre muerto. Por su apariencia no puede saber si ha sido asesinado o si ha muerto por causas naturales.

Observa las caras pálidas que levantan la vista hacia ella y desea con todas sus fuerzas que hubiesen venido con ella el médico forense y la policía científica. No tiene ni idea de cuánto tiempo va a pasar hasta que las carreteras vuelvan a ser transitables. Ahora está ahí sola.

—De momento, me temo que todos van a tener que quedarse donde están —les dice—. No hay modo de poder llevarlos a la ciudad de forma segura. Vamos a echar un vistazo por aquí y, después, tendré que interrogarlos. Cuando limpien las carreteras, los llevarán a la comisaría de la ciudad para que presten declaración oficial. Mientras tanto, necesito que todos ustedes me ayuden en lo que puedan.

Recibe como respuesta unos cuantos asentimientos agotados.

—Antes de empezar a inspeccionar por aquí necesito que alguien me ponga en contexto. Solo un rápido resumen. —Fija la mirada en un hombre de treinta y muchos años con apariencia inteligente—. ¿Cómo se llama? —le pregunta con tono amistoso.

—David Paley.

Acerca una silla y se sienta a su lado.

—Quizá me pueda decir quiénes son todos y, después, contarme qué ha pasado.

Le escucha con expresión sombría mientras le cuenta la historia.

—Iremos en busca de Riley tan pronto como podamos —dice ella cuando él termina.

Después, la sargento Sorensen ordena a Perez y a Wilcox que se queden en el vestíbulo para garantizar la seguridad de los supervivientes. Se lleva con ella a Lachlan para que tome notas y como segundo par de ojos y de oídos. Realiza un rápido recorrido por el hotel y sus alrededores con Lachlan a su lado.

Comienzan por el vestíbulo. Saca un par de guantes de látex y se los pone y, a continuación, se acerca a los pies de las escaleras mientras siente las miradas de los supervivientes sobre su espalda. Se agacha, ve la sangre en el filo del escalón. Levanta la vista hacia lo alto de las escaleras y vuelve a bajarla.

Hace una señal a Lachlan para que la siga. Sube por la escalera sin apenas hacer un ruido. Qué silenciosas son estas escaleras, piensa. Lo único que oye es el rechinar de sus botas. Sube hasta la tercera planta, con Lachlan detrás. Llegan a la habitación que está a la izquierda de las escaleras al otro lado del pasillo, la número 306. Coge la llave que James le ha dado y, con cuidado, abre la puerta con sus manos enguantadas. Enciende la luz del techo. En el interior, ve el cadáver de la segunda víctima, tirado en el suelo, con el pañuelo aún apretado alrededor del cuello. Lachlan y ella observan con atención, con cuidado de no tocarla.

Después, van a la habitación 302, la que está sin arreglar. Ve la cama deshecha, el lavabo sin limpiar. Mira en silencio a Lachlan, que tiene los labios apretados. La policía científica peinará esta habitación cuando llegue.

Los dos vuelven a bajar por las escaleras, salen por la leñera al frío y recorren el camino hasta la casa de hielo. Cuando entran, lo primero que ella ve es el cuerpo de Bradley, que yace junto a la pared trasera, el único punto de color en medio de ese interior resplandeciente y traslúcido. Se detiene y respira hondo. Sabía qué era lo que iba a encontrarse, pero, aun así, resulta duro ver a Bradley rígido sobre el suelo de nieve, muerto. Mira con más atención. Un muchacho tan guapo. Un golpe tan horrible en la cabeza.

A su lado, han colocado otro cadáver en el suelo, junto a la pared. Está bien envuelto en una sábana blanca.

—Convendría destaparla —dice. Lachlan se pone un par de guantes y, con cuidado, aparta un poco la sábana. Miran el rostro helado de la mujer, deformado por la muerte. Ven que era guapa. Está vestida con un salto de cama y una bata de satén azul marino. Al verla ahí, muerta, en el suelo de una casa de hielo tan ligera de ropa, Sorensen siente un escalofrío.

—Dios mío. Un espectáculo terrible —dice con pesar. Se agacha para estudiar la herida de la cabeza.

Por fin, se incorpora.

—Quiero ver dónde han matado a Bradley.

Vuelven a entrar y, después, salen de nuevo por la puerta principal. Fuera, siguen el rastro de la sangre. El lugar donde han matado a Bradley está a unos treinta metros del hotel. Hay una huella en la nieve congelada y una mancha de sangre oscura donde Bradley cayó. Ve el raspador para botas en medio del hielo, como a medio metro. Lo inspecciona con toda la atención de la que es capaz a simple vista y, después, aparta los ojos, angustiada. Vuelve a mirar hacia el hotel.

—¿Qué narices ha pasado aquí? —le dice a Lachlan.

Lachlan niega con la cabeza.

De vuelta en el vestíbulo, Sorensen lleva aparte a Perez y a Wilcox para explicarles la situación.

—Tenéis que hacer los dos un registro minucioso del hotel, de arriba abajo. Mirad todos los rincones y rendijas, los armarios, los sótanos, el desván, si lo hay. Llevaos a James, si es que está dispuesto a acompañaros. Tratadle con delicadeza; acaba de perder a su hijo. Mirad también fuera y todas las puertas y ventanas, cada anexo. Tenemos que estar completamente seguros de que no hay nadie más aquí. Y de que no ha habido nadie más.

—De acuerdo —contesta Perez.

—Mientras tanto, Lachlan y yo vamos a inspeccionar la zona delantera del hotel para buscar a Riley. —Y añade con tono sombrío—: No puede haber ido lejos.

Fuera, la sargento y Lachlan ocupan lados opuestos de la amplia extensión donde comienzan los matorrales y emprenden su búsqueda, caminando el uno hacia el otro y separándose después a la vez que van avanzando. Cuando llegan al borde del bosque, deben moverse con más cuidado, buscando cualquier muestra de que alguien haya pasado por allí. Sorensen se acuerda de otras búsquedas como esa en el bosque, para localizar a cazadores y, a veces, a niños perdidos. En ocasiones, esos rastreos tienen un final feliz. No alberga ilusiones con respecto a este. Una mujer sola, sin ropa para resguardarse de los elementos. No habrá pasado mucho tiempo antes de sufrir una hipotermia. A menos que tenga conocimientos de cómo sobrevivir sola en un bosque en invierno, cosa que Sorensen duda. Para colmo, Riley estaba siendo presa del pánico y no pensaba con claridad. Y la primera regla de la supervivencia es no dejarse llevar por el pánico.

Las ramas crujen bajo sus botas y el aire frío y cortante hace que sienta una presión en el pecho. Examina el bosque, siempre consciente de la presencia de Lachlan a su izquierda moviéndose con cuidado. Normalmente, le encanta caminar por el bosque, pero hoy no. Además de la sensación de apremio que tiene siempre en los rastreos —la esperanza y el miedo simultáneos— sabe que aquí puede haber un asesino.

Cuando llevan un rato y Sorensen empieza a sentir de verdad el frío, entran en un pequeño claro donde la nieve es más profunda. Levanta la vista hacia el otro lado del claro en busca de algún rastro humano y no ve nada, pero, entonces, oye a Lachlan.

—Aquí.

Solo por el tono de su voz, ella ya lo sabe.

Aun así, va hacia él todo lo rápido que le es posible, avanzando torpemente entre la profunda nieve. Lachlan está de pie junto a algo más oscuro sobre la blanca nieve, una silueta acurrucada junto a una roca grande. Al acercarse, ve que se trata de una mujer de unos treinta años, con la cara de un blanco inquietante, los labios azules y los ojos abiertos pero cubiertos de hielo. Está vestida con unos vaqueros y un jersey gris. Zapatillas de deporte. Sin abrigo ni gorro. Está agachada contra la roca, rígida como un madero, con las rodillas contra el pecho y los brazos alrededor de ellas, como si se estuviese escondiendo o esperando algo inevitable. Tiene las manos escondidas en las mangas. Sorensen está a punto de venirse abajo, pero cuida que no se le note. En lugar de ello, se inclina hacia delante para examinarla con más atención. No hay señales visibles de violencia. Vuelve a incorporarse.

—Mierda —murmura Lachlan.

Hay varios cuervos volando por encima, con su silueta oscura contra el cielo claro y Sorensen se queda mirándolos un momento.

—No hay señales de traumatismo —dice Sorensen por fin mirando a Lachlan.

—Pero ¿de quién huía? —pregunta Lachlan negando con la cabeza—. Aquí fuera y sin abrigo.

—No creo que ni siquiera ella lo supiera.

32

Domingo, 10:05 horas

Sorensen y Lachlan regresan al hotel e informan de la mala noticia. Sorensen no cree que nadie esperara que Riley siguiera aún con vida, pero, aun así, resulta duro. Como era de prever, su amiga Gwen es la que peor se lo toma. Llora con fuerza y empieza a balancearse entre lamentos incontrolados. Sorensen se sienta al lado de Gwen y le coloca una mano en el hombro hasta que se tranquiliza.

Por fin, ella y Lachlan se separan del grupo y buscan la intimidad del comedor, donde Perez y Wilcox informan enseguida de su certeza de que no hay nadie más en el hotel aparte de las personas que ya conocen. No hay rastro de que nadie se haya marchado. Le hablan a Sorensen de la ventana rota y de la rama, pero creen que probablemente haya sido la rama la que rompió la ventana. Lo cual quiere decir, piensa Sorensen, que es muy probable que una de las personas que están ahí sea el asesino. Por ahora, todos son sospechosos.

—Será mejor que se lo advierta —le dice a Lachlan—. Por seguridad.

El primer interrogatorio de Sorensen es con el propietario del hotel, James Harwood. Le llama para que vaya al comedor, donde ha preparado una mesa para los interrogatorios. Parte del calor procedente de la cocina se filtra en el interior. La calefacción está tardando un poco en volver. Han abierto las contraventanas para que la luz del día inunde la habitación. A la luz natural, el aspecto de James es terrible. Sorensen se pregunta si podrá salir adelante sin Bradley. Él se sienta enfrente de ella. Al lado de Sorensen, Lachlan ha sacado su cuaderno. La sargento informa a James de sus derechos y él indica que está dispuesto a seguir.

—James, siento mucho lo de Bradley —empieza ella con tono cordial.

Él asiente con los labios apretados y el ceño fruncido mientras trata de contener las lágrimas. Ella sabe que ya ha sufrido otras desgracias. Su mujer murió de cáncer hace unos años y ha criado a Bradley él solo durante esta última etapa. Lo ha pasado mal con su hijo.

Se inclina un poco hacia delante y dice:

—Puede que resulte difícil hablar de esto, James, pero sabes que os conozco a ti y a Bradley desde hace mucho tiempo. —Él levanta sus ojos enrojecidos—. Ya sabes que me gustaba Bradley.

Él asiente.

—Te has portado bien con nosotros —dice con un susurro entrecortado.

—Entonces, no te tomes esto a mal.

Él encorva los hombros con recelo, como si supiese lo que viene a continuación. Por supuesto que sabe qué viene ahora. Ella está segura de que él mismo se ha hecho estas preguntas, sobre todo desde que han matado a Bradley.

—¿Es posible que Bradley haya tenido algo que ver en esta..., esta situación? —Le mira fijamente, con compasión.

Él le devuelve la mirada con ojos llorosos. Se toma su tiempo para responder.

—Bradley era muchas cosas, pero nunca estaría implicado en algo así —responde James con labios temblorosos—. Tuvo problemas. Eso ya lo sabes. Ya sabes cómo era. Impulsivo, le gustaban las emociones. Se creía invencible. Conducía demasiado rápido, se juntaba con quien no debía. Las drogas. —Suelta un fuerte suspiro—. Le gustaba el dinero y lo que podía comprar con él. No quería tener que esforzarse mucho para conseguirlo. Y no era siempre consciente de que se estaba pasando de la raya. Pero era un buen chico. —Los ojos se le llenan de lágrimas—. No habría hecho nada que fuese malo de verdad —dice James.

—James, no pretendo sugerir que Bradley haya podido participar en estos asesinatos —aclara ella—. Pero puede que tuviese algo que ver. Quizá supiera algo. Algo por lo que ha terminado muerto.

—Yo me he preguntado lo mismo —dice James por fin con un profundo suspiro—. Tenía esa mirada que yo sabía reconocer, la que tenía cuando le pillaron traficando con drogas. ¿Te acuerdas? Era siempre muy gallito, pero sabía cuando algo le superaba. Tenía esa misma expresión cuando encontramos el cadáver de Candice. —Niega con la cabeza—. Y me parecía que estaba cansado, como si no hubiese dormido esa noche, la noche en la que Dana cayó por las escaleras. —Levanta la vista para mirarla—. ¿Y si vio algo? ¿Y si vio quién lo hizo?

—¿Se lo preguntaste? —quiere saber Sorensen. James asiente y las lágrimas le caen ahora sin control por la cara. Se las limpia—. ¿Qué te dijo?

—Dijo que simplemente estaba asustado por los asesinatos, como todos los demás. —Baja la mirada—. Yo no insistí.

Ella le coloca una mano sobre el hombro.

—James, dudo que pudieses haber hecho nada para que las cosas terminaran de otra forma.

Él aspira fuerte por la nariz.

—Quizá si yo me hubiese esforzado más por hablar con él... Debería haberlo hecho. ¡Y ahora está muerto!

La sargento le deja llorar con la mano sobre su hombro. Por fin, él se limpia los ojos y se suena la nariz. La mira.

—La habitación 302 con la cama deshecha...

—¿Sí?

—Es imposible que esa habitación no se limpiara —dice—. Es imposible que no se dejara bien arreglada después de que se fuese el último huésped. Eso no ha pasado nunca. Y cuando puedas hablar con Susan, la limpiadora, verás que ella te dice lo mismo.

—Entonces, ¿qué opinas tú?

—No creo que hubiese alguien más en el hotel sin que lo supiéramos. Nunca lo he pensado. Me conozco este hotel como la palma de la mano. Si hubiese habido alguien más aquí, creo que lo habría notado de algún modo. O lo habría notado Bradley, eso seguro. Y él estaba convencido de que no había nadie más. Quizá sí supiese quién era el asesino. —Controla un sollozo—. Creo que uno de los huéspedes es el asesino y, quienquiera que sea, entró en esa habitación y la desordenó para hacernos creer que había alguien más en el hotel. Bradley pensaba lo mismo. Me lo dijo. —La mira con expresión dura—. Uno de ellos ha matado a mi chico.

Ella ha llegado también a la misma conclusión.

—Gracias, James. —Le mira con compasión mientras se pone en pie—. Averiguaremos quién lo ha hecho.

Despide a James y, a continuación, llama a David Paley.

—Sargento —la saluda cortésmente David Paley mientras toma asiento enfrente de ella y del agente Lachlan.

—¿Quiere que le pida algo? ¿Agua?

David niega con la cabeza.

—No hace falta.

Está bastante segura de que se trata del mismo David Paley al que acusaron y soltaron unos años atrás por el asesinato de su esposa. Recuerda el caso. Sigue sin resolver. No va a preguntarle por ello... todavía.

Él ya le ha informado brevemente de lo que ha pasado. Ahora, tras leerle sus derechos, vuelve a repasarlo todo, cada paso doloroso, cada detalle desagradable.

—¿Había conocido a Dana Hart o a Candice White antes de este fin de semana?

—No, nunca.

—¿Había oído hablar de ellas?

Él niega con la cabeza.

—No.

—¿Conocía a algún otro de los que han estado aquí este fin de semana?

—No.

Por fin, ella ladea la cabeza y le pregunta:

—¿A qué se dedica usted?

—Soy abogado.

Así que es él.

—¿Quién cree que ha cometido los asesinatos en este hotel?

Vacila antes de contestar.

—No lo sé.

Ella se queda en silencio mientras espera a que él continúe.

—Los demás..., Beverly, Henry y Matthew, sobre todo Henry, parecían convencidos anoche de que había sido Ian. Le miraban como si pensaran que nos iba a asesinar a todos. —Se frota los ojos con actitud de cansancio antes de seguir—. Puede que fuese un alivio tener por fin a alguien a quien culpar. Necesitaban con desesperación saber quién era y creían que por fin lo sabían. —Levanta los ojos hacia ella—. Sé por experiencia que a la mente humana no le gusta la inseguridad.

En ese momento, él le cuenta lo que no le ha contado antes, el modo en que se pusieron en contra de Ian.

—Dios mío —dice ella al imaginárselo.

—Se calmaron. Nunca olvidaré la cara de alivio de Ian.

—Puede que le haya salvado la vida.

—No creo que de verdad hubiesen llegado a tanto. —Se encoge de hombros y la mira con expresión de cinismo—. Pero yo soy así, protector y defensor de los acusados, por muy atroz que sea el crimen.

A continuación, la sargento Sorensen invita a Beverly Sullivan a que vaya al comedor. El agente Lachlan, que sabe tratar de forma excelente a los interrogados, le ofrece compasivo un vaso de agua a la afligida mujer. Ella lo acepta y le da un sorbo.

—Señora Sullivan —dice la sargento tras leerle sus derechos—. ¿Puedo llamarla Beverly? —Beverly asiente—. Siento mucho lo de su marido.

—Gracias —responde ella en voz baja mientras las lágrimas le inundan los ojos. Lachlan le acerca con delicadeza una caja de pañuelos. Los ha encontrado en la cocina.

—Desconocemos todavía la causa de la muerte. Parece que ha muerto por causas naturales, pero habrá que hacerle una autopsia. —Beverly asiente y se limpia los ojos con fuerza con un pañuelo—. Sé que esto debe de resultar difícil, pero estoy segura de que comprende que debo hablar con todos los que han estado aquí este fin de semana para tratar de averiguar exactamente qué ha pasado... y por qué —prosigue Sorensen.

Beverly vuelve a asentir y se suena la nariz.

—Por supuesto.

Le pide a Beverly que le cuente su versión de lo que ha ocurrido a lo largo del fin de semana. Cuando llega a la parte en la que meten el cuerpo de Bradley en el vestíbulo, se inclina ligeramente hacia delante.

—Entonces, pasó una cosa rara.

—¿A qué se refiere? —pregunta Sorensen. Sabe qué le va a decir. Ya se lo ha oído a David.

Beverly se queda observándola un momento y, a continuación, le contesta:

—Fue Ian. Estaba mirando a Bradley... —Vacila, como si no supiera bien cómo describirlo.

—¿Cómo le miraba?

—Tenía una expresión en su cara, pero solo durante un momento. Estaba ahí y, después, desapareció. Pero me puso la piel de gallina. Después de eso, no me fío de él. Le susurré a mi marido que creía que Ian era el asesino. Justo después de verle esa expresión. —Vuelve a apoyar la espalda en la silla—. Henry no lo había visto. Después, cuando Lauren contó la verdad, que ella le había estado protegiendo, que él no había pasado con ella toda la tarde...

—Continúe —dice ella cuando Beverly se detiene.

—Cuando Lauren dijo que le había estado encubriendo, todo empezó a tener sentido. Él lo negó, claro. Estaba desesperado por que le creyésemos. La situación fue... indescriptible.

—¿Y qué opina usted?

—Sé lo que vi. Creo que Ian es el asesino, aunque fue muy convincente a la hora de negarlo. Pero probablemente sea un buen actor. —Se inclina con vehemencia hacia delante y dice—: Estuvo todos esos años mintiendo a sus padres sobre lo de su hermano pequeño. ¿Quién podría hacer una cosa así? Debe de ser un psicópata. —Se detiene y respira hondo—. Nunca antes he conocido a ningún psicópata. En ese momento, me sentí aterrorizada. Todos nos sentimos igual.

Sorensen interroga después a Gwen. Está claramente traumatizada por lo que ha pasado y consternada por la muerte de su amiga.

—Entonces, ¿a Riley no la han asesinado? ¿Murió de frío? —pregunta Gwen cuando termina de dar su versión de los hechos.

—No lo sabremos con seguridad hasta que llegue el resto del equipo, pero eso es lo que parece —contesta Sorensen.

—Entonces, ella no tenía por qué haber muerto —susurra Gwen.

Sorensen la consuela lo mejor que puede.

Cuando por fin envía a Gwen de vuelta al vestíbulo, Sorensen se siente por un momento ligeramente abrumada por la situación en la que se encuentra, pero aparta a un lado esa sensación y vuelve a concentrarse en la tarea que tiene delante.

Cuando Sorensen llama a Matthew Hutchinson para interrogarlo, ve cómo se levanta rígidamente de su sillón para dirigirse al comedor.

En condiciones normales, separaría a los testigos en habitaciones distintas, pero es más fácil tenerlos juntos alrededor de la chimenea. Ella confía en la vigilancia de sus agentes, Perez y Wilcox, y en que se asegurarán de que no hablen entre ellos.

Tras leerle sus derechos, Sorensen se toma su tiempo para repasar con Matthew los sucesos del fin de semana. Ve claramente lo alterado que está. Su prometida está muerta. Pero responde a todas las preguntas con buena disposición. No tiene nada que decir que contradiga lo que los demás le han contado.

—¿No tenía ningún motivo para matar a su prometida? —pregunta.

—¿Qué? —Ahora parece receloso. Asustado.

—Beverly dice que los oyó discutir esa misma noche. Hábleme de ello.

Él deja caer la cabeza, pero no lo niega. Ella creía que quizá lo haría. No es más que la palabra de Beverly contra la de él.

—Sí, tuvimos una discusión esa noche, pero no fue nada grave. Solo un poco de tensión, los nervios de la boda, ya sabe. A ella le resultaba estresante.

—¿Qué es exactamente lo que le resultaba estresante?

—Los preparativos de la boda. Tratar con mi familia. Pueden ser un poco... difíciles. Intimidatorios.

—¿Su familia no estaba contenta con la boda?

—Yo no lo diría exactamente así. —Aparta la mirada—. Mi madre no estaba cien por cien a favor, pero yo quería a Dana. Y mi madre sabía que me iba a casar con ella.

—De acuerdo.

—Yo no la he matado. Ni a ninguno de los otros —dice con tono hostil.

—Pero podría haberlo hecho.

—¿Qué?

—Podría haber cometido todos los asesinatos. No hay nadie que pueda asegurar haber estado con usted cuando mataron a ninguna de las víctimas.

—¿Por qué demonios iba a hacerlo?

—No lo sé. Dígamelo usted.

Él la mira, consternado.

—¿Por qué saldría su prometida de la habitación en mitad de la noche?

—Yo... no lo sé.

—Ha admitido que discutieron. ¿No fue detrás de ella y, quizá, en un momento de rabia, la empujó por las escaleras? ¿Y luego, una vez que no hubo vuelta atrás, cuando vio que no estaba muerta, no tuvo más remedio que golpearle la cabeza contra el último escalón? —Sabe que está siendo bastante dura. Quiere ver su reacción.

—¡Dios mío, no! —La mira horrorizado—. ¡Yo no la maté!

—Y luego, puede ser que alguien de aquí lo supiera. Puede que alguien lo descubriera. Quizá Candice supo qué es lo que había hecho, o lo sospechó, al menos. O puede que Bradley viera algo. ¿Alguno de ellos trató de chantajearle?

—¡No! ¡Eso es atroz! —consigue decir.

—¿Lo es?

—¡Por supuesto que lo es! ¡Yo no he matado a mi prometida! La quería.

Ella le mira durante un largo rato, pensativa.

Él le devuelve la mirada con nerviosismo.

—Candice estaba escribiendo un libro. ¿Era un libro sobre usted? ¿O sobre Dana, quizá? ¿Algo que le podría perjudicar?

—No. Nunca había oído hablar de ella. No sabíamos nada de ningún libro. Y ni Dana ni yo teníamos nada que esconder. ¿Por qué iba nadie a escribir un libro sobre nosotros?

Ella espera y deja que él se sienta violento.

—De acuerdo. Esto es todo por ahora. —Sorensen se levanta y abre las puertas de cristal del comedor—. Puede volver al vestíbulo.

33

Domingo, 12:45 horas

La sargento Sorensen lleva a Matthew de vuelta al vestíbulo y llama a Lauren.

Ve cómo esta se levanta y pasa por su lado para entrar en el comedor. Lauren toma asiento a la mesa. Sorensen se sienta enfrente de ella, le lee sus derechos y empiezan.

Sorensen la mira con una débil sonrisa.

—¿Está bien? —pregunta.

Lauren asiente.

—Supongo que sí, teniendo en cuenta las circunstancias. —Acepta un vaso de agua que le ofrece el agente Lachlan y da un sorbo. Añade—: Probablemente, sentiré el impacto más adelante.

Sorensen asiente.

—Es el *shock*.

Lauren responde asintiendo también. Parece tensa. Todos se han mostrado tensos.

—¿Descubrió usted a Dana?

—Sí. Bajé temprano para ver si había café. No sabía siquiera si habría alguien ya levantado.

—Continúe.

—Cuando llegué al rellano, vi a Dana tirada al final de la escalera. —Mira a Lachlan, como si estuviese avergonzada—. Me temo que di un grito. Supe seguro que estaba muerta. Estaba tan... quieta. Bajé corriendo hasta ella y... luego llegaron los demás.

—¿La llegó a tocar?

—Sí que lo hice. Le busqué el pulso. —Duda antes de continuar—. Después, vinieron los otros. Todos estábamos muy turbados. Nadie se espera que pase algo así. Creíamos que se había caído por las escaleras. Y entonces, David... Más tarde, David dijo que pensaba que no había sido un accidente.

—¿Cuándo dijo eso?

—Fue después del almuerzo. Dijo que teníamos que dejarla donde estaba hasta que llegara la policía. Que podría ser el escenario de un crimen. —Lauren levanta la vista hacia ella—. Creo que nadie le creyó al principio. Creíamos que había sido un accidente, que estaba exagerando. Hasta que mataron a Candice.

Sorensen le pide que le describa el resto del día, el hallazgo del cuerpo de Candice, lo que ocurrió esa noche.

—Entre los demás, hay quienes creen que ha podido ser su novio, Ian, el que ha cometido los asesinatos —dice Sorensen cuando Lauren termina.

—No sé —responde Lauren con severidad a la vez que baja los ojos a la mesa.

—¿Cree que es posible?

Vacila antes de contestar.

—Es posible. —Lauren la mira con evidente incomodidad—. Pasé parte de la tarde en la sala de estar de la tercera planta, leyendo. No estuve con él. Supongo... Supongo que podría haber sido él. —Vuelve a bajar la mirada a la mesa.

—¿Y usted? —pregunta Sorensen.

—¿Perdón?

—Usted misma habría podido matar a Candice. Tampoco tiene coartada. Estuvo sola en la sala de estar. Es más, podría haber matado a Dana y, después, podría haber matado a Bradley.

—Ah. Bueno, pues le aseguro que no lo hice. ¿Qué motivos podría tener?

—No lo sé. ¿Conocía de antes a Dana Hart o a Candice White?

—No. Por supuesto que no —responde Lauren con tono firme. Como Sorensen no dice nada, Lauren se inclina hacia delante con expresión seria—. No tiene ni idea de cómo ha sido esto, estar aquí atrapada mientras sucedía todo. Anoche, cuando todos salieron corriendo en medio de la oscuridad... David corriendo detrás de Matthew, el resto de nosotros saliendo a toda prisa detrás de Riley... —Niega con la cabeza, como si no pudiese creer que hubiese pasado de verdad—. Estaba tan oscuro que era imposible saber dónde estaba nadie. Pero, entonces, oí a Gwen. Debía de estar cerca, podía oír su respiración mientras se deslizaba por el hielo. Parecía como si estuviese teniendo un ataque de pánico, como si creyera que alguien iba tras ella. —Lauren hace una pausa, como si estuviese reviviendo el recuerdo de esos momentos tan desagradables en los que todo se estaba viniendo abajo. Susurra—: La oí decir mi nombre. Pero no respondí. Pensé que quizá, si el asesino estaba ahí, iría a por ella y no a por mí. Así que me quedé callada. —Un sollozo se le escapa de la garganta. Y, a continuación, empieza a llorar de verdad.

Sorensen le concede un rato para que se recupere. Es paciente. Le ofrece la caja de pañuelos. El agente Lachlan espera, con el bolígrafo apoyado en el cuaderno.

—No me siento orgullosa de ello —dice Lauren por fin. Levanta la vista hacia ella—. Pero, eso sí, yo no he matado a nadie. —Extiende la mano para alcanzar el agua.

Sorensen se da cuenta de que a Lauren le tiembla la mano al llevarse el vaso a los labios.

—Tómese su tiempo —dice.

—He tratado de pensar en señales que haya podido pasar por alto —continúa—, indicios de que Ian pudiese estar loco, pero, sinceramente, no encuentro ninguno. —Mira a Sorensen desde el otro lado de la mesa con ojos oscuros e incrédulos—. A mí me parecía absolutamente normal. Era tan... agradable. La gente le encontraba simpático, igual que yo. Es muy desconcertante pensar que quizá te has equivocado con alguien, te sientes... engañado. Desde luego, nunca he visto en él ningún tipo de crueldad. Creía..., creía que era una persona con la que podría tener algo serio.

—Los verdaderos psicópatas pueden ser muy convincentes —dice Sorensen.

Lauren la mira con desolación.

—Creo que no tiene ni idea de lo aterrador que ha sido estar sentada en esa habitación toda la noche sabiendo que hay un asesino cerca, esperando a ver qué va a pasar después.

—No puedo ni imaginármelo —responde Sorensen.

Cuando Lauren se está marchando, el agente Perez toca en la puerta del comedor. Sorensen se gira.

—¿Qué pasa?

Perez entra en la sala y le habla en voz baja.

—Acabo de acordarme de una cosa. Puede que sea importante. —Ella asiente—. Usted quería saber si Wilcox o yo hemos oído hablar alguna vez de la escritora Candice White. A mí el nombre me sonaba familiar, pero no sabía identificarlo. Creía que quizá fuese alguna autora a la que leyese mi mujer. Lee muchos libros.

Sorensen hace una señal de impaciencia con la cabeza.

—¿Y?

—Pero lo cierto es que he sido yo quien ha leído uno de sus libros. Escribió una novela sobre un crimen real hace unos años que me gustó mucho. Esos son casi los únicos que leo.

—Ah, ¿sí? —responde Sorensen—. ¿Cuál es el título?

—No lo recuerdo con exactitud, pero era sobre ese director de colegio que mató a uno de sus alumnos.

Perez sale del comedor y Sorensen mira a Lachlan, que aprieta los labios al oír este nuevo dato.

Ella se frota las manos y se acerca a las ventanas del comedor para ver el bosque. Piensa en lo que puede esconderse en ese bosque oscuro —osos, lobos—, cosas que pueden matar. Piensa en el asesino que hay en el interior de ese mismo hotel.

Oye que alguien entra en el comedor. Se aparta de la ventana y ve que James trae una bandeja con café y sándwiches. Observar a James realizando una tarea que normalmente habría correspondido a Bradley le rompe el corazón. Debe de ser ya la hora del almuerzo. Quiere darle las gracias, pero no se fía de que le salga la voz. Él deja la bandeja en la mesita del bufé, la saluda con la cabeza y sale de la habitación.

Ella se acerca a servirse una taza de café humeante. Después, coge un sándwich y la taza y vuelve a la ventana a mirar el bosque, pensativa.

David ha vuelto al comedor después de que la sargento Sorensen le haya llamado de nuevo. Se pregunta, agotado, qué querrá de él. Ya le ha contado todo lo que sabe. Ahora mismo, lo que de verdad quiere es dormir.

—Señor Paley —dice Sorensen tras una larga pausa.

Su voz ha cambiado. Ya no es tan simpática como antes y el cuerpo de él se pone rígido de forma automática, como si estuviese esperando un golpe.

—Sé quién es usted.

Ese es el golpe, exactamente el que él se esperaba.

—Yo le he dicho quién soy —responde él con frialdad.

Ella asiente.

—Me ha dicho su nombre, sí. Pero no me lo ha contado todo, ¿verdad?

—¿Por qué iba a hacerlo, si no es relevante?

—Quizá sí lo sea —contesta ella.

—No veo por qué.

—Candice White estaba escribiendo un libro.

—Sí —confirma David—. Eso es lo que dijo.

—¿Sabe sobre qué era?

—No tengo ni idea —contesta él con incomodidad—. No lo dijo. —Y añade—: Ninguno de nosotros había oído hablar de ella. —Siente que se viene abajo. Ha llegado el momento, piensa.

—Usted sigue bajo sospecha por el asesinato de su esposa, ¿no es así?

—No.

—Eso no es del todo cierto, ¿no? —insiste.

Él la mira con rabia.

—No sé qué espera que le diga. Me detuvieron y luego retiraron los cargos, como estoy seguro de que ya sabe. Había pruebas insuficientes para continuar. Por lo que a mí concierne, ahí acaba todo. Ya no me considero objeto de investigación.

—Pero sí que lo es, por supuesto. Estas investigaciones no acaban sin más, ¿no es cierto? Solo porque no haya suficientes pruebas para encerrarle ahora no significa que no se le pueda atrapar más adelante. —Hace una pausa—. Un buen agente de policía no se rinde nunca. Debería saberlo. Simplemente, siguen adelante de forma más discreta.

—¿Qué quiere decir? —pregunta él con tono de enfado.

—Solo me pregunto si tenía miedo de que alguien escribiese un libro sobre usted. Y también me pregunto qué es lo que Candice tenía que decir respecto al asesinato de su esposa.

—Eso es ridículo. Ya se lo he dicho. Nunca he oído hablar de ella. No estaba escribiendo ningún libro sobre mí. —Siente que se marea y el corazón se le acelera. Sabe que no asesinó a Candice. Ni a ningún otro. Esta mujer va muy desencaminada.

—Eso espero yo. Pero me ha llamado la atención saber que Candice White es conocida como autora de libros sobre crímenes reales.

David se siente palidecer.

—En cualquier caso, solo es cuestión de tiempo hasta que podamos acceder a su ordenador portátil y, entonces, lo sabremos —dice ella—. Eso es todo por ahora. Puede marcharse.

34

Domingo, 13:45 horas

La sargento Sorensen vuelve a sentarse pesadamente. No sabe cuánto tiempo más va a pasar hasta que llegue el equipo de la policía científica. Se mira el reloj con impaciencia. Tras haber pasado varias horas en habitaciones heladas, bebiendo infinitas cantidades de café caliente, empieza a entender lo que debe de haber sido estar atrapado en este hotel dejado de la mano de Dios todo el fin de semana sin electricidad. No puede ni imaginarse cómo ha debido de ser el resto.

Pero las pruebas están ahí. Tres personas, al menos, han sido asesinadas. Otra ha muerto probablemente por el frío tras haber salido huyendo del hotel, aterrorizada. Y una quinta persona ha muerto en circunstancias sospechosas. Los supervivientes están visiblemente traumatizados.

Llama a Ian Beeton, el hombre al que los demás temen, el hombre que algunos creen que puede ser el asesino. Ian está pálido e inquieto cuando entra en el comedor. La mira con cautela. Ella se pregunta qué pensará él que es peor: que los demás le acusen en medio de la noche cuando el miedo y la paranoia de todos estaba en su punto álgido o que le interrogue la policía a plena luz del día.

Debe de sentir una presión terrible, piensa.

—Tome asiento, por favor —dice ella.

Se sienta y la mira como si estuviese esperando que le arresten. La sargento se pregunta si va a ser el primero que se niegue a hablar con ella después de que le lea sus derechos.

Pero él asiente y mira nervioso hacia el vestíbulo, donde están reunidos los demás. Las puertas de cristal están cerradas. Vacilante, guiado por las preguntas de ella, le relata su propia versión del fin de semana. Niega haber conocido a Dana Hart o a Candice White ni haber oído nunca hablar de ellas. Le dice que está tan impactado por los asesinatos como el resto.

—Los demás creen que lo hizo usted —dice ella.

—Están locos. Yo no he matado a nadie —responde a la defensiva—. Podría haber sido cualquiera de ellos.

—¿Quién cree usted que lo ha hecho?

Guarda silencio un momento antes de contestar.

—No lo sé.

Ella le mira levantando las cejas de forma delibe-rada.

—¿No tiene ninguna idea?

—No soy detective —responde él con terque-dad—. Pero quienquiera que lo haya hecho debe de es-tar loco. Toda esta situación es una locura. —Se lame los labios con nerviosismo—. Sinceramente, anoche temí por mi vida. Si no llega a ser por David..., si no llega a ser por él, podrían haberme matado. Ese gilipollas de Henry lo propuso. David consiguió calmarle.

Ella le mira con gesto impasible.

—Y ahora Henry está también muerto.

Él levanta los ojos.

—Tampoco he tenido nada que ver con eso. ¡Lo juro!

—Aún no sabemos cómo ha muerto —dice ella—. Se le hará una autopsia, claro. Eso es todo por ahora. Puede volver al vestíbulo.

Domingo, 15:30 horas

La sargento Sorensen y el agente Lachlan pasan a la sa-la de estar de la primera planta, donde James les ha en-cendido la chimenea. Es más acogedora que el comedor. Los demás permanecen en el vestíbulo, bajo la atenta vigilancia de Wilcox y Perez. Este último va a informar de que les han dado de comer pero se están poniendo nerviosos. Sorensen sabe que no puede hacer nada al respecto. Ella también se está impacientando. El comisario, el forense, la policía científica —y los detectives— llegarán cuando las carreteras estén transitables, no antes.

Ella ha inspeccionado las pruebas físicas lo mejor que ha podido. Hasta que lleguen los del equipo forense, no hay mucho más que pueda hacer en ese aspecto. Ha interrogado a todos los presentes hasta donde se ha atrevido sin que cierren el pico y empiecen a pedir asesoría legal. No le gusta estar en este hotel remoto sin que los técnicos puedan proteger las pruebas de la forma rápida y profesional en que debe hacerse. Está deseando que limpien las carreteras de una maldita vez.

No hay nada más que hacer aparte de vigilar a las personas que tiene a su cargo, mantenerlos a salvo y asegurarse de que nadie altera las pruebas. Atrapados aquí, sin el equipo forense, lo único que puede hacer es poner su ingenio en marcha.

—A primera vista, ninguno de estos asesinatos parece estar relacionado con los demás —le dice a Lachlan, que está sentado frente a ella junto a la chimenea—. Las víctimas no se conocían entre sí hasta que han llegado a este hotel. Al menos, que nosotros sepamos. Puede que salga algo a la luz a medida que vayamos investigando. —Y añade—: Lo que ahora mismo no tenemos es algún tipo de móvil.

—Odio estar aquí sentado con los pies en alto y las manos atadas —dice Lachlan con evidente frustración.

Ella suspira.

—Es Bradley quien me tiene perturbada —dice. Continúa dando voz a sus pensamientos, pero en murmullos—: Conocía a Bradley. Siempre estaba metido en algo. Era muy inquieto, siempre con algún plan en marcha. Tiene algo que ver con esto, estoy segura. Vio algo o sabía algo y eso ha sido lo que le ha matado. ¿Qué es lo que sabía?

—¿Quizá iba a chantajear a alguien? —sugiere Lachlan.

Ella le mira y asiente.

—Eso es lo que yo estaba pensando. No me sorprendería nada. Pero ¿a quién estaba chantajeando? ¿Quién de ellos es nuestro asesino? ¿O es que hay más de uno? —Se queda mirando al fuego un momento y, después, continúa—: Cualquiera podría haber matado a Dana. Cualquiera de ellos podría haber matado a Candice. Cualquiera podría haber matado a Bradley, salvo Henry y Beverly. Ellos son los únicos que no habían salido cuando lo mataron.

—Sí —asiente Lachlan.

—Y cualquiera de ellos podría haber echado algo en la copa de Henry Sullivan, por ejemplo, si es que de verdad lo han asesinado y no ha muerto por causas naturales. Todos han declarado que se calentaban a cada rato delante de la chimenea y Henry estaba sentado justo ahí. —Añade—: Ni que decir tiene que Henry se estaba convirtiendo en un fastidio con tanto fisgonear y tanta teoría y nuestro asesino debió de ponerse nervioso.

A David le duele el cuerpo entero de estar sentado en el sillón toda la noche con los músculos en tensión. Está deseando irse a casa. Pero sabe que va a pasar un tiempo antes de que ninguno de ellos se pueda marchar.

Pasa el tiempo mirando a Gwen, preguntándose si puede haber alguna posibilidad de que ella esté dispuesta a verle cuando todo esto termine y preguntándose quién será el asesino. Los demás parecen convencidos o, al menos, lo parecían anoche, de que Ian es el culpable. Pero él no piensa lo mismo.

Solo hay una persona aquí que sabe la verdad, piensa. Y ese es el asesino. Y él tiene una idea de quién puede ser. Solo que no tiene ninguna prueba. Y no quiere compartir su teoría con Sorensen. Al menos, no todavía.

Gwen está desesperada por saber quién es el asesino.

Rememora con inquietud lo que pasó durante las primeras horas de la madrugada, cuando Henry sugirió matar a Ian. Qué peligrosa se puede volver la gente cuando tiene miedo, piensa. Le está agradecida a David por haber puesto fin a eso. Sin duda, es un hombre que sabe mantener la cordura mientras que los que le rodean la pierden. Sin duda, un hombre así no podría matar nunca a su mujer ni a ninguna otra persona, ¿no?

Necesita saber quién es el asesino porque tiene que estar segura de que David no lo ha hecho.

Ian camina de un lado a otro por delante de las ventanas del vestíbulo, esforzándose al máximo por no mirar a los demás, pero puede sentir cómo todos le observan. Se alegra de que haya un agente de policía en la habitación, vigilándolos a todos, protegiéndole. Aun así, tiene miedo. No ha parado de decirles a todos que él no ha matado a nadie. No parecen haberle creído. Lo que importa es lo que crea la policía. Quizá vaya a necesitar un muy buen abogado. Piensa en David Paley, que está sentado ahí, con los demás. Es probable que David le haya salvado la vida. Quizá le represente, si llega ese momento. Si le arrestan.

35

Domingo, 16:10 horas

La intensidad del fuego de la chimenea se ha reducido y James entra en la sala de estar para avivarlo de nuevo. La sargento Sorensen y el agente Lachlan siguen sentados delante de la chimenea cuando oyen un sonido a lo lejos. Un sonido de maquinaria pesada en el camino de entrada.

—Deben de ser los de mantenimiento de las carreteras —dice Lachlan poniéndose en pie con impaciencia.

—Gracias a Dios —responde Sorensen, aliviada y levantándose de su sillón—. No tardarán mucho en llegar todos los demás.

Salen de la sala de estar y llegan al vestíbulo, donde todos han dirigido la atención hacia las ventanas.

El sonido suena aquí más fuerte. A través de las ventanas, ve un gran camión quitanieves amarillo que se acerca despacio y laboriosamente por el camino de entrada.

Aparta la vista de la ventana para dirigirla de nuevo a los supervivientes del vestíbulo. James ha salido de la cocina al oír la máquina. El resto permanece donde está, como si se hubiesen quedado congelados en su asiento. Sorensen va observando a cada uno de ellos: James, Beverly, Matthew, Gwen, David, Ian y Lauren.

Sorensen se gira de nuevo para mirar por la ventana. Ve entonces que un camión va detrás de la quitanieves y reconoce al equipo de investigación criminal. Nota cómo en su rostro aparece una sonrisa de alivio.

Gwen observa cómo el equipo forense se dispersa y se pone manos a la obra. Los agentes Wilcox y Perez siguen en el vestíbulo, como si temiesen que alguien pudiera tratar de salir huyendo.

Gwen se pregunta qué es lo que va a encontrar la brigada de investigación criminal.

Ha pasado mucho tiempo con estas personas en este fin de semana tan espantoso. Ha conocido sus secretos; al menos, algunos de ellos. Todos se han abierto en canal. Y, aun así, todavía siente que apenas los conoce. Ha sobrevivido a este fin de semana solo para sacar de él algo desagradable: ha aprendido que nunca se conoce de verdad a los demás. Es aterrador. Porque no se puede estar segura, ¿verdad? Cuando salga de aquí y regrese al mundo, pensará en todas las personas que conozca como posibles portadores de maldad en su interior.

La sargento Sorensen recibe una llamada en la que le dicen que el detective se ha retrasado. Por ahora, va a seguir ella al cargo. Ve trabajar a los técnicos con premura y eficacia. Sabe bien que, por muy cuidadosa que una persona sea, es muy difícil hoy en día escapar sin dejar un rastro de lo que ha hecho.

Sigue a los técnicos por el hotel mientras colocan con cuidado sus pequeñas marcas y toman fotografías de cada detalle. Se mantiene cerca de ellos mientras estudian los cadáveres, uno tras otro, y murmuran entre sí mientras realizan su trabajo. Aún van a tardar en retirar los cadáveres, aunque están trabajando lo más rápido que pueden.

Ahora está fuera, viendo cómo escrutan la zona de la nieve donde Bradley murió. Han colocado unos focos luminosos a última hora de la tarde. El efecto es casi cegador.

—Parece que recibió un golpe en la nuca —dice uno de los técnicos—. El golpe fue lo suficientemente fuerte y pesado como para matarle.

Ahora, uno de los otros técnicos le hace una señal para que se acerque.

—Mire esto —dice.

Ella mira con atención mientras él se agacha y le señala algo que hay en la nieve. Pero ella no distingue nada. Se ajusta un poco las gafas para tener el efecto completo de sus trifocales.

—No veo nada —dice.

El técnico vuelve a agacharse y, sirviéndose de unas pinzas, saca algo diminuto de debajo de la nieve y lo levanta hacia ella. Es un pequeño pendiente de diamante. No le extraña que no lo haya podido ver.

—¿Me está diciendo que esto estaba debajo del cadáver? —pregunta.

El técnico asiente.

—Estaba congelado dentro de la nieve, así que no puede llevar aquí mucho tiempo. Solo desde la nevada del viernes por la noche. Y es un pendiente perforado en la oreja. Debe poder sacarse de él alguna buena muestra de ADN.

—Así que es una mujer —dice Sorensen, incapaz de ocultar su sorpresa.

—Eso parece.

—Buen trabajo.

Tras volver a entrar, Sorensen le pide a Ian Beeton que vaya con ella al comedor para responder a algunas preguntas más. No le mira cuando se lo pide. Ve cómo los demás se remueven con expectación.

Ian, pálido e inquieto, entra en el comedor dando tumbos.

Ella le pide que se siente, le recuerda que sigue siendo sospechoso y él se deja caer como si las rodillas se le hubiesen combado.

—Tengo un par de preguntas más para usted, Ian —dice ella.

Él la mira, con los ojos abiertos de par en par por el miedo.

Ella levanta en el aire una pequeña bolsa precintada de plástico transparente y la coloca sobre el mantel blanco de la mesa del comedor.

—¿Ha visto antes este pendiente?

Él lo mira, como si estuviese aturdido. Resulta obvio que lo que fuera que se estuviese esperando no tiene nada que ver con esto.

—¿Lo reconoce? —pregunta.

Él asiente despacio.

—Es de Lauren. Es decir, se parece a los que llevaba...

—¿Cuándo fue la última vez que se los vio puestos?

Él apoya la espalda en el asiento, consciente ahora de lo que se le está preguntando.

—¿Dónde lo ha encontrado?

Ella no responde. Espera.

—Los llevaba puestos ayer, creo.

—¿Cree?

—Los llevaba ayer.

—De acuerdo. —Sorensen se ha fijado al pasar por el vestíbulo en que Lauren no lleva ahora ningún pendiente. Pero tanto Beverly como Gwen sí llevan. Sabe que ninguna de ellas habría tenido oportunidad de volver a sus habitaciones a ponerse otro par si lo hubiesen perdido—. ¿Por casualidad ha notado cuándo ha dejado de llevarlos?

Él niega con la cabeza.

—No —susurra.

Todos miran con recelo cuando la sargento Sorensen regresa al vestíbulo. Han estado en ascuas desde que Ian volvió al vestíbulo, pálido y en silencio, y se sentó claramente perturbado.

Lachlan está junto a Sorensen, preparado con un par de esposas.

David ve lo inmóviles que están todos, alerta. Siente cómo el corazón se le acelera cuando se detienen delante de Lauren.

—Por favor, póngase de pie —le dice la sargento a Lauren.

Lauren se levanta, visiblemente temblorosa.

—Lauren Day, queda usted arrestada por el asesinato de Bradley Harwood... —empieza a decir la sargento con voz firme.

David deja de mirar a los demás. Mientras leen a Lauren sus derechos, él la observa. Lauren abre la boca para protestar, pero parece como si se quedara sin respiración. Lanza una mirada de pánico a Ian, pero él no reacciona. Parece demasiado impactado como para decir nada.

Entonces, Lauren mira a David, con pánico en los ojos. Necesita tener a alguien de su lado. Necesita un abogado. Pero, cuando le mira, él solo le aguanta la mirada un momento breve y, después, la aparta. David observa los rostros de los demás, sorprendidos ante el giro de los acontecimientos.

Cuando Ian oye el chasquido de las esposas al cerrarse alrededor de las muñecas de Lauren, siente que se marea.

Esto no puede ser verdad, piensa Ian, con el corazón golpeándole con fuerza el pecho. No se lo puede creer. Esto no puede estar ocurriendo. Se pasa las manos por el pelo con nerviosismo.

Ella parecía una mujer normal.

Creía que había sido Matthew el que los había matado a todos. Criado entre algodones, quizá había matado a su prometida tras una discusión y, después, había tratado de taparlo todo con la arrogancia propia de los ricos. Quizá Candice y Bradley sabían algo y él había tenido que silenciarlos. Pero no había sido Matthew. Matthew es una víctima. Ha perdido a la mujer a la que ama. Ian le mira ahora y se siente mal por él. Jamás volverá a ser el mismo.

Ian tampoco volverá a ser el mismo. Ninguno de ellos volverá a serlo.

Siente un ligero mareo y trata de contener otra oleada de náuseas. Puede que la policía haya cometido un error. Seguro que Lauren no ha matado a estas personas. «¿Qué motivos podría tener?».

Vuelve a mirarla. Ella tiene ahora los labios apretados y los ojos cerrados. De repente, Ian sabe que es verdad. No puede dejar de mirarla mientras se pregunta qué es lo que está pasando detrás de esos párpados cerrados. Se da cuenta de que no la conoce en absoluto.

Se dice a sí mismo que ha escapado por poco. Siente un escalofrío. Han pasado varios meses juntos. Creía que se estaba enamorando de ella.

Matthew ve cómo la policía arresta a Lauren. No sabe qué pruebas tendrán, pero confía en la policía. Debe de haber un buen motivo para detenerla. Se siente invadido por una pena y una rabia indescriptibles, pero también por el alivio. Alivio por dejar de ser sospechoso de haber matado a su prometida. Da un paso inconsciente hacia Lauren y se detiene. ¡Es ella la que ha asesinado a Dana! Ha sido ella. Le cuesta creerlo. Es ella la que empujó a Dana por las escaleras y le golpeó la cabeza contra el escalón de abajo para asegurarse de que estaba muerta. Y luego, durante un tiempo, ha dejado que todos crean que probablemente lo había hecho él. Había estado a punto de querer matarse por la desesperación y el miedo.

—¿Por qué la has matado? —pregunta con voz alta y llena de angustia.

Los ojos de Lauren se abren y mira a Matthew con desesperación.

—¡Yo no la he matado! —grita—. ¡Yo no he matado a nadie! Se están equivocando. Todo esto es un error. ¡No he sido yo! —Se gira a Ian con gesto frenético. Seguro que él la ayudará—. ¡Ian, díselo! ¡Diles que no he sido yo!

Pero él le devuelve una mirada extraña, como si le tuviese miedo. ¿Qué les dijo a los policías unos minutos antes, cuando estaba en el comedor? ¿Qué sabe él? ¡No puede saber nada!

David se acerca para aconsejarla:

—No digas nada. Ni una palabra.

36

Domingo, 17:45 horas

Lauren mira a David a los ojos. No son los ojos de alguien que la cree, de alguien que la va a proteger. Se deja caer en el suelo, esposada, y vuelve a cerrar los ojos. La dejan en el suelo, apoyada contra el sofá. Ella los oye hablar en voz baja.

No va a decirles nada. Tiene derecho a permanecer en silencio y va a aprovecharse de ello.

Cuando Ian la invitó aquí para pasar un fin de semana picante, no tenía ni idea de lo que iba a pasar. Nada de esto estaba planeado.

Recuerda la primera noche. Había sentido aversión por Dana desde el principio. Creía que era porque le recordaba a alguien, pero no se le ocurría a quién. No fue hasta después de los cócteles, durante la cena, cuando se dio cuenta de a quién le recordaba Dana. No fue hasta su comentario de «Ha sonado como si alguien se hubiese caído del tejado» y el modo en que se rio por ello, cuando se dio cuenta de quién era Dana exactamente. Y entonces, el corazón de Lauren empezó a latirle con fuerza y notó cómo se acaloraba y enfriaba y comenzaba a sudar.

Dana —cuando Lauren la conoció se llamaba Dani— no había dado muestra alguna de haberla reconocido. No hasta que hizo ese comentario. Entonces, supo con seguridad que Dani sí la había reconocido, pero había fingido no hacerlo. Dani había sido siempre una buena actriz. Pero era obvio que quería que Lauren supiera que sabía quién era ella.

Las dos habían cambiado. Al menos, por fuera.

Había pasado mucho tiempo. Quince años. La mitad de su vida. Lauren era entonces una adolescente poco atractiva, huraña y con sobrepeso, y Dani se mofaba de ella sin cesar. Pero la había reconocido.

Dani también estaba distinta. A los quince años, llevaba el pelo muy corto. Tenía un aspecto duro y cruel. Era una chica dura y cruel. Ahora, quince años después, parecía completamente diferente. Esta nueva versión —Dana— era muy femenina, refinada y de gustos caros. No era de extrañar que Lauren no la hubiese reconocido al principio. Pero Lauren estaba segura de que la peleona Dani seguía estando ahí. Dana era un fraude. Dana no parecía que hubiese pasado nunca ni una sola noche en una triste residencia de acogida, pagando su frustración, su rabia y su miedo con otros más vulnerables que ella.

Lauren había dejado también atrás su pasado. No quería que saliese ahora a la luz. Ahora tenía a Ian. No podía permitir que Dana lo echara todo a perder. Tenía que asegurarse de que no dijera nada.

Durante el resto de la velada, su mente fue un torbellino. Dejó que Ian la follara en la escalera de servicio, pero su mente estaba en otra parte. «¿Iba Dana a contar algo?».

Se dijo a sí misma que Dana también tenía mucho que perder. Estaba a punto de casarse y, claramente, iba a ser con un hombre con dinero. Lauren estaba segura de que Matthew no conocía el pasado de Dana. Sin duda, Dana se lo habría ocultado. No iba a querer que un hombre como Matthew supiera cuál era su procedencia. Pero Dana sabía algo de Lauren que esta no podía permitir que se supiese.

Qué mala suerte, joder.

Con qué facilidad había vuelto todo a su mente esa noche. Aquella época tan terrible de su vida. Estaba llena de rabia. La habían sacado de la casa de su familia y la habían llevado a un centro de acogida al otro lado de la ciudad. Sus padres no podían controlar su rebeldía y ella había creído que querían darle una lección. Los odió por eso. Su padre se había hartado de ella, pero su madre..., su madre pensaba que Lauren simplemente era infeliz. Su pobre y sufridora madre. Nunca comprendió de verdad quién era Lauren.

El centro había sido un espanto. Ni siquiera tenía una habitación para ella sola y había tenido que compartirla con otras dos chicas. Una de ellas era Dani, alta, delgaducha y despiadada. Nunca supo qué le había pasado a Dani. Nunca hablaban de sus casas ni de cómo habían terminado en ese tugurio. El baño lo compartían entre seis. Nadie parecía limpiarlo nunca. La comida apenas podía comerse. Pero, aun así, lo hacía. Y se odiaba por engullirla tratando de encontrar consuelo allá donde pudiese encontrarlo.

Se subían al tejado. Ahora le parece imposible, increíble, que, cuando estaban bajo tutela, pudiesen escalar por la torre de la antena de la televisión que había en el patio de atrás para subirse al tejado. La casa estaba al final de la calle y, si se colocaban en la parte posterior del tejado, nadie las veía. Se reunían allí, a fumar los cigarrillos que Dani le robaba a la señora Purcell, la mujer que se suponía que tenía que cuidarlas. Una tarde, uno de los chicos, Lucas —de trece años, pero parecía menor— subió detrás de ellas y le pidió una calada a Dani.

Dani le mandó a la mierda.

Él se quedó. Siguió fastidiándolas hasta que Dani le dijo que sus padres eran drogadictos y que nunca irían a por él porque había oído que la trabajadora social le decía a la señora Purcell que habían muerto por sobredosis y que ahora era huérfano. Podía ser una verdadera zorra desalmada.

—¡Mentira! —gritó él, mientras unas lágrimas de furia le caían por la cara—. ¡Voy a chivarme!

—¡Adelante! —le animó Dani a la vez que sacudía la ceniza de su cigarrillo. A continuación, añadió—: Dios, eres como un niño.

Al ver que no iba a poder con Dani, dolido y necesitado de hacer daño a alguien más, Lucas miró a Lauren y le habló con un desprecio que no era propio de su edad:

—¡Eres gorda y fea!

Y, de repente, Lauren se puso de pie y le tiró del tejado de un empujón, sin más.

Dani la miró estupefacta.

—¡Dios! ¿Sabes lo que acabas de hacer?

Bajaron la mirada hacia el chico que estaba tirado sobre las piedras del patio. No se movía. Tenía la cabeza abierta y le estaba sangrando. Se fueron rápidamente al centro comercial y no volvieron hasta la hora de la cena.

Todos supusieron que se había caído, o que se había tirado. Era un chico problemático, hijo de drogadictos, probablemente con síndrome alcohólico fetal y con dificultades para controlar sus impulsos. Nadie preguntó nunca dónde estaban ellas. Pero Dani sabía lo que había hecho Lauren y, durante unos días, lo estuvo usando en su contra, amenazándola con contarlo cuando le apeteciera hacerlo.

Dani se marchó antes de que pasara una semana después de que Lauren empujara al chico por el tejado. Metió sus cosas en una bolsa de basura y dijo: «Hasta luego, pringada». Y, después, salió de la casa con un portazo. Lauren no sabía si había vuelto a casa de sus padres o a otro centro de acogida.

Lauren quería volver a casa. No había pensado que estaría allí mucho tiempo. Pero continuó una semana tras otra hasta que se preguntó si sus padres le pedirían alguna vez que volviese a casa. Pero nadie dijo nada. La rabia de Lauren fue en aumento.

Cuando por fin fueron en busca de Lauren, se presentó su madre sola. Su padre se había marchado. Nunca más le volvió a ver. Su madre la llevó a casa y todo volvió a la normalidad, con Lauren haciendo lo que le venía en gana. Un par de años después, su madre volvió a casarse. Su padrastro la adoptó y le dio su apellido.

Y, luego, apareció Dani en el Mitchell's Inn.

Esa noche, Lauren no se tomó de verdad sus pastillas para dormir. Esperó a que Ian se quedase dormido y, después, cuando no se oía más que el bramido y el traqueteo del viento, salió de su habitación, bajó en silencio a la segunda planta y llamó a la puerta de Dana. Estaba sola en el pasillo. Todos dormían y la tormenta rugía tras las ventanas. No tuvo que llamar dos veces.

Dana abrió la puerta y la miró con recelo. Lauren dijo que tenían que hablar. Dana volvió la mirada al cuerpo dormido de su prometido, se metió la llave de la habitación en el bolsillo del camisón y salió al pasillo sin decir palabra. Siguió a Lauren escaleras abajo hasta el rellano y, entonces, se detuvo.

—Espera —dijo en voz baja—. Podemos hablar aquí. —Y permaneció quieta con expresión de no dar un paso más. Así, en lo alto de las escaleras, Lauren miró a Dana a los ojos.

—Tenemos que aclarar un par de cosas.

Dana se quedó mirándola, con los ojos abiertos de par en par, igual que había mirado a Lauren en el comedor cuando hizo el comentario de que alguien podría haberse caído del tejado. Compartían un pasado peligroso. La única pregunta era: ¿qué iba a suceder ahora?

Dana la miró con una expresión fría y perpleja.

—¿Qué es exactamente lo que quieres aclarar? —preguntó. Y, después, sonrió con afectación y continuó—: ¡Ah, espera! Ya sé. Quieres asegurarte de que no voy a contarle a nadie que eres una asesina.

—Cierra el pico, Dani —espetó Lauren en voz baja—. No creas que puedes seguir intimidándome. Las cosas han cambiado.

—Ah, pues yo no creo que hayan cambiado tanto —bufó Dana—. Creo que sigo teniendo la sartén por el mango, dado lo que sé sobre ti.

—Pero no creo que quieras que Matthew sepa tampoco nada sobre tu pasado, ¿tengo razón?

—No lo sé. Mi pasado puede ser triste, pero no es el de una criminal —respondió Dana.

Lauren extendió la mano, agarró la bata de Dana y tiró de ella. Ahí, sobre el pecho izquierdo de Dana, estaba el pequeño y revelador tatuaje. Una víbora.

—¿No te has deshecho de esto? —preguntó Lauren casi riéndose—. Ahora se pueden quitar estas cosas, ¿sabes?

Dana la miró y le contestó con su voz grave y familiar:

—Siempre has sido una niña sociópata. ¿Qué vas a hacer? ¿Me vas a empujar también a mí?

Y con un repentino y violento empujón, Lauren tiró a Dana por las escaleras. Dana cayó torpemente abajo, el sonido de su caída amortiguado por la gruesa alfombra. Soltó un pequeño grito que asustó a Lauren. Se quedó petrificada. Ahora se encontraba en una situación comprometida.

Dana yacía completamente inmóvil al pie de las escaleras. Lauren disponía apenas de unos momentos antes de que pudieran llegar los demás corriendo. Bajó las escaleras rápidamente. Al llegar abajo, notó que el pulso de Dana seguía latiendo en la delicada curva de su cuello. Agarró con el puño un mechón del reluciente cabello de Dana, le levantó la cabeza y la golpeó, tan fuerte como pudo y con toda su rabia, contra el filo del escalón. El corazón de Lauren le latía a toda velocidad. Levantó la mirada hacia lo alto de las escaleras, esperando que apareciera alguien en cualquier momento. Alguien debía de haber oído el grito. Empezó a elaborar una historia, pero seguía sin venir nadie. Le buscó de nuevo el pulso. Dana estaba muerta. Tras mirar a su alrededor, segura de que nadie la había visto, pero sin querer encontrarse con nadie que hubiese oído algo, Lauren corrió en silencio por el pasillo de atrás, subió por la escalera de servicio hasta la tercera planta y entró de nuevo en su habitación. Ian estaba completamente dormido.

La había matado. Había matado a Dani, la única persona que sabía lo que había hecho tantos años atrás, y lo único que sintió fue alivio. Y saber que la había matado antes de que pudiera casarse con un hombre rico y tener todo lo que siempre había deseado le causaba especial satisfacción.

Pensarían que Dana se había caído por las escaleras.

Lauren se metió sin hacer ruido en la cama y permaneció despierta toda la noche mientras pensaba en lo que había hecho. No sentía remordimiento alguno.

Pero a medida que la noche fue avanzando, empezó a preocuparse. Todo había sucedido muy rápido. Le preocupaba que Dana pudiera haberle contado algo ya a Matthew sobre ella, que pudieran decir que no había sido un accidente, que Dana no estuviera muerta de verdad.

Por fin, se levantó muy temprano esa mañana, tras no haber dormido nada en absoluto, y bajó antes que ningún otro. Descendió despacio, con cuidado de no despertar a nadie. El corazón le latía como si le ocupara todo el pecho. Se quedó en el rellano, en lo alto de las escaleras, y miró con frío alivio a Dana, que claramente estaba muerta. Se deslizó escaleras abajo, se inclinó sobre ella y confirmó que estaba completamente muerta. Se sintió tan aliviada que casi se echó a reír.

Y, a continuación, soltó un grito desgarrador. Los demás bajaron entonces a toda velocidad y se aseguró de que la veían buscándole el pulso, por si la policía encontraba huellas de sus dedos. Esperaba que pareciera un accidente. Y si alguien pensaba que no lo había sido, ahí estaba Matthew, el sospechoso más obvio. Creyó que estaba fuera de peligro.

Pero entonces David, el abogado, sugirió que no había sido ningún accidente, sino un asesinato. Aun así, pensó que no le pasaría nada. Creía que todos pensarían que lo había hecho Matthew. Y aunque no fuese así, no había nada que la señalara a ella. Estaba segura de que no encontrarían la conexión entre ella y Dani.

Pero entonces, después del almuerzo, encontró la nota en su libro. El libro que había dejado en el vestíbulo después del desayuno. Se lo llevó arriba después del almuerzo, lo abrió y vio el pequeño papel que había en su interior, sin arrugar, con su marcapáginas. Y escrito en él, con caracteres grandes en mayúsculas, en un claro intento por disimular la letra, decía: «He visto lo que le has hecho a Dana».

Sintió que el corazón se le salía del pecho, como si alguien le hubiese dado una descarga eléctrica. ¡Alguien la había visto! La nota no estaba firmada. Pero había visto a Candice en el vestíbulo con el libro en las manos y cómo lo había vuelto a dejar rápidamente. Tenía que ser ella. ¿Iba a intentar chantajearla? Lauren empezó a pensar con inquietud en el hotel, en que alguien podría haber estado escondido detrás de un sillón, en un rincón, en que, al final, sí que podrían haberla visto u oído. ¡Qué imprudente había sido, qué confiada, al echar un rápido vistazo a su alrededor y suponer que no había nadie allí! Pero Candice la había estado viendo. Debía de ser ella. Y ahora iba a tratar de chantajearla. Esa zorra. Pero Lauren no era de las que se dejan chantajear.

Sabía lo que tenía que hacer. No le preocupaba tener que matar. No si era necesario. Siempre había sido capaz de hacer lo que fuese necesario. Ella es distinta a los demás. Siempre lo ha sabido, desde que era una niña.

También sabe lo importante que es ocultar algo así. Y ha sido lo suficientemente lista como para que no la descubrieran. Eso le ha proporcionado cierta libertad que otras personas parecen no tener. Puede hacer cosas que ellas no pueden. Pero ha aprendido a ocultarlo mediante la observación de lo que hacen los demás y fingiendo que es como ellos.

Tras encontrar la nota, le dijo a Ian que quería pasar un rato a solas y se fue a la pequeña sala de estar de la tercera planta con su libro. Sabía que no podía enfrentarse a Candice en la biblioteca. Era demasiado arriesgado. Probablemente, Candice subiría a su habitación en algún momento. Ya se había fijado en que Candice llevaba un pañuelo de seda en el cuello esa mañana.

Un rato después, oyó un sonido por el pasillo. Se levantó de su sillón junto a la ventana donde había luz suficiente para leer y fue en silencio hasta la puerta para mirar. Era Candice, que estaba abriendo la puerta de su habitación al otro lado del pasillo. Lauren recorrió sigilosa el pasillo hacia la puerta abierta. Candice estaba de pie junto al escritorio, de espaldas a ella. Lauren no iba a negociar. Solo había un modo de tratar con un chantajista. Fue fácil avanzar a hurtadillas por detrás de Candice, hundiendo los pies en la moqueta sin hacer ruido. Agarró rápidamente los dos extremos del pañuelo alrededor del cuello de Candice y tiró con todas sus fuerzas. No la soltó hasta estar segura. Dejó que Candice cayera al suelo. Cuando Lauren estuvo segura de que estaba muerta, se marchó sirviéndose de la manga para cerrar la puerta al salir. Y, después, volvió sobre sus pasos hasta la sala de estar, donde volvió a retomar su lectura.

Problema resuelto.

Y, entonces, tuvo otra idea. Tras comprobar que no venía nadie, se escabulló por el pasillo y, después de forzar la cerradura —una destreza que había aprendido en su época de adolescente problemática—, se coló en silencio en la habitación vacía que había en el otro extremo del pasillo, enfrente de la habitación de Gwen y Riley. Tenía que ser muy silenciosa para que no la oyeran. Revolvió un poco la cama, hizo que pareciera como si alguien hubiese dormido en ella. Entró en el baño y, tras coger una toalla, abrió el grifo y roció unas gotas por el lavabo. Después, salió a escondidas y con cuidado de la habitación y volvió a la sala de estar con la sensación de haber actuado con bastante ingenio. Estaba segura de que nadie la había visto esta vez.

Pensó que todo terminaría ahí.

Cuando encontraron el cadáver de Candice, no le costó disimular, fingir un espanto y un miedo que no sentía. Se comportó como los demás, imitando sus emociones como un camaleón. Llevaba toda la vida haciéndolo. Resultó fácil.

Se habían reunido todos junto a la habitación de Candice, contaminando el escenario del crimen. Se inclinó deliberadamente sobre Candice y la tocó delante de todos tratando de aflojarle el pañuelo, por si acaso. Así no tendría que preocuparse de haber dejado algún rastro.

Pero para entonces ya se había dado cuenta de que había cometido un terrible error.

Fue cuando volvió de la casa de hielo, antes incluso de que hubiesen descubierto el cadáver de Candice. Bradley había ido a la biblioteca para buscarla. Lauren se había parado frente al mostrador de la recepción y luego se había inclinado por encima usando su iPhone para buscar un bolígrafo. Quería hacer un crucigrama a la luz de la lámpara de aceite. Sus ojos se posaron en un pequeño cuaderno blanco con papel del mismo tamaño que la inquietante nota que había en su libro. Acercó más la luz. Pudo ver la leve huella de unas letras en mayúscula. Incluso del revés, pudo distinguir las palabras «visto» y «Dana» con suficiente claridad.

Era el mostrador de Bradley. Nunca había visto a su padre ni a ningún otro tras él. Bradley podía haber escrito la nota y haberla metido en su libro. Puede que Candice no hubiese tenido nada que ver. Podía haber sido Bradley el que la había visto matar a Dana. Cogió un bolígrafo rápidamente y se alejó de la mesa con el corazón golpeándole en el pecho.

Aun así, pensó tras sentarse y empezar a fingir que hacía un crucigrama, Candice podía haber visto la nota —«He visto lo que le has hecho a Dana»— dentro del libro, que tenía en las manos. Y Lauren le dijo que el libro era de ella. Probablemente, le venía igual de bien que Candice estuviese muerta. Esa zorra fisgona. Pero Bradley... Debía de ser él quien la había visto.

Más tarde, después de que encontraran a Candice, se dio cuenta de que Bradley debía de temer que ella la hubiera matado también. Lauren pensó que quizá el chico había perdido su sangre fría, y ahora estaba demasiado asustado para acercarse a ella a pedirle dinero. Sabía lo que ella había hecho. Y ella sabía que tenía que matarle.

Cuando Riley salió corriendo hacia la oscuridad y Bradley la siguió, vio la oportunidad. Cogió su abrigo. Tenía los guantes de piel dentro de los bolsillos. Ian iba con ella, pero le dijo que fuese corriendo tras Riley mientras fingía que le costaba ponerse las botas. Sola en el porche y a oscuras, cogió el raspador y salió en silencio en la dirección que había visto que tomaba Bradley. Cuando por fin llegó hasta él, dejó que la rabia se adueñara de ella. Le golpeó con todas sus fuerzas.

Después, se quedó inmóvil en medio de la noche, escuchando, preocupada por que alguien le hubiese oído caer. Pero había demasiado viento como para oír nada. No vino nadie. Solo podía oír levemente cómo Gwen llamaba a Riley con voz de pánico. Lauren se mantuvo agachada y se apartó de Bradley dejando el raspador de las botas junto a su cadáver. Se dirigió al otro lado del hotel, lejos del cadáver. Poco después, vio que aparecía luz en la puerta principal y que David y Matthew salían a reunirse con los demás.

Cuando oyó los gritos, fue hacia donde había dejado el cuerpo muerto de Bradley. Pero, entonces, las cosas no sucedieron como se suponía que tenían que pasar. David estaba allí, sujetando en la mano la débil linterna. Gwen estaba a su lado. Vio a James agachado junto a Bradley y ella trató de acercarse, de ofrecerle su ayuda, de buscarle el pulso a Bradley y ver si estaba muerto de verdad. Pero David no dejó que se acercara. La detuvo. No le permitió ir hasta Bradley, a pesar de que ella le golpeó el pecho entre sollozos. Pensó que había estado bastante convincente. Pero no había sido capaz de acercarse al cadáver. David tampoco le permitió llevar a Bradley al interior.

Se preguntó entonces si David sospechaba de ella.

Fue una pena que tuviese que confesar la verdad sobre Ian y ella. Que, al final, no habían pasado juntos esa tarde. Ella le había perjudicado al sugerir que era él el asesino aparentando que no hacía tal cosa. Fue una suerte que mintiera sobre su hermano. Quería a Ian tanto como le era posible querer a nadie, pero, en el fondo, podría prescindir de él. Era necesario. Ya encontraría a otro.

Por supuesto, no tienen ningún móvil. No le preocupa que puedan averiguar la conexión entre ella y Dana. Solo habían estado en la misma casa de acogida durante un par de semanas. La gente entraba y salía de allí en una constante y triste procesión, con sus penosas bolsas de basura que contenían todos sus bienes materiales. Estaban en hogares de acogida, no en un régimen carcelario. Y ocurrió en otro estado. Desde entonces, la vida de Lauren ha sido borrón y cuenta nueva. Nunca la han pillado en nada de lo que ha hecho.

Ha sido muy cuidadosa. Tocó a Dana delante de todos y, por eso, es probable que su ADN aparezca en ella. También lo hizo con Candice. Si encuentran algún rastro de ella, no será importante. Y con Bradley había llevado puestos los guantes y había demasiadas personas alrededor de él. Además, lo habían movido. Las pruebas debían de estar contaminadas de forma irremediable.

Pero deben de tener algo que la incrimine, piensa con ansiedad, algo concluyente. Puede que hayan encontrado su pendiente. Esa debió de ser la razón por la que volvieron a llamar a Ian, para que lo identificara. Siente cierto cosquilleo de sudor en su piel.

Se había dado cuenta, en la oscuridad, durante la madrugada, de que le faltaba un pendiente. Podría haberlo perdido en cualquier parte, mucho antes de haber salido detrás de Bradley. No había habido ningún enfrentamiento. Había levantado el raspador, lo había dejado caer sobre su cabeza y él se había derrumbado sobre el suelo sin hacer ni un ruido. Pero estaba preocupada. ¿Y si de verdad había perdido el pendiente cuando mató a Bradley?

Por si acaso, se quitó el otro pendiente cuando nadie la miraba y lo dejó sobre la mesita que tenía a su lado.

Ahora se alegra de haber sido previsora. Si tienen el pendiente, si lo han encontrado junto a Bradley, ella dirá que se había quitado los dos antes de que Riley saliera corriendo y que los había dejado en la mesita. El asesino debía de haber visto cómo lo hacía. El asesino debió de coger uno de ellos y colocarlo de forma delibe- rada junto al cadáver de Bradley.

Es completamente plausible. Sobre todo, si no tie- nen ninguna otra prueba contra ella. Eso debería ser suficiente para alegar la duda razonable.

No van a sacar nada de ella.

37

Domingo, 18:00 horas

La brigada de limpieza ha salido a barrer las carreteras y esparcir arena y sal. Pronto podrán dejar que los supervivientes vayan hasta la comisaría de la ciudad para prestar declaración. La sargento Sorensen ha recibido por teléfono el aviso de que en cualquier momento llegará un detective. Hasta ahora les ha ido bastante bien sin él, piensa.

Se acerca a ella un técnico con un ordenador portátil en la mano.

—He podido acceder a la contraseña de Candice White. He abierto el documento en el que estaba trabajando.

—¿Y? —pregunta Sorensen levantando las cejas.

—Parece una novela de amor. Sobre dos mujeres que se enamoran y adoptan a un niño.

—¿En serio? —pregunta Sorensen, sorprendida.

—Sí —asiente él—. Eche usted un vistazo.

Domingo, 18:30 horas

Ian ha estado fuera la última media hora poniendo en marcha los coches, calentándolos y tratando de raspar el hielo de las ventanillas. Ya ha oscurecido, pero el hotel está bien iluminado.

Gwen se detiene en el porche de la entrada, mirando. Acaban de sacar su coche de la cuneta y lo han traído al Mitchell's Inn.

Le parece injusto volver en el coche sin Riley. Es terrible irse sin ella, abandonarla aquí. Riley sigue en el bosque, con varias personas a su alrededor haciéndole fotografías, examinándola bajo la luz de unos focos. Gwen está segura de que nunca se lo va a perdonar.

Se da cuenta de que David se ha acercado a ella. No sabe qué decirle. ¿Existe algún futuro para los dos? Siente de inmediato que no está siendo leal a Riley, a su memoria. Qué enfadada estaría.

—Gwen —dice David. Están los dos solos en el porche—. ¿Estás bien? —Su preocupación sincera casi hace que ella se venga abajo. Quiere enterrar la cara sobre el pecho de él, pero no lo hace. Se limita, en lugar de ello, a asentir rápidamente y parpadear para sofocar las lágrimas.

De repente, se gira hacia él.

—¿Sospechabas que había sido Lauren?

—Sí —confiesa él—. Tocó a Dana y tocó a Candice también, delante de todos. Es lo más inteligente cuando te preocupa que exista la posibilidad de haber dejado algún rastro. Es muy complicado no dejar ninguna prueba forense. Y trató de acercarse también a Bradley, pero yo se lo impedí. La detuve físicamente. Fue entonces cuando sospeché de ella. Pero no lo sabía con seguridad.

—A mí no se me había ocurrido que fuera Lauren —dice Gwen. Estaba muy sorprendida por su arresto. Ian les había contado entre susurros a ella y a David que habían encontrado fuera el pendiente de Lauren y que se imaginaba que debía de estar cerca del escenario del crimen, porque la habían arrestado rápidamente.

—No se acercó a Bradley después de que le encontráramos —dice David—. Así que, si han encontrado el pendiente a su lado...

—A mí me gustaba. Confiaba en ella —contesta Gwen. Le mira con incredulidad—. ¿Por qué lo habrá hecho?

—Cualesquiera que sean sus motivos, los desconozco. Sospecho que Bradley sabía qué estaba pasando y por eso lo mató. —La mira con expresión seria—. Creo que es probable que Lauren sea una psicópata y que se le dé muy bien fingir que no lo es. —Vacila—. Son personas diferentes, ¿sabes? No como tú y como yo.

Ella le mira con más atención. Parece distinto a la primera noche que llegaron. Más cansado, menos seguro de sí mismo. Todos han cambiado. Se pregunta cómo la verá él ahora, cómo habrá cambiado. Sabe que, cuando suba a su coche, Riley estará en el asiento de al lado y que le dirá: «Mató a su mujer. Mantente alejada de él».

Beverly se acerca despacio y triste a la puerta del hotel, pasa junto a David y Gwen y baja los escalones. Pero Henry sigue dentro del hotel, en su sillón junto al fuego, como si no fuera a irse nunca. Le resulta extraño irse sin él, dejarle atrapado ahí. Pero está claro que el forense ordenará que se lo lleven para hacerle la autopsia. Deben hacerle la autopsia. Habrá que hacer preparativos, organizar un funeral. Piensa en cómo le va a contar a sus hijos que su padre está muerto. Van a quedarse impactados. Nadie se espera que unos padres se vayan juntos a pasar el fin de semana y solo uno de ellos regrese.

Pero, primero, tiene que pasar por la comisaría de policía a prestar declaración. Después, según les han dicho, podrán volver a casa. Todos salvo Lauren.

Matthew se está montando en su coche. La pena le abruma. David y Gwen siguen hablando en el porche de entrada. Beverly monta en su coche, retrocede y, después, gira despacio por el camino de entrada en dirección a la ciudad y la comisaría.

Cómo puede cambiar todo en un fin de semana. Llegó aquí con la esperanza de volver a conectar con su marido. Ahora se marcha siendo viuda.

Mira por el espejo retrovisor por si alguien la está mirando. No hay nadie detrás de ella y nadie la puede ver en la oscuridad. Aun así, espera a girar la primera curva del camino antes de sonreír.

Se siente tan ligera que es como si flotara.

Recuerda el momento en que estaban registrando el hotel, cuando ayudó a mirar en las bolsas de los demás. Vio las medicinas de Lauren, sus pastillas para dormir. Un bote entero. Lleno. Después de levantarlo en el aire para que todos lo vieran, nadie había notado cómo vaciaba parte del envase sobre su mano en el interior de la bolsa de viaje y, después, se guardaba las pastillas en el bolsillo. Estaba oscuro y nadie le estaba prestando mucha atención.

No había estado segura de que lo haría, no hasta que mataron también a Bradley. Y no había estado segura de si sería suficiente, pero echó a escondidas las pastillas en el whisky de su marido en medio de la oscuridad con la esperanza de que todo saliera bien. Quizá mezcladas con todo el whisky que había estado bebiendo sería suficiente. Sabía que en la autopsia saldría lo de las pastillas para dormir, que había sido asesinado. Pero sería una de las cuatro personas asesinadas ese fin de semana en el Mitchell's Inn. Y Lauren, la asesina de los otros tres, no puede decir nada sin implicarse a sí misma. No puede decir: «¡Pero no maté a Henry!».

No puede decir nada.

Shari Lapena trabajó como abogada y profesora de inglés antes de dedicarse a escribir. Su primera novela de intriga, *La pareja de al lado* (Suma de Letras, 2017), se convirtió en un éxito internacional del que se han vendido más de 1.000.000 de ejemplares. En 2018 publicó *Un extraño en casa*, que también ocupó los primeros puestos de las listas de *bestsellers*.